김강현 신무협 장편소설

ORIENTAL FANTASYSTORY & ADVENTURE

황금공자

黃金公子

dream
books
드림북스

황금공자 2 사해방

초판 1쇄 인쇄 / 2011년 9월 14일
초판 1쇄 발행 / 2011년 9월 23일

지은이 / 김강현

발행인 / 오영배
편집팀장 / 신동철
책임편집 / 오승화
편집디자인 / 신경선
펴낸 곳 / (주)삼양출판사 · 드림북스

주소 / 서울특별시 강북구 송천동 322-10호
대표 전화 / 02-980-2112 팩스 / 02-983-0660
편집부 전화 / 02-980-2116 팩스 / 02-983-8201
블로그 / blog.naver.com/dreambookss

등록번호 / 제9-00046호
등록일자 / 1999년 3월 11일

黃金公子

황 금 공 자

김강현 신무협 장편소설

ORIENTAL FANTASY STORY & ADVENTURE

2

사해방

목차

제1장
내기

"그럼 계약서를 작성하지."

금철휘는 품에서 미리 준비해 둔 계약서 한 장을 꺼냈다. 지금 이 모든 상황이 다 계획에 의한 것이라는 증거였다.

화예지를 비롯한 다섯 호위는 순간 등골이 서늘해졌다. 하지만 아무리 그래 봐야 달라지는 건 없다. 계약서를 받아든 화예지는 그것을 열 번이나 꼼꼼히 읽었다. 지금 이 상황에서 금철휘가 할 수 있는 일이라고는 계약서에 장난을 치는 것 외에는 없었다.

"너희들도 읽어봐."

화예지는 계약서를 호위들에게 넘겼다. 그녀들은 호위이자 화예지의 심복이었다. 금향각과 향화루의 모든 것을 화예지와 함께 일궈가는 사이인 것이다.

다들 고개를 끄덕였다. 계약서의 내용은 지극히 단순명료했다. 하지만 그래서 더 찜찜하고 불안했다.

'금룡장 재산에 관한 내용까지 있어. 즉흥적으로 생각한 게 아니야.'

화예지는 금철휘를 노려봤다. 그 의중을 꿰뚫어 보고 싶었지만 아무리 바라봐도 그저 빙글거리며 웃는 돼지의 얼굴일 뿐이었다. 하지만 그 돼지는 보통 돼지가 아니다. 고작 열한 살의 나이에 금향각과 향화루를 세운 돼지인 것이다.

"계약서는 그쯤 읽었으면 되지 않아? 별 내용도 없는데."

금철휘의 말에 화예지가 고개를 끄덕였다. 더 시간을 끌 이유가 없었다. 그녀는 일단 수결을 찍을 준비를 했다. 그녀가 막 수결을 찍으려는 순간 금철휘가 갑자기 입을 열었다.

"그런데 하나 확실히 짚고 넘어가야 할 문제가 있어."

여섯 여인이 긴장한 표정을 지었다. 드디어 본격적으로 수작을 부리는구나 싶어서 온 정신을 집중해 금철휘를 바라봤다.

"내가 나라는 걸 너희들이 어떻게 알아볼 건데?"

다들 어리둥절한 표정을 지었다. 금철휘는 한심하다는 듯 말을 이었다.

"삼백 근에 가까운 살을 빼면 외모 자체가 달라질 텐데 어떻게 알아볼 거냐고. 막말로 내가 대리인을 내세워서 사기를 쳐도 너희들 그냥 당하고 말 거야?"

화예지는 한 방 먹었다는 표정으로 금철휘를 바라봤다. 조금 전 자신을 한심하게 쳐다보는 눈길에 발끈했는데, 듣고 보니 자신이 모자랐다는 걸 인정하지 않을 수 없었다.

"그건 걱정하지 마. 내가 알아서 할 테니까."

"뭘 알아서 해? 나도 너희를 믿을 수 있게끔 만들어 봐. 기껏 살 빼고 왔는데 딴 놈이라고 우기지 말고."

화예지가 한숨을 내쉬며 호위 중 한 명인 일화에게 눈짓을 했다.

일화는 어딘가로 갔다가 다시 나타났는데, 양손에 각각 붉고 푸른 작은 병을 하나씩 들고 있었다.

"우리 금향각 비전의 추종향이야. 한 번 묻으면 한 달 동안은 무슨 짓을 해도 지워지지 않아. 향을 맡으려면 이 푸른 병의 향을 코 밑에 바르면 돼."

금철휘는 신기한 눈으로 그것을 확인했다. 이런 건 예전에도 본 적이 없었다. 또한 금철휘의 기억에도 없었다. 금철휘가 새삼스러운 눈으로 화예지를 쳐다보자, 화예지가 슬며시 시선을 피했다.

"분위기 보니까 네가 만든 모양인데?"

"뭐, 어쩌다 보니까. 아무튼!"

화예지는 쑥스러움을 감추고자 분위기를 환기시켰다.

"붉은 병에 든 걸 몸에 발라. 딱 절반만. 나머지는 내가 네 몸에 바르겠어. 그럼 됐지?"

금철휘가 흔쾌히 고개를 끄덕였다. 각자 자신만 아는 부위에 향을 발라 놓으면 나중에 확인이 편해진다.

그렇게 금철휘와 화예지가 추적향을 몸에 발랐다. 화예지의 솜씨는 대단했다. 만일 금철휘가 천령신공을 익히지 않았다면 결코 알아차리지 못했을 것이다.

그렇게 내기가 시작되었다.

"공자님, 대체 어쩌자고 그런 내기를 하신 겁니까?"

아칠은 걱정이 가득한 표정으로 금철휘를 바라봤다. 하지만 금철휘는 전혀 아무렇지도 않은 얼굴이었다. 그것이 더욱 답답해 아칠은 자신의 가슴을 퍽퍽 두드렸다.

"그러다 심장 터진다. 애꿎은 갈비뼈는 그냥 두고 계약서나 잘 챙겨라."

금철휘의 말에 아칠이 황당한 눈으로 잠시 바라봤다. 하지만 이내 한숨과 함께 고개를 젓고는 품을 한 번 쓰다듬었다. 오늘 한 계약이 바로 그 품 안에 있었다. 아칠은 순간 그것을 태워버릴까 몇 번이나 고민했다. 물론 그래 봐야 화예지가 가진 계약서를 없애지 않으면 아무 소용없지만.

"왜? 걱정되느냐?"

"아, 그걸 말이라고 하십니까? 열흘 만에 이백팔십 근을 어떻게 뺍니까? 사람이 무슨 눈덩이라도 되는 줄 아십니까? 불 때면 녹아서 사라지는 걸로 착각하고 계신 거 아니냐고요!"

"오오! 그거 아주 좋은 방법이구나!"

금철휘의 말에 아칠이 멍한 표정으로 바라보다가 이내 고개를 저으며 한숨을 푹 내쉬었다. 무슨 말을 해도 장난으로 받아치니 기운이 쭉 빠졌다.

"그런 표정 짓지 마라. 다 생각이 있으니까."

"그러니까 그 생각이 뭡니까? 설마 계약서에 뭔가 장난이라도 치신 건……."

"쯧, 말하지 않았느냐. 네 생각이 좋다고. 그렇게 할 생각이다."

아칠이 고개를 푹 숙였다.

'이걸 어째야 하지? 장주님께 말씀을 드려야 하나?'

아칠의 머릿속이 복잡해졌다.

금룡장으로 돌아온 금철휘는 일단 아버지인 금일청부터 찾아갔다. 금일청은 항상 그래 왔던 것처럼 집무실에 앉아 일을 하고 있었다.

금철휘는 전에 왔을 때 앉았던 그 자리에 가만히 앉아 아버지가 시선을 돌리기만을 기다렸다. 그렇게 반 각 정도 시간이 흐르자, 금일청이 무뚝뚝한 얼굴로 자리에서 일어나 금철휘 앞에 다가가 앉았다.

"요즘 자주 오는구나."

금일청의 말에 금철휘가 씨익 웃었다. 말투에서 느껴지는 따스함이 기분 좋게 가슴에 스며들었다.

"그래, 차 한 잔 마시고 싶어서 왔느냐?"

"뭐, 겸사겸사 왔습니다."

"요즘 재미있는 얘기들이 많이 들리더구나."

금철휘가 빙긋 웃으며 대꾸했다.

"재미있게 놀고는 있습니다."

금일청이 그 말에 허허 웃었다. 아들이 점점 예전으로 돌아가는 것 같아 정말 기분이 좋고, 대견했다.

"앞으로 열흘 동안 이곳에서 지내고 싶은데 괜찮겠습니까?"

금일청의 눈이 화등잔만 해졌다.

"하면 내게 일을 배워보고 싶다는 뜻이더냐?"

금철휘는 잠시 생각에 잠겼다. 그러고 보니 그런 식으로 받아들이는 게 당연했다. 어쨌든 언젠가는 금룡장을 이어받아야 하니 결국은 일을 배워야 한다. 하지만 그게 지금은 아니었다.

"일은 천천히 배우죠. 그냥 제가 좀 많이 변할 텐데 아버지께서 못 알아보실까봐 걱정이 되어서 부탁드리는 겁니다."

금일청이 또 허허 웃었다.

"설마 내가 아들도 못 알아볼 거라 생각했느냐? 걱정할 것 없다. 네가 어떻게 변하든 넌 내 아들이다."

금철휘가 고개를 갸웃거리자, 금일청이 말을 덧붙였다.

"물론 네가 나와 함께 지내겠다니 기쁘기 그지없구나."

"아닙니다. 제가 괜한 염려를 한 모양이군요. 그럼 열흘 후에 다시 찾아뵙겠습니다."

"열흘?"

"예. 열흘 동안 살을 좀 빼려고요."

"호오. 그거 좋은 생각이구나. 열흘로는 좀 부족한 듯싶지만 일단 시작으로는 나쁘지 않지. 도울 일이 있다면 얼마든지 돕도록 하마. 돈이 필요하지는 않느냐?"

"뭐, 돈이야 많으면 많을수록 좋죠. 왜요? 용돈 좀 올려주시게요?"

금일청은 대견한 눈으로 금철휘를 바라보며 말했다.

"아예 사업체 몇 개를 줄 테니 맡아 볼 테냐?"

금철휘는 고민도 하지 않고 고개를 저었다.

"그냥 돈으로 주시죠."

금일청은 그럴 줄 알았다는 듯 품에서 전표 몇 장을 꺼내 다탁(茶卓)에 내려놓았다. 금철휘는 그것을 당연하다는 듯 받아 챙겼다.

"나중에 너무 놀라시면 섭섭할 겁니다."

그 말과 함께 금철휘가 자리에서 일어나자, 금일청이 눈을 빛냈다. 대체 얼마나 독하게 살을 빼려고 하기에 저런 말을 하는지 궁금했다. 물론 큰 기대를 하지는 않았다. 열흘이라는 시간에 할 수 있는 일에는 한계가 있는 법이다.

금일청의 시선에 꾸벅 고개를 숙이고 금철휘를 따라가는 아칠의 모습이 보였다. 순간적으로 스쳐 지나간 아칠의 표정이 금일청의 마음을 꽉 눌렀다. 좋지 않은 예감이 싸하게 뇌리에 스며들었다.

"조용히 아칠을 불러와라."

금일청의 입에서 흘러나온 나직한 말에 천장에 있던 검은 그림자 하나가 불쑥 내려와 땅속으로 스며들듯 사라졌다.

*　　　*　　　*

향화루의 최상층, 화예지를 비롯한 그녀의 호위들이 심각한 표정으로 앉아 있었다.

"과연 잘한 일일까요?"

호위 중 하나인 일화의 물음에 화예지가 그녀를 바라보며 되물었다.

"왜? 마음에 걸리는 거라도 있어?"

"그의 태도가 마음에 걸려요. 너무 당당해요. 마치 내기에 질 일이 없다는 것처럼. 어쩌면 계약서에 수작을 부렸는데 우리가 못 알아챈 건 아닐까요?"

"흥, 그랬다간 가만 안 둬. 우리가 두려워할 이유가 없다고 보는데? 아무리 금룡장이라도 우리가 나서면 타격이 클걸?"

"금룡장은 천하제일장이에요. 그곳을 우습게 보시면 안 됩니다."

"나도 그쯤은 알아. 말이 그렇다는 거야. 그리고 그 단순한 계약서에 장난을 칠 일이 뭐가 있겠어?"

"그건 그렇지만……."

두 사람이 그렇게 얘기하는 동안 나머지 호위들이 계약서를 몇 번이나 꼼꼼히 확인했다. 사실 확인할 만한 것도 별로 없었다. 워낙 짧고 간단해서 그저 계속해서 읽어본 게 전부였다.

"계약은 별다른 이상이 없어요."

"그렇지? 그럼 이제 더 이상 금향각과 향화루에 대해 걱정할 필요가 없네? 거기다 금룡장의 절반을 얻을 수 있고."

"그가 살을 못 뺐을 경우에요."

"일화는 그 돼지가 살을 뺄 수 있을 거 같아?"

그 말에 일화의 입이 닫혔다. 그녀 역시 그건 불가능하다고 생각했다. 이백팔십 근이면 장정 두 명의 무게다. 고작 열흘 동안 그 정도 살을 대체 어떻게 뺀단 말인가. 그 어떤 무공을 익혔어도 절대 할 수 없는 일이다.

"그 사람, 뭔가 무공을 익힌 흔적이 있었어?"

"아뇨. 전혀요."

가장 무공이 강한 일화의 말이기에 다들 고개를 끄덕였다.

그렇다면 더 이상 걱정할 이유가 없다. 이번 내기는 무조건 이길 수밖에 없는 내기다.

하지만 일화는 계속해서 뭔가가 불안했다. 다른 호위와 화예지의 얼굴에 희색이 만면한 것과 달리 일화의 표정은 어둡기 그지없었다. 그런 일화를 옆에 있던 이화가 달랬다.

"일화 언니. 너무 걱정하지 마세요. 이번 일은 그 돼지가 자존심을 세우기 위해 저지른 일에 불과해요. 금룡장의 돈이라면 우리도 그놈들에게 복수할 발판을 마련할 수 있어요."

복수라는 말에 결국 일화도 눈을 질끈 감았다. 그제야 마음이 편치 않았던 이유를 알 수 있었다. 내기에서 질까 봐 그런 게 아니라, 미안함 때문이었다. 어쨌든 자신들은 금철휘를 한 번 배신했다. 상황이 조금 꼬이긴 했지만 말이다. 한데 그것도 모자라 내기를 빌미로 또 돈을 뜯어내려 하고 있지 않은가. 물론 내기를 먼저 제안한 건 금철휘였지만.

"복수…… 할 수 있을까요?"

일화의 말에 화예지가 단호한 표정으로 말했다.

"할 수 있어. 반드시 할 거야."

화예지의 의지가 느껴져 일화는 아무런 말도 할 수 없었다. 그녀는 살짝 안쓰러운 눈으로 화예지를 바라봤다. 훨씬 더 밝고 예쁘게 살아야 할 여인이 이렇게 복수심에 휘말려서 살고 있으니 너무나 안타까웠다. 그러면서도 그걸 그저 지켜보고만 있어야 하는 자신이, 또 마찬가지로 복수에 목을 매고 있는 자신이 더없이 서글퍼졌다.

*　　*　　*

"자아, 그럼 슬슬 살을 빼 볼까?"

금철휘의 말투는 마치 산책이라도 나가는 듯 가벼웠다. 당연히 옆에서 지켜보는 아칠의 표정은 점점 썩어들어갔다.

"공자님 정말 어쩌시려고 이러십니까?"

금철휘가 손을 휘휘 내저었다.

"넌 나가 있어라. 찾는 사람도 있는 것 같은데."

"예?"

금철휘는 말없이 손만 계속 내저었다. 아칠은 머뭇거리다가 결국 밖으로 나갔다. 그리고 밖에서 자신을 기다리고 있는 흑의인을 보고는 화들짝 놀랐다.

'진짜 요즘 공자님 사람을 너무 놀라게 하신다니까.'

생각하면 할수록 대단했다. 금철휘는 누군가 다가오는 걸 놓친 적이 한 번도 없었다. 심지어는 몰래 숨어 있는 호위무사까지 번번이 잡아낸다. 듣기로 경지에 이른 고수들은 그런 능력을 가졌다고 하지만 금철휘는 그런 고수가 아니지 않은가.

"장주님께서 찾으신다."

흑의인의 말에 아칠이 말없이 고개를 끄덕이며 역시 장주님이라고 생각했다. 분명히 뭔가 심상치 않은 낌새를 느낀 게 분명하다.

'역시 말씀을 드려야겠어.'

아칠은 서둘러 금일청에게로 향했다. 흑의인은 말만 전한 후 어디로 갔는지 사라져 보이지도 않았다. 최대한 빨리 달려 장주의 집무실에 도착한 아칠은 문 앞에 서 있는 흑의인을 발견하고는 흠칫 놀랐다.

'먼저 와서 기다린 건 아니겠지? 아마 따라왔을 거야.'

이럴 때마다 새삼 금룡장의 힘이 느껴진다. 금철휘와 함께 다닐 때는 거의 느낄 수 없는 감정이었다. 금철휘는 어딘가 설렁설렁하다. 최근 많이 변하긴 했지만 여전히 뭔가 어설프게 느껴진다. 호위무사랍시고 따라다니는 자신도 그렇고, 또 진짜 호위무사 역시 금룡장의 위세와는 어울리지 않는다.

하지만 금일청을 중심으로 돌아가는 금룡장은 확실히 다르다. 정말 가뭄에 콩 나듯 겪는 일이지만, 아칠은 그때마다 차곡차곡 금룡장에 대한 위압감을 마음속에 쌓아왔다.

흑의인의 눈짓에 아칠이 살짝 주눅이 든 상태로 걸음을 옮겼다. 집무실로 들어가자, 서류 뭉치를 들여다보고 있는 금일청의 모습이 보였다. 금일청은 금철휘에게 했던 것처럼 아칠에게 일말의 시선도 주지 않았다.

아칠은 왠지 모를 싸늘한 느낌에 더욱 주눅이 들었다. 금철휘가 올 때 보였던 금일청의 모습과는 어딘가 달랐다. 물론 그게 뭔지 딱 꼬집어 얘기할 수는 없었지만 불편하고 불안했다.

그렇게 반 시진이 흘렀다. 아칠은 안절부절못했다. 하지만 움직일 수조차 없었다. 그리고 슬며시 두려워졌다. 사실 그동안 아칠이 금철휘 옆에 붙어서 한 짓은 금일청이나 금룡장 입장에선 얼마든지 치죄를 할 수 있는 부분이다. 켕기는 것이 있으니 주눅도 심해졌다.

"네가 아는 걸 다 얘기해 봐라."

금일청의 말에 아칠은 기다렸다는 듯이 입을 열었다. 사실 이제나저제나 금일청이 물어보기만을 기다렸다. 금일청이 만든 분위기에 압도당한 것이다.

"내기가 있었습니다."

아칠은 그렇게 말하고 슬쩍 눈치를 살폈다. 금일청은 여전히 서류에서 시선을 떼지 않았다.

"갑자기 향화루에 가시더니……."

아칠은 향화루에서 있었던 일을 차근차근 설명했다. 어찌나 조리 있고 맛깔나게 설명을 하는지 금일청도 살짝 감탄했을 정도였다. 그동안 금철휘를 통해 단련된 실력이 빛을 발한 것이다.

설명을 모두 들은 금일청은 여전히 서류에 시선을 둔 채로 가볍게 고개를 한 번 끄덕였다. 그러자 흑의인이 그림자처럼 아칠 앞에 솟아났다. 아칠은 기겁을 하며 뒤로 물러났다. 하마터면 비명을 지를 뻔했다.

흑의인의 눈짓을 받은 아칠은 금일청에게 공손히 인사를 하고 밖으로 나갔다. 그리고 흑의인이 조용히 그 뒤를 따랐다.

그제야 금일청이 서류에서 시선을 뗐다. 그는 곤혹스러운 눈으로 고개를 갸웃거렸다.

"그 녀석이 대체 왜 그런 무모한 일을 벌였을까?"

사실 아칠에게 금철휘가 항주의 정보를 한 손에 휘어잡을 정도로 대단한 조직을 만들었다는 얘기를 들었을 때는 속으로 적지 않게 감탄하며 크게 기뻐했다. 고작 열 살 무렵에 그 일을 해냈다니 아들이 여간 대견스럽지 않았다.

하지만 결국 화예지와 얼토당토않은 내기를 벌였다는 대목에서는 기함을 하지 않을 수 없었다. 금룡장 재산의 절반이라니. 그게 얼마나 막대한 액수인지 알고나 그런 내기를 벌였는지 의심스러웠다.

"살을 빼는 거야 환영할 만한 일이지만……."

금일청은 금철휘와 달리 살집이 많지 않았다. 오히려 웬만한 장정보다 탄탄한 몸을 가지고 있었다. 금일청은 막대한 돈을 들여 구한 무공교두로부터 상당히 뛰어난 무공을 배웠다. 그리고 그 이후로 하루도 수련을 거른 적이 없었다.

그렇게 열심히 운동을 하니 살이 찔 리가 없었다. 때문에 아들의 비만이 항상 마음에 걸렸다. 하지만 이번 기회에 살을 뺀다고 하니 여간 반갑지 않았다. 물론 갑자기 살을 빼면 오히려 건강을 해칠 수도 있어 걱정이 되기도 했지만 말이다.

"열흘 동안 이백팔십 근이라……."

이백팔십 근은 고사하고 스물여덟 근을 빼는 것도 만만치 않은 일이다. 금일청은 아무리 생각해도 아들의 심산을 파악할 수 없어 점점 더 곤혹스러워졌다.

한동안 그렇게 고민에 고민을 거듭하던 금일청은 결국 고개를 절레절레 젓고 말았다. 어차피 아들에게 물려줄 재산이다. 나중에 절반을 빼앗긴다면 그러고도 흔들리지 않을 정도로 더 많은 돈을 모으면 된다. 금일청은 일단 그렇게 넘기고는 다시 서류에 집중했다.

뜨거운 바람이 집무실을 한 차례 휩쓸고 지나갔다.

침상에 가만히 앉은 금철휘는 슬슬 천령신공을 움직였다. 누가 봐도 무모한 내기를 제안한 이유는 모두 천령신공 때문이었다. 천령신공을 제대로 익히면 자신의 몸을 완벽하게 파악하고 그것을 마음대로 다룰 수 있다.

일단 몸을 세심히 관조한 금철휘는 자신의 몸 상태를 대략적으로 파악하고는 고개를 끄덕였다. 확실히 이대로라면 오래 살기에는 적합하지 않다. 기름기가 온몸의 혈관에 잔뜩 끼어 있었다. 시간이 더 지나면 아마 혈관이 막혀버릴 것이다.

'그것 역시 내 몸의 일부지.'

금철휘는 일단 차분히 계획을 세웠다. 살에 대한 것은 어차피 한 번쯤 하려고 구상해 뒀다. 살을 그냥 뺄 생각은 없었다. 어쨌든 열심히 먹어서 키운 비계다. 그냥 버리기에는 너무 아깝지 않은가.

'자아, 적당한 무공이······.'

금철휘는 수많은 무공을 알고 있다. 전생의 그는 천하제일인이었다. 게다가 함께하는 백 명의 수하이자 동료들 역시 하나하나가 십대고수에 필적할 정도로 강했다. 그랬기에 그들이 익힌 무공 역시 심상치 않았고, 나중에 그들이 재해석하고 새로 창안한 무공들 또한 굉장했다.

그 중 가장 대단하고 심오한 것이 천령신공이었고, 그다음으로 꼽는 것은 단연 백토신공(魄土神功)이었다.

백토신공은 천령신공을 만드는 과정에서 파생된 무공으로, 내공을 쌓는 효율과 그것을 운용하는 속도에 관한 한 그 어떤 것도 따를 수 없을 정도로 뛰어난, 말 그대로 신공이라는 이름에 어울리는 무공이었다.

백토신공의 유일한 단점은 세심함이 모자란다는 것이었지만, 그건 금철휘 정도 되는 사람에게는 아무런 의미가 없었다.

"좋아. 일단 시작을 하자."

백토신공은 일단 씨앗으로 쓸 한 줌의 기운이 필요했다. 게다가 다른 무공을 익히고 있으면 안 된다. 그렇기에 익히기가 매우 까다로웠다. 다른 무공을 익히지도 않고서 근원이 될 내력을 어떻게 모은단 말인가.

방법은 다른 사람의 도움을 받는 것이었다. 말이 한 줌의 기운이지, 족히 반 갑자 내력은 필요하다. 사실 더 큰 효용을 보고 싶으면 처음 시작하는 기운이 많으면 많을수록 좋았다.

지금 금철휘에게는 그 정도 도움을 줄 사람이 없었다. 세상에 누가 자신의 내공을 남에게 나눠주겠는가. 하지만 금철휘는 전혀 걱정하지 않았다.

금철휘는 지그시 눈을 감고 천령신공을 천천히 제어해 몸에 쌓인 지방들을 조금씩 태워가기 시작했다. 그냥 태우는 게 아니라 철저히 분해하면서 그것을 전혀 다른 것으로 탈바꿈시켰다. 천령신공 육단공의 힘까지 이용한 것이다.

'좋아. 생각대로야. 이거 재미있는데?'

천령신공에 의해 산산이 분해된 금철휘의 살은 다시 천령신공에 의해 주변을 가득 메운 기운들과 뒤섞였다. 그리고 또 천령신공에 의해 그렇게 뒤섞인 기운들로 변해갔다.

한 근의 살을 태우는 데 반 각이 걸렸고, 그렇게 해서 만들어진 기운의 양은 족히 반년 동안 모으는 내공에 필적했다.

단순하게 계산하면 한 시진에 열여섯 근을 태울 수 있고, 하루에 거의 이백 근 가까이 없앨 수 있다. 물론 잠도 자지 않고 천령신공에만 매달렸을 때의 결과다.

대충 견적이 나오자, 금철휘는 만족스런 미소를 지었다. 사실 자신은 있었지만 이렇게 효과가 좋을 줄은 몰랐다.

"뭐야? 목표치까지 살을 빼면 남는 내공이 이 갑자가 넘네?"

　물론 그만큼은 안 될 것이다. 목표치보다 살을 조금 더 빼긴 하겠지만 지금처럼 효과적으로 기운이 모이지는 않을 것이다. 시간이 지나면서 손실도 생기고 말이다. 하지만 최소한 백토신공을 시작할 수 있는 반 갑자는 충분히 넘길 수 있다.

　'아니, 그보다는 훨씬 많이 얻을 수 있겠지.'

　금철휘는 신이 나서 다시 눈을 감고 천령신공에 집중했다. 시간이 지날수록 그의 몸에서 살이 뭉텅뭉텅 사라져갔다. 그렇게 세 시진을 채운 뒤, 금철휘는 천천히 몸을 풀며 자리에서 일어났다.

　하루 종일 천령신공에만 매달려 있을 생각은 전혀 없었다. 하루에 세 시진 정도면 충분하다. 그렇게 해도 엿새 정도면 목표치를 채울 수 있으니까.

　"자아, 그럼 살도 뺐으니 좀 먹어볼까?"

　오늘 무려 쉰 근을 뺐다. 그래서 그런지 눈에 띌 정도로 살이 빠졌다. 본래 그렇게 무리하게 살을 빼면 죽을 수도 있다. 하지만 금철휘는 천령신공을 이용해서 가장 필요 없고 위험한 부분부터 차근차근 제거했다. 덕분에 지금은 오히려 몸이 훨씬 가뿐했다.

　"아칠! 먹으러 가자! 오늘 기루 갈까?"

　금철휘가 문을 활짝 열며 소리치자, 밖에서 기다리고 있던 아칠이 화들짝 놀라며 외쳤다.

"아니, 공자님! 지금 제정신이십니까? 내기는 어쩌고 술이란 말입니까! 살 빼신다고 들어가신 지 이제 세 시진이거든요?"

"그거면 됐다. 나 살 빠진 거 안 보여?"

금철휘의 말에 아칠이 입을 다물었다. 그리고 고개를 갸웃거렸다. 눈에 띌 정도로 살이 빠지긴 했는데 금철휘가 워낙 비대하다 보니 그게 진짜 살이 빠진 건지 아닌지 알 수가 없었다. 더구나 오늘은 주로 내장 쪽과 혈관에 낀 기름기를 뺐으니 외부로 보이는 부분은 상대적으로 적었다.

"그, 그게…… 좀 그런 것 같기도 하고……."

금철휘가 아칠의 어깨를 팡팡 두드렸다.

"됐으니까 가자! 오늘은 아주 제대로 즐겨 보자. 으하하하!"

금철휘가 기분 좋게 웃으며 걸어갔다. 아칠은 불안하면서도 다른 한편으로는 금철휘가 좋아하니 어쩔 수 없다는 듯 뒤를 따랐다. 어쨌든 윗사람이 기분 좋으면 아랫사람도 덩달아 기분이 들뜨는 법이다.

이내 두 사람은 항주에서 가장 큰 기루에 도착해 양옆에 기녀를 끼고 질펀하게 술을 마시기 시작했다.

*　　　*　　　*

"지금 취월루에서 기녀들을 끼고 술을 마시고 있답니다."

오화의 보고에 화예지는 어이가 없었다. 술이라니. 지금 당장 곡기를 끊고 운동을 시작해도 늦은 판에 술과 기녀라니. 제정신이라면 결코 할 수 없는 짓이다.

"확실히 내기는 포기한 것 같지?"

"아무래도 그런 것 같네요. 제 걱정은 기우였던 모양이에요."

일화가 고개를 끄덕이며 그렇게 말하자, 다들 안색이 밝아졌다. 하지만 굳이 이럴 거라면 왜 내기를 했단 말인가. 이건 구실을 만들기 위함이라고 하기에도 뭔가 앞뒤가 맞지 않았다.

잠깐 이상한 생각이 들었지만 다들 고개를 저어 불길함을 털어냈다. 어쨌든 열흘만 기다리면 된다. 그럼 향화루와 금향각은 물론이고 금룡장의 절반까지 손에 들어온다.

'내기가 끝나자마자 금룡장에 들어가 권리를 행사하겠어. 각오하는 게 좋을 거야.'

화예지는 품에 있는 계약서를 손으로 쓰다듬으며 눈을 빛냈다. 그렇게 내기의 첫날이 지나가고 있었다.

*   *   *

기루에서의 술자리는 한밤중까지 계속되었다. 기녀들의 옷차림이 흐트러졌고, 아칠은 술에 취해 해롱대느라 정신을 차리지 못했다. 보아하니 오늘도 기녀를 끼고 합방을 하기는 쉽지 않을 듯했다.

금철휘는 그 와중에도 연방 술잔을 기울였다. 그와 함께 앉았던 기녀들 역시 술에 취해 나가떨어진 지 오래였다. 오늘은 기녀를 끼고 한 번 자 볼까 생각했지만 이내 고개를 저었다. 왠지 내키지 않았다.

그렇게 한 병의 술을 더 비우고 나자, 누군가 조용히 다가와 앞에 앉았다. 무영객이었다.

"남은 발바닥에 땀이 나도록 일을 시켜놓고 자기는 꽃밭에서 술이나 마시고 있다니, 내 주인 자격이 있는지 모르겠군."

무영객의 말투는 예전과 좀 달랐다. 그는 마치 친구처럼 금철휘를 대했다. 전에 금일청의 명을 받아 금철휘를 지켜볼 때는 그야말로 깍듯했는데, 이젠 격이 완전히 사라진 느낌이었다. 물론 금철휘는 그런 것에 전혀 신경 쓰지 않았다.

"마시고 싶으면 마셔. 말리지 않아."

금철휘의 말에 무영객은 입맛만 다셨다. 마시고 싶어도 마실 수가 없었다. 사영보를 익히기 위함이었다. 사영보는 그 위력만큼이나 익히기가 까다로운 보법이었다. 최소한 사 성에 이르기 전까지는 술을 마실 수 없었다. 면면히 이어 오는 기의 흐름이 끊어질 우려가 있기 때문이다. 그 유혹을 이겨내는 것이 사영보의 첫걸음이었다.

"그놈들이 찾아왔었네."

"누구? 토룡?"

무영객이 고개를 끄덕였다. 사실 무영객은 몸이 두 개라도 모자랄 정도로 열심히 뛰어다녔다. 그는 금철휘의 명령으로 항주오룡과 추가장의 동태를 살폈다. 항주오룡이 추가장에서 머무는 것은 아니기에 항시 바쁘게 그들 사이를 왕복해야만 했다.

"오늘 돈을 준비해서 자넬 찾더군."

금철휘의 눈에 흥미가 생겨났다. 과연 그들이 어떻게 했을지 궁금했다. 만일 이곳까지 찾아와 돈을 갚았다면 어느 정도는 인정해줄 생각이었다.

"자네가 없다는 걸 알고는 미련 없이 돌아서더군."

"뭐라고 하는지는 들었고?"

"자리에 없는 사람 잘못이라고 투덜대더군."

금철휘가 씨익 웃으며 고개를 끄덕였다.

"역시 그 정도로군. 아직도 날 띄엄띄엄 보고 있다니 토룡이라는 이름도 아까운데?"

대충 어떤 생각인지 짐작이 갔다. 잘 됐다고 여기고 있을 것이다. 이렇게 되었으니 돈을 갚지 않아도 될 거라고 자기 편한 대로 생각하고 있음이 분명하다. 예전의 금철휘라면 아마 그래도 괜찮았으리라. 아니, 애초에 차용증 따위 쓰지 않았으리라.

하지만 지금의 금철휘는 예전과는 다르다.

"고리대금의 무서운 맛을 보면 어떤 표정을 지을지 벌써부터 기대되는데? 이거 이러다가 풍운보를 내가 먹는 거 아냐?"

금철휘의 말에 무영객이 어이없다는 듯 바라봤다. 풍운보가 애 이름도 아니고, 그걸 먹네 마네 하는 게 가당키나 한 일인가. 더구나 하루에 오 할이라는 말도 안 되는 이자를 붙인 고리대금으로 말이다.

"오늘 금 스무 냥을 벌었으니, 좀 더 써도 되겠군."

금철휘는 기녀들을 더 부르고 술도 동이째로 주문했다. 그리고 무영객을 그대로 앉혀 놓은 채 그 많은 술과 음식을 몽땅 먹어치웠다. 그 광경을 지켜보던 모든 사람들이 기함을 한 것은 당연했다.

밤새 먹고 마셨지만 사실상 그게 몽땅 살로 가지는 않는다. 뺀 것보다 몇 배는 더 먹었지만 그 대부분이 대변을 통해 밖으로 배출되었고, 결과적으로 금철휘는 상당한 살을 뺐다.

둘째 날, 금철휘는 네 시진을 투자했다. 네 시진이면 일흔 근이 넘는 살을 뺄 수 있다. 그렇게 뺀 살을 이용해 만든 기운은 고스란히 몸 곳곳에 저장했다. 기를 마음대로 다룰 수 있는 천령신공의 공능을 이용해 기운이 외부로 도망가지 못하게 잡아두는 것쯤 어렵지 않았다.

이 기운들은 나중에 백토신공을 시작할 때 써먹어야 하기에 한 톨도 소홀히 할 수 없었다.

"오늘은 채화루에 갈까?"

금철휘는 머릿속에서 불쑥불쑥 떠오르는 기억들을 토대로 어제 갔던 취월루에 필적하는 명성을 가진 채화루에 가기로 결정했다. 채화루는 이름 그대로 술이나 음식보다는 기녀의 미모가 훨씬 뛰어난 곳이었다.

당연히 아칠은 반색했다. 어제 떡이 되도록 술에 취하는 바람에 기녀를 품지 못한 것이 못내 아쉬웠는데, 오늘 채화루에 간다니 어제의 억울함이 눈 녹듯 사라져 버렸다.

"한데…… 공자님, 오늘 왠지 좀 야위어 보이는 뎁쇼?"

금철휘가 어떠냐는 듯 구분도 안 되는 허리춤에 두 손을 척 올렸다.

"네가 보기에도 그렇지? 내가 오늘 좀 무리를 했지. 그러니까 오늘은 어제보다 더 많이 먹을 테다. 으하하하!"

금철휘는 크게 웃으며 뒤뚱뒤뚱 걸음을 옮겼다. 백 근이나 뺐지만, 그래도 삼백 근이 넘는다. 예전보다야 못하지만 여전히 뚱뚱했고, 쳐다보기도 힘들 정도였다.

아칠은 뒤에서 그런 금철휘를 보며 고개를 절레절레 저었다. 이렇게 먹어대면서 살을 뺀다는 자체가 이해되지 않았다. 하지만 그래도 묘하게 살이 빠지고 있으니 신기하긴 신기했다.

'그래도 안 되겠지만.'

금철휘가 살을 워낙 균형 있게, 또 내부에서부터 뺐기 때문에 사라진 몸무게에 비해 여전히 겉으로 보이는 부분은 변화가 심하지 않았다. 그래서 아칠도, 또 몰래 숨어서 지켜보고 있는 화예지의 수하들도 별다른 생각이 없었다. 그저 매일 기루에 놀러 가서 먹고 마신다는 걸 한심하게 여길 뿐이었다.

그날 채화루에서도 금철휘는 무진장 먹고 마셨다. 그리고 아칠은 여전히 기녀를 품지 못했으며, 항주오룡은 금철휘를 찾지도 않았다. 이미 첫날 바람을 맞았기에 그들의 입장에서는 돈을 갚을 필요가 없다고 여긴 것이다.

그렇게 두 번째 날도 지나갔다.

*   *   *

"뭐? 그게 무슨 소리야? 살이 확연히 빠졌다고?"

화예지가 경악하며 벌떡 일어났다. 그녀의 눈동자가 불안하게 흔들렸다. 오늘로 내기가 벌어진 지 닷새 째였다. 한데 고작 닷새 동안, 그것도 매일 기루나 주루에 들러 인간의 한계를 시험하듯 먹고 마시면서 눈에 띌 정도로 살을 뺐다는 사실을 믿을 수 없었다.

"얼마나, 얼마나 뺐어? 그렇게 눈에 확 띌 정도야? 응?"

화예지의 다급한 음성이 방안을 가득 채웠다. 그녀에게 보고를 하던 일화는 작게 한숨을 쉬었다. 이럴 때면 그녀가 아직 어리다는 사실을 깨닫는다.

"눈대중으로 보건대 이제 이백 근도 채 안 나갈 것 같습니다. 이백 근을 뺀 거죠."

"다, 닷새 만에 이, 이백 근?"

화예지가 창백하게 질린 안색으로 믿을 수 없다는 듯 천천히 고개를 저었다. 정말이지 말도 안 되는 일이 벌어졌다. 어떻게 사람이 닷새 동안 이백 근을 뺀단 말인가.

사실 금철휘는 상당히 자제했다. 마음만 먹었다면 하루 만에 이백 근을 뺄 수도 있다. 한데도 느긋하게 닷새나 투자해서 살을 뺐다. 그것도 매일 기루와 주루를 넘나드는 생활을 하면서 말이다.

"미, 믿을 수 없어. 내가 직접 확인해 봐야겠어."

화예지는 황급히 밖으로 달려갔다. 금철휘가 어디 있는지는 이미 보고를 받아 알고 있었다. 지금 아칠을 대동하고 기루로 향하는 중이었다. 아마 화예지가 도착할 즈음이면 기루에서 한창 여자를 끼고 술을 마시고 있을 것이다.

화예지는 한 달음에 목표로 한 기루에 도착했다. 그녀는 비조처럼 날아 기루의 꼭대기에 올라섰다. 그리고 날렵하게 벽과 기둥을 타고 움직여 금철휘를 찾았다.

"세, 세상에……!"

정녕 믿을 수 없었다. 완전히 다른 사람이 앉아 있었다. 기녀들 역시 서로를 힐끔거리며 아칠과 금철휘를 번갈아 바라보고 있었다. 아칠 옆에 있는 사람은 금철휘인데, 그동안 보던 것과 완전히 달라졌으니 알아볼 수가 없었던 것이다.

"바, 반쪽이 됐잖아."

살이 빠져 홀쭉해진 걸 비유적으로 말하는 게 아니었다. 말 그대로 반쪽이 되어 있었다. 금철휘의 그 육중했던 몸이 딱 절반으로 변해 버렸다. 살이 빠지니 인상도 확연히 달라졌다. 흡사 다른 사람이 아닌가, 의심이 들 정도였다.

"그, 그래. 저건 다른 사람이야. 그놈이 날 속이려고 작정을 한 거야."

화예지는 그렇게 중얼거리며 이를 갈았다. 감히 자신에게 사기를 치려 하다니 용서할 수 없었다. 이건 사기가 분명했다. 그게 아니라면 사람이 닷새 만에 절반으로 줄어드는 일이 있을 수는 없지 않은가.

하지만 그런 일은 있을 수 없다. 화예지는 푸른 병을 꺼내 그 안에 든 액체를 코밑에 살짝 발랐다. 순간 금철휘에 몸에서 흘러나오는 강렬한 꽃향기가 코끝을 자극했다.

"마, 말도 안 돼……!"

진짜 금철휘가 맞다. 향기에 집중해서 향기가 흘러나오는 부분을 확인해 보니 더 확실해졌다. 금철휘는 결코 알 수 없고 자신만 아는 부위에서 향이 시작되고 있었다.

'싫어! 저 돼지의 시비가 되느니 차라리 죽는 게 나아! 아니, 저 돼지를 내가 죽여버릴 거야!'

화예지는 속으로 절규했다. 하지만 그녀도 알고 있었다. 자신이 금철휘를 죽이지 못할 거란 사실을 말이다. 화예지는 힘없이 향화루로 돌아갔다.

돌아가는 동안 시간이 지나니 조금 정신이 들었다. 절망으로만 꽉 채워져 있던 머릿속에 여유가 생기기 시작하며 다시 생각이 팽팽 돌아갔다.

향화루의 최상층에 들어선 화예지는 걱정스런 눈으로 자신을 바라보는 다섯 호위를 향해 말했다.

"아무래도 이대로는 안 되겠어. 그놈이 더 이상 살을 빼지 못하도록 방해를 해야겠어."

화예지와 다섯 호위의 눈이 반짝였다.

*   *   *

"응? 이건 또 무슨 뜻이냐?"

금철휘는 눈을 가느다랗게 뜨며 어느새 앞에 다가와 다소곳이 앉은 아름다운 여인들을 바라봤다. 그녀들은 화예지와 그녀의 호위들이었다.

사실 화예지나 오화가 모습을 거의 드러내지 않아서 그렇지 만일 대놓고 활동했다면 항주 미인의 판도가 달라졌을 것이다. 그녀들의 미모는 금철휘의 셋째 부인이 될 뻔했던 한서연에 필적했다.

"뭐, 좀 미안한 것도 있고, 생각해 보니 굳이 척을 질 사이도 아니잖아. 이번 기회에 친해지는 것도 나쁘지 않을 것 같아서."

금철휘가 입가에 묘한 미소를 머금었다. 화예지가 무슨 생각을 하는지 훤히 들여다보였다. 하지만 그녀의 말이 틀린 건 아니었다. 굳이 척을 질 사이는 아니다. 아니, 오히려 누구보다 친해져야 할 사이다. 금향각을 움직이는 자들이니 응당 자신의 사람들 아닌가.

"좋아. 한 잔 따라봐."

금철휘가 술잔을 내밀었다. 화예지가 그 잔에 술을 따랐다. 금철휘는 단숨에 술잔을 비운 뒤, 씨익 웃으며 말했다.

"지금은 봐주지만, 일단 내 시비가 되면 절대 말 놓지 마라. 전에도 말했듯이 난 시비를 거칠게 다루니까."

화예지가 순간 발끈했다. 하지만 자리를 박차고 나갈 수도 또 금철휘에게 손을 쓸 수도 없었다. 어쨌든 향후 닷새 동안은 무조건 함께 있어야만 하니까 말이다. 화예지의 얼굴에 어색한 미소가 어렸다.

"알았으니까 술이나 더 마셔."

금철휘가 기분 좋게 웃었다.

"하하핫! 꽃밭에서 술을 마시니 좋구나. 꺾을까 말까 고민하는 것도 즐거운 일이야. 하하하핫!"

금철휘의 말대로 방안에는 화예지와 호위들 외에도 수많은 기녀들이 있었다. 그 한가운데 금철휘가 앉아 술을 마셨다. 그야말로 꽃밭에 앉은 한량이었다.

아칠은 술에 잔뜩 취해 나가떨어진 지 오래였다. 그 모습을 힐끗 쳐다본 금철휘가 입가에 고소를 머금었다.

술자리는 그렇게 밤이 새도록 이어졌다. 물론 그 술자리에서 즐거운 사람은 금철휘 한 명뿐이었다.

제2장
화예지

"이제 그만 따라오지?"

금철휘가 삐딱하게 말했지만 화예지는 환하게 웃으며 대꾸했다.

"이렇게 헤어지는 건 너무 아쉽지 않아?"

조금만 더 가면 금룡장이다. 화예지는 무슨 수를 써서라도 금룡장에 함께 들어갈 생각이었다. 아니, 내기가 끝나는 그날까지 금철휘에게 딱 붙어 있을 생각이었다.

화예지의 생각을 꿰고 있는 금철휘는 피식 웃으며 그녀에게 한 발 다가갔다. 그리고 그녀의 코앞으로 얼굴을 슥 들이밀었다. 화예지는 깜짝 놀랐지만 시선을 피하거나 뒤로 물러나지 않았다.

"설마 날 유혹하는 건 아니지?"

화예지의 얼굴이 확 달아올랐다. 어이가 없었다. 황당했다. 하지만 아무런 말도 할 수 없어서 가슴이 답답했다. 뭐라고 마구 쏘아주고 싶은데 그럴 수가 없었다. 지금은 금룡장으로 함께 들어가야 하니까 말이다.

금철휘는 그런 화예지의 어깨를 토닥토닥 두드려 주었다.

"너무 무리하지는 마."

화예지는 순간 멍한 표정을 지었다. 금철휘는 말없이 돌아서서 다시 걸음을 옮겼다. 그녀는 그 뒷모습을 바라보며 한동안 그렇게 서 있었다. 사람을 몇 번이나 들었다 놨다 하는지 이젠 정신을 차릴 수가 없었다.

"하아."

절로 한숨이 흘러나왔다. 왠지 자신의 역량이 부족한 건 아닐까, 하는 생각마저 들었다. 하지만 이내 화예지의 눈에 결연한 빛이 맺혔다. 반드시 해야만 할 일이 있는 이상, 결코 여기서 주저앉을 수는 없었다. 고난은 있어도 포기는 없다. 화예지는 사뿐사뿐 걸음을 옮기며 커다란 바위 같은 금철휘의 등을 똑바로 바라봤다.

*   *   *

금철휘가 여섯 명이나 되는 여인들을, 그것도 엄청나게 아름다운 여인들을 데리고 돌아왔다는 소식은 빠르게 여기저기 흘러 들어갔다. 특히 부인들의 경우 최근 금룡각에 신경을 곤두세우고 있기에 누구보다 먼저 그 소식을 들었다.

　하지만 첫째 부인인 유혜련도, 둘째 부인인 채명화도 섣불리 움직이지 못했다. 두 여인은 더 이상 금철휘에게 함부로 할 수 없었다. 여전히 우스운 돼지임이 분명하지만 그가 쥐고 있는 황금은 우습지 않았다.

　현재 돈에 연연하지 않는 사람은 한서연과 그녀의 사부인 백검화가 유일했다. 당연히 두 사람은 득달같이 금룡각으로 달려갔다.

　금룡각에 도착한 두 여인은 안절부절못하고 서 있는 아칠을 발견했다. 아칠은 그녀들을 보자마자 반가운 얼굴로 쪼르르 달려갔다. 물론 반가운 건 한서연이 아니라 백검화였다. 아칠은 백검화를 향해 꾸벅 인사를 했다.

　"공자님 뵈러 오신 겁니까?"

　백검화가 그런 아칠을 보며 빙긋 웃어 주었다. 아칠은 잠시 멍한 표정으로 그녀의 미소를 감상했다.

　"헤헤. 안으로 드시지요. 이제야 좀 정리가 되겠군요. 헤헤헤헤."

　아칠의 말에 백검화가 눈을 빛냈다. 왠지 말에 깃든 분위기가 요상했다.

"항상 신경을 써 주니 고맙군요. 공자님께 기별을 넣어 주시겠어요?"

백검화의 말에 아칠이 눈을 동그랗게 뜨며 말했다.

"그게 무슨 말씀이십니까. 앞으로 마님이 되실 분인데 그냥 들어가시면 됩니다."

아칠이 허리를 숙이며 팔을 금룡각 쪽으로 쭉 내밀었다. 그 모습을 보는 한서연의 눈이 살짝 매서워졌다. 그녀는 아칠이 금철휘 옆에 머무는 것이 싫었다. 당장 뭐라고 쏘아주려는데 백검화가 조용히 그녀의 손을 잡자, 입을 꾹 다물었다.

백검화는 한서연을 바라보며 부드럽게 웃었다. 백검화는 진정으로 한서연과 금철휘가 서로 잘 지내기를 바랐다. 혼례를 올리고 말고는 나중 문제고, 일단 서로 친해지기만 해도 좋았다. 백검화가 보기에 금철휘는 근래 보기 드문 좋은 사람이었다. 그런 사람과 엮이면 제자도 분명 행복할 수 있으리라 믿었다.

"어쨌든 공자님의 사람이다. 괜히 날을 세울 필요 없지 않겠느냐?"

"하지만 사부님……."

한서연은 불만스러운 표정을 지었지만 이내 한숨과 함께 고개를 저었다. 생각해 보니 자신이 이럴 이유가 없었다.

'내가 혼례를 올릴 것도 아니고. 흥.'

한서연은 속으로 코웃음을 한 번 쳤다. 그리고 슬며시 백검화의 눈치를 살폈다. 사부가 정말로 금철휘와 혼례를 올릴 것인지 궁금하기도 하고 걱정도 되었다.

'나이 차가 얼만데……'

서로 상반된 표정을 지은 두 여인이 금룡각 안으로 들어섰다. 금룡각은 크고 화려했다. 그리고 전각 내부의 구조도 상당히 특이했다. 물론 처음 와보는 곳이 아니기에 길을 찾는 건 어렵지 않았다.

금철휘의 방으로 향하던 도중 백검화는 은은히 느껴지는 기파에 걸음을 멈췄다. 그녀가 걸음을 멈추자 한서연도 의아한 표정과 함께 멈춰 섰다.

"왜 그러세요? 사부님?"

"누군가 연무장을 쓰고 있는 모양이구나."

"연무장이요? 금룡각에서요? 아, 소장주가 데려왔다던 그 아이들인 모양이네요."

금철휘가 밖에서 거지 같은 아이들 두 명을 데려왔다는 얘기 역시 금룡장 내에 파다하게 돌아다녔다. 당연히 한서연과 백검화도 그에 대해 알고 있었다. 아니, 두 사람은 조금 더 자세히 알고 있었다. 두 아이의 이름이 곽한과 곽소미라는 것까지도 알고 있으니 말이다.

"가보자꾸나."

"예? 그래도 되나요?"

어쨌든 이곳 금룡각의 주인은 금철휘다. 이렇게 함부로 아무 곳이나 돌아다니다가 들키기라도 하면 모양새가 이상해진다.

"뭐가 그리 걱정되느냐? 소장주의 셋째 부인이라면 그 정도 확인할 권리는 있다."

"사, 사부님……."

한서연이 난감한 표정을 지었다. 하지만 백검화는 그런 한서연을 향해 인자하게 한 번 웃어주고는 연무장을 향해 걸어갔다. 한서연은 당황한 눈으로 사부의 뒤를 다급히 따라갔다. 그녀의 표정에 불안감이 어렸다.

곽한은 비 오듯 땀을 흘리며 검을 휘둘렀다. 아직 어리긴 하지만 검을 대하는 태도는 웬만한 무인 못지않았다. 그는 금철휘가 내려준 칠성검법에 자신의 모든 것을 내던지다시피 했다.

칠성검법의 검로에 따라 목검이 움직였다. 곽한의 검에서 시작된 은은한 기파가 공기를 흔들었다. 이내 칠성검법의 모든 검로가 마무리되었다.

"후욱!"

곽한은 숨을 토해내며 검을 거뒀다.

"와아!"

짝짝짝!

옆에서 숨죽인 채 지켜보고 있던 곽소미가 박수를 치며 좋아했다. 보면 볼수록 자신의 오라비가 멋졌다.

"이번엔 좀 괜찮았어?"

"응. 너무 멋있어!"

곽소미의 말에 곽한이 미미하게 고개를 끄덕였다. 본격적으로 칠성검법을 수련한 지 이제 열흘 남짓 되었다. 한데도 이제야 형이 잡혀가고 있었다. 금철휘가 준 칠성검법은 결코 녹록하지 않았다. 시중에 나도는 칠성검법과 같으면서도 분명히 달랐다.

"그거 혹시 칠성검법?"

곽한은 갑자기 뒤에서 들려온 목소리에 반사적으로 돌아서며 검을 겨눴다. 그의 눈에 아름다운 두 여인의 모습이 보였다. 곽한은 급히 검을 치우고 고개를 꾸벅 숙였다.

"주모를 뵙습니다."

주모라는 말에 백검화가 기분 좋게 웃으며 입을 가렸다.

"호호. 아직 혼례를 올리지 않았으니 주모는 아니란다. 그보다 방금 펼친 검법, 칠성검법이 맞지?"

"그렇게 들었습니다."

곽한의 대답에 백검화가 묘한 표정을 지었다. 칠성검법은 당연히 그녀도 안다. 하지만 방금 전 곽한이 펼친 검법은 절대 칠성검법이 아니었다. 그저 비슷한 다른 검법이 분명했다.

'즉, 이 녀석이 거짓을 말하고 있거나, 아니면 속았거나.'

백검화는 후자로 판단했다. 곽한의 눈이 너무 맑았다. 이런 걸로 괜한 거짓을 말하고도 당당할 녀석은 아니었다.

"누가 가르쳐주었느냐?"

"주군께서 가르쳐주셨습니다."

"주군이라…… 네 주군이 소장주님을 말하는 거겠지?"

"그렇습니다."

아이답지 않은 말투에 백검화는 빙긋 웃었다. 어디서 이런 아이를 데리고 왔는지 신기했다. 백검화가 보기에 곽한은 숨은 진주와도 같은 아이였다.

'궁금해.'

백검화의 눈빛을 본 곽한은 그녀가 칠성검법을 보고 싶어 한다는 것을 금세 알아챘다. 곽한은 즉시 검을 들었다.

"수련을 계속해도 되겠습니까?"

백검화가 눈에 이채를 띠었다. 눈치까지 빠르다. 그녀는 부드러운 표정으로 고개를 끄덕여 주었다. 그러자 곽한이 신중하게 검을 움직였다.

미래의 주모가 보고 있는 자리다. 곽한은 최선을 다해 검을 펼쳤다. 은은한 기파가 칠성검법을 펼치는 곽한의 주변을 조금씩 흔들었다.

곽한이 한 차례 검로를 마치고 모았던 숨을 내뱉자, 백검화가 자신도 모르게 손뼉을 쳤다.

짝짝.

"대단하구나."

백검화는 진정으로 감탄했다. 곽한의 재능에도 감탄했지만 방금 그가 펼친 검법에 더 감탄했다. 다시 보니 알 수 있었다. 그것은 분명 칠성검법이었다. 하지만 칠성검법이 아니었다.

만일 곽한이 조금만 더 능숙했다면 백검화도 그 안에 숨은 오묘한 변화나 뜻을 알아차리지 못했을 것이다. 곽한이 펼친 칠성검법은 그 정도로 뛰어났다.

"감사합니다."

곽한이 정중히 포권을 취하자, 백검화가 대견한 눈으로 바라봤다. 이렇게 보니 나이는 비록 어리지만 어엿한 한 명의 무인 아닌가.

"앞으로가 기대되는구나. 열심히 하여라."

백검화는 그렇게 말해주고는 돌아섰다. 그녀의 표정에 떠오른 기대감이 숨김없이 밖으로 흘러나왔다. 그리고 그것을 본 한서연의 얼굴이 의아함으로 물들었다.

"그렇게 감탄할 정도는 아닌 것 같았는데……."

한서연이 자신도 모르게 중얼거렸다. 백검화는 그녀를 충분히 이해할 수 있었기에 고개를 끄덕였다. 아마 한서연이 오늘 백검화가 본 것을 느끼려면 앞으로 몇 년은 더 지나야 할 것이다.

"저 아이, 평소에도 잘 지켜보아라. 어쩌면 네게도 도움이 될지 모르니까."

"예?"

한서연은 더 이해할 수 없다는 듯 백검화를 바라봤다. 하지만 사부의 명이다. 어찌 따르지 않겠는가.

"예. 꼭 지켜보겠어요."

한서연은 그렇게 말하며 다짐했다. 대체 사부가 자신에게 뭘 보라고 하는 것인지 꼭 알아내고야 말겠다고. 그녀는 이번 일이 자신에게 상당히 중요하다는 것을 본능적으로 느끼고 있었다. 물론 그것을 확실히 인지하지는 못했지만 말이다.

그렇게 중간에 작은 사건 하나를 겪은 두 여인이 이내 금철휘 방 앞에 도착했다. 백검화는 일단 기척을 흘리며 말했다.

"서연이에요. 들어가도 되나요?"

백검화의 말에 한서연이 기겁을 하며 백검화를 바라봤다. 왜 사부가 왔다고 하지 않고 자신이 왔다고 말하는가. 하지만 백검화는 전혀 신경 쓰지 않고 문을 열었다.

열린 문 안으로 놀란 눈이 되어 고개 돌려 쳐다보는 여섯 명의 여인들이 보였다. 그리고 반가이 웃으며 백검화를 향해 손을 흔드는 금철휘의 모습도 보였다.

백검화와 한서연은 금철휘의 모습을 보고는 깜짝 놀랐다. 완전히 다른 사람이 되어 앉아 있었다.

"왔어? 어때? 살 좀 빼니까 좀 나아 보여?"

백검화가 두 손을 맞잡으며 눈을 반짝였다.

"정말로 훤칠해지셨네요. 너무 멋져요!"

애교가 듬뿍 담긴 백검화의 말에 한서연이 하마터면 발을 헛디딜 뻔했다. 한서연은 아직도 적응이 안 되는 얼굴로 백검화와 금철휘를 번갈아 바라봤다.

"누구죠?"

화예지가 살짝 긴장한 눈으로 물었다. 경계심이 들었다. 백검화가 안으로 들어오는 순간부터 은은한 압박감을 느꼈다. 보통 고수가 아니었다.

"알면서 뭘 물어?"

금철휘의 말에 화예지는 고개를 끄덕였다. 너무 금철휘에게만 신경을 쓰고 있어서 머리가 제대로 돌아가지 않았다.

'아, 저 사람이 백검화로구나. 과연.'

백검화에 대한 정보는 머릿속에 꿰고 있었지만 실물을 본 적은 없기에 글로 존재하는 외모의 묘사를 실제와 맞추는 작업이 필요했다. 화예지는 머릿속에서 순식간에 그것을 해냈다.

'저 여자가 백검화의 제자. 그리고 예전 금철휘의 셋째 부인이 될 뻔한 사람.'

화예지는 차분히 백검화와 한서연을 살펴봤다. 너무나 아름다운 여인들이었다. 사실 좀 이상하긴 했다. 한서연은 금철휘의 셋째 부인이 되기로 예정된 여인이었다. 한데 이제는 백검화가 셋째 부인이 될 거라고 한다.

백검화와 한서연이 금철휘에게 다가갔다. 그리고 적당한 자리를 찾아 앉았다. 금철휘가 자리를 권하기도 전에 앉는 두 사람을 보며 화예지는 살짝 눈살을 찌푸렸다.

'뭐지? 마치 자기가 이 방 주인이라도 된 것처럼.'

엄밀히 따지면 주인이라고 할 수도 있다. 어차피 금철휘의 부인이 될 사람이니 말이다.

"이분들을 소개해 주시지 않겠어요?"

백검화가 예의 그 애교 넘치는 목소리로 물었다. 한서연은 순간 몸을 한 차례 부르르 떨었다. 자신은 죽었다 깨어도 하지 못할 거라 생각하면서.

"설마 네 번째 부인을 들이시려는 건가요?"

백검화의 말투와 눈빛에는 그렇게 해도 전혀 상관없다는 듯한 태도가 잔뜩 묻어났다.

"부인은 무슨. 조만간 내 시비가 될 사람들이야."

"시비요?"

백검화가 의아한 눈으로 화예지와 그녀의 호위들을 둘러봤다. 아무리 봐도 시비로 쓸 만한 여자들이 아니었다. 오히려 무사로 쓰는 게 훨씬 나을 정도로 뛰어난 기세를 감추고 있는 여인들이다. 한데 시비라니.

"뭔가 제가 모르는 일이 있었나 보네요."

백검화가 호기심 가득한 눈으로 금철휘를 바라봤다. 그 모습에 금철휘가 피식 웃었다.

"귀엽네."

금철휘의 말에 다들 기겁을 했다. 백검화가 금철휘보다 무려 열두 살이나 많다. 한데 누가 누구보고 귀엽다고 한단 말인가. 물론 금철휘에게 귀엽다는 말을 쓰는 것도 문제가 있지만 말이다.

"살 빼신 거랑 관계가 있나요?"

"호오. 눈치도 빠르네. 역시 내 셋째 부인이 될 자격이 있어."

"고마워요."

백검화가 살짝 몸을 꼬며 말했다. 그녀의 말투나 몸짓에서 넘쳐나는 애교에 한서연은 아직도 정신을 차리지 못했다. 그리고 슬슬 화예지와 호위들도 한서연의 표정을 이해하기 시작했다.

금철휘는 간단히 내기에 대해 설명해 주었다. 내기에 건 것이 무려 금룡장 재산의 절반이라는 것에는 백검화도 놀랄 수밖에 없었다.

"정말 배포가 대단하시네요. 그릇이 달라요!"

백검화가 눈을 반짝이며 말했다. 하지만 한서연은 백검화처럼 할 수 없었다.

"제, 제정신이에요?"

"응? 당연하지."

"제정신인 사람이 금룡장의 절반을 걸었다고요?"

금철휘가 피식 웃었다.

"이기면 되잖아. 안 보여? 벌써 반 넘게 뺀 거."

한서연은 입을 다물었다. 확실히 그건 그렇다. 그녀도 정말로 놀랐다. 금철휘가 이렇게까지 살을 뺄 수 있을 거라고는 생각도 못했다. 하지만 살이라는 건 원래 많을 때보다 적을 때 빼기 어렵다. 아마 앞으로는 지금까지와 비교도 할 수 없을 정도로 어렵고 힘들 것이다.

"아무튼 기대하라고."

금철휘가 손바닥을 비비며 음흉하게 웃었다. 그 표정과 눈빛을 받은 화예지는 몸을 부르르 떨었다.

'아, 안 돼. 저 돼지의 시비가 될 수는 없어!'

절박한 심정이 된 화예지가 예쁘게 웃으려 애쓰며 금철휘에게 말했다.

"슬슬 배가 고픈데 우리 뭐 좀 먹으면 안 될까요?"

"어려울 거 없지. 마침 나도 배가 고픈데 잘됐네. 오늘은 어디로 가볼까나."

화예지가 급히 만류했다.

"오늘은 그냥 여기서 먹는 건 어때요?"

화예지로서는 나갔다가 다시 금룡장으로 들어오기 어려울 것 같아서 한 말이었다. 하지만 금철휘는 그 말에 턱을 쓰다듬으며 심각한 표정을 지었다.

"그러고 보니…… 집에서 뭔가를 먹어본 적이 거의 없군. 이래선 곤란하지. 금룡각에서 일하는 숙수들에게 주는 돈도 만만치 않을 텐데. 좋아. 오늘은 여기서 먹지."

금철휘가 결정하기 무섭게 금룡각이 분주히 움직였다. 금룡각을 관리하는 총관인 금룡각주를 비롯해 모든 숙수와 시비, 일꾼들이 부산히 움직여 식사를 만들었다.

얼마 시간이 지나지도 않아 입이 떡 벌어질 정도의 진수성찬이 마련되었다. 다들 그것을 보고 입을 다물지 못했다. 심지어는 금철휘까지도.

'내가 보물을 집에 두고 밖으로만 나돌아 다녔구나.'

모든 요리들이 먹음직스러웠다. 생각해보면 당연한 일이었다. 금룡장은 항주제일을 넘어 천하에서 가장 돈이 많은 장원이다. 그러니 얼마나 대단한 숙수들을 고용했겠는가.

"자, 그만 놀라고 먹지."

가장 먼저 정신을 차린 금철휘가 말하자 다들 경이에 찬 눈으로 금철휘를 바라본 뒤 요리를 먹기 시작했다. 하나같이 입에서 살살 녹을 정도로 맛있었다.

'젠장. 더럽게 맛있잖아!'

금철휘는 억울했다. 이렇게 맛있는 음식을 매일 먹을 수 있었는데 기루며 주루며 밖으로만 나돌았다니.

'아칠, 이 자식!'

이게 다 아칠 때문이었다. 금철휘는 그렇게 속으로 아칠에게 구시렁대며 눈앞에 차려진 요리들을 순식간에 비워 나가기 시작했다.

"슬슬 돌아가지?"

금철휘의 말에 화예지가 배시시 웃으며 고개를 저었다. 절대 금철휘 곁을 떠날 생각이 없었다. 즉, 금철휘가 살 뺄 시간을 안 주겠다는 계획이다.

"그럼 여기서 나랑 같이 자겠다고?"

"그냥 얘기나 하자는 건데. 왜? 싫어?"

"싫다고 하면 그냥 갈 거야?"

"아니."

화예지가 또 웃었다. 그녀는 자신의 미소가 예쁘다는 걸 스스로 잘 알고 있었다. 또한 그것을 무기로 쓸 줄 아는 여인이었다. 하지만 그런 예쁜 무기도 금철휘에게는 아무런 소용이 없었다. 물론 아직도 금철휘 곁을 지키고 있는 백검화와 한서연에게도 전혀 소용이 없었다.

"그래. 그럼 여자들끼리 얘기하면 되겠네. 난 배부르니 졸려서."

금철휘는 그렇게 말하고는 침상에 털썩 누웠다. 그리고 머리가 닿자마자 코를 골기 시작했다. 다들 어이없는 눈으로 그 모습을 바라봤다.

잠시 싸늘한 침묵이 감돌았다. 설마 금철휘가 이렇게 자 버릴 줄은 몰랐기에 모두 당황했다.

"다른 방으로 안내해 드리죠. 일단 좀 쉬세요."

백검화의 말에 화예지가 고개를 저었다.

"아뇨. 전 여기 있겠어요. 이 사람을 지켜봐야 할 것 같아서요.”

화예지는 금철휘를 반드시 자신의 시선 안에 놓고 싶었다. 최소한 내기가 끝나기 전까지는 말이다.

“흐음. 아무리 시비라도 주인과 함께 잠자리를 할 필요는 없지 않나요?”

백검화의 도발에 화예지는 미소로 응대했다.

“시비가 될지 주인이 될지는 아직 모르는 거겠죠?”

싸한 분위기가 계속되었다. 한서연은 화예지와 백검화 사이에서 튀는 불꽃에 안절부절못했다. 그것은 화예지의 호위들 역시 마찬가지였다. 굳이 백검화와 싸울 이유는 없었다. 백검화는 아무리 그들이라도 부담스러운 상대였다.

“그럼 저도 있어야겠군요.”

백검화의 말에 화예지는 신경 쓰지 않는다는 듯 대꾸도 하지 않고 금철휘를 바라봤다. 잠시도 눈을 뗄 수 없었다. 닷새 동안 이백 근의 살을 뺐다. 일반적인 방법으로는 불가능한 일을 해냈다는 건, 뭔가 특별한 방법이 있다는 뜻이다. 그 방법을 쓰지 못하도록 방해하지 않으면 이번 내기는 결코 이길 수 없다.

‘너무 방심했어. 내기를 제안할 때부터 고민했어야 하는 문제인데.’

화예지는 입술을 지그시 깨물었다. 코를 골며 자는 금철휘의 모습이 정말로 얄미웠다.

'날 시비로 쓰겠다고? 웃기지 마. 내가 금룡장을 먹어치워 버릴 거야.'

방안에는 침묵이 감돌았다. 여자만 여덟 명이 앉아 잠자는 금철휘만 빤히 바라보고 있었다. 모르는 사람이 보면 오해할 만한 광경이다. 여덟 명의 여인이 금철휘에게 반해 눈을 못 떼고 있는 것 같을 테니까.

그렇게 두 시진이 지나갔다. 아무도 움직이지 않았고, 금철휘에게서 눈을 떼지도 않았다. 금철휘가 몸을 뒤척이다가 천천히 일어났다.

"끄응."

금철휘는 눈을 비벼 잠을 쫓아낸 후, 자신만 빤히 바라보는 여덟 쌍의 눈동자를 보고는 피식 웃었다. 그리고는 턱선과 뺨을 쓰다듬으며 고개를 끄덕였다.

"확실히 살을 뺐더니 인기가 올라가는군. 너무 잘 생겨서 눈을 뗄 수가 없나 보지?"

금철휘의 시답지 않은 농담에 반응해주는 사람은 백검화가 유일했다.

"확실히 살을 좀 더 빼시는 게 좋을 것 같아요. 인물이 확 살아나는 걸요?"

"그렇지?"

금철휘가 히죽히죽 웃었다. 그리고 자리에서 일어났다.

"어디 가려고?"

화예지가 따라 일어나며 물었다. 그녀의 눈이 별처럼 반짝였다. 드디어 금철휘가 살을 어떻게 빼는지 비밀을 엿볼 수도 있다고 생각했다. 아니, 그것을 방해할 수 있을 것 같았다.

금철휘가 그런 화예지를 멀뚱히 쳐다봤다.

"뒷간까지 따라오려고?"

화예지의 얼굴이 사정없이 구겨졌다. 하지만 쫓아가지 않을 수 없었다. 뒷간에 간다고 하고서 다른 곳으로 빠지지 말라는 법도 없으니 말이다.

"거 참, 취향 특이하시네."

금철휘는 그러든지 말든지 신경 안 쓴다는 듯 휘적휘적 걸어갔다. 이제는 제법 살이 많이 빠져 예전처럼 크게 뒤뚱거리지도 않았다. 여전히 이백 근이나 나가지만 그래도 지금은 그럭저럭 사람 같았다.

화예지는 물론이고 나머지 모든 사람들이 금철휘를 쫓아갔다. 다들 궁금하긴 마찬가지였다. 대체 어떻게 하면 단기간에 많은 살을 뺄 수 있는지 말이다. 어쩌면 그 비밀 한 자락을 엿볼 수도 있다는 생각에 다들 두근거렸다. 물론 그런 비전을 함부로 보여줄 리 없으니 쉽진 않겠지만.

금철휘가 향하는 곳은 정말로 뒷간이었다. 금룡장의, 그것도 금룡각에 있는 뒷간이기에 규모나 화려함이 다른 장원의 것과는 많이 달랐지만 그래도 뒷간은 뒷간이었다. 근처에 다가가니 냄새가 확 밀려왔다.

'설마 정말로 뒷간에 가려는 거였어?'

화예지의 일그러진 얼굴이 더욱 심하게 구겨졌다. 그녀는 금철휘가 뒷간 안으로 들어가 버리자, 고개를 확 돌려 버렸다. 그런 화예지에게 일화가 다가갔다.

"설마 아무에게도 보이고 싶지 않아 장소를 뒷간으로 정한 건 아니겠지요?"

일화의 말에 화예지는 정신이 번쩍 들었다. 이대로 있어선 안 되겠다는 위기감이 확 밀려왔다. 하지만 남자가 대변을 보고 있는 곳에 쳐들어갈 수는 없지 않은가. 그녀는 사방을 두리번거렸다. 항상 금철휘 곁에 함께 있던 아칠을 찾기 위함이었다. 하지만 아칠은 그곳에 없었다.

'대체 어딜 간 거야?'

아칠이 있다면 억지로라도 아칠을 들여보낼 생각이었다. 그렇게 해서라도 방해하고 싶었다. 하지만 지금 이곳에는 순 여자들뿐이었다.

'내가 직접 들어가야 하나?'

화예지는 문득 자신이 대체 왜 이따위 고민을 해야 하는지 짜증이 났다. 이 모든 게 금철휘 때문이다. 그리고 결국 자신이 직접 들어가서 방해하자고 그렇게 결정을 내린 순간, 뒷간 안에서 우렁찬 소리가 들려왔다.

뿌드드득! 푸확!

"흐윽."

다들 코를 부여잡았다. 지독한 냄새였다. 소리는 끊임없이 들려왔고, 냄새는 점점 더 심해졌다. 그렇게 처먹더니 싸는 양도 대단했다.

"무슨 똥을 반 시진이나 싸!"

다들 질린 눈으로 뒷간을 노려봤다. 반 시진이나 지났는데도 여전했다. 끊임없이 소리와 냄새가 흘러나왔다. 이러다가 몸에 냄새가 배서 빠지지 않을까봐 걱정이 될 정도였다.

그리고 그들의 인내가 완전히 바닥났을 때, 소리가 멎었다. 물론 한동안 냄새는 그대로였지만 말이다. 잠시 후, 뒷간 문이 열리고 금철휘가 모습을 드러냈다.

"말도 안 돼!"

"거짓말이야!"

금철휘의 모습에 다들 경악했다. 아니, 경악을 넘어서 거의 기절하기 일보 직전이 되었다. 다시 모습을 드러낸 금철휘는 완전히 딴사람이 되어 있었다. 살이 쫙 빠져서 누군지 알아보기도 어려울 정도였다.

"저, 정말 금철휘란 말이야? 다른 사람으로 바꿔치기한 게 아니라?"

화예지는 도저히 믿을 수 없어서 그렇게 중얼거렸다. 하지만 그게 아니라는 건 본인이 누구보다 잘 알고 있었다. 비록 살이 쫙 빠지면서 외모가 달라졌지만 예전 금철휘의 모습이 곳곳에 조금씩 묻어났다. 항주의 정보를 주무르는 금향각의 수장이기에 남다른 눈썰미를 가졌고, 그렇기 때문에 지금 눈 앞에 선 사람이 금철휘라는 확신을 할 수 있었다.

'향기도 그렇고.'

그 어떤 것보다 확실한 증거가 바로 향기였다. 정확히 자신이 바른 부위에서 향이 흘러나오고 있었다. 그곳은 살이 빠진다고 해서 달라질 수 없는 부위였다.

"왜 다들 그런 눈으로 봐? 살 뺀 사람 처음 봤어?"

금철휘가 씨익 웃으며 좌중을 둘러봤다. 금철휘의 모습은 정말로 놀랄 정도로 달라졌다. 일단 외모가 완전히 달라졌다. 예전의 뚱땡이가 아니었다. 뚱뚱함 속에 가려진 외모는 빛이 날 정도로 멋졌다. 금철휘가 손가락으로 턱을 슥슥 쓰다듬으며 말했다.

"어때? 이렇게 보니까 나도 꽤 괜찮지?"

금철휘의 말에 가장 먼저 반응한 것은 한서연이었다. 그녀는 자신도 모르게 고개를 크게 끄덕였다. 그 모습을 본 금철휘가 눈을 빛냈다.

"역시 알아주는 사람이 있을 거라 생각했어. 그나저나 한바탕 했더니 배가 고프네. 가서 좀 먹어볼까?"

금철휘가 휘적휘적 걸음을 옮겼다. 다른 사람들은 그저 멍하니 그 뒷모습을 바라보기만 했다. 정말 있을 수 없는 일이 벌어졌다.

"살 빼기의 비밀이 똥이었다니……"

세상에 똥을 싸서 살을 뺄 수 있는 사람이 있을 줄 누가 알았겠는가. 믿을 수 없지만 실제로 그런 일이 벌어졌다. 대체 똥을 어떻게 싸면 이럴 수가 있단 말인가.

화예지는 완전히 공황상태에 빠졌다. 뒷간에서 나온 금철휘의 모습을 본 순간부터 아무 생각도 할 수 없었다. 눈썰미가 있기에 금철휘의 몸무게가 어느 정도나 될지 가늠하는 건 너무나 쉬운 일이었다. 한데 이백 근이 넘던 금철휘가 단번에 백이십 근 아래로 떨어져 버렸다.

'어, 어찌 그리 단번에……!'

왠지 몸에 똥을 숨기고 있다가 단번에 쏟아내 버린 듯하지 않은가. 만일 그게 맞다면 이건 사기였다. 하지만 아니라는 걸 알기에 더 절망스러웠다. 이대로라면 약속된 날이 되기도 전에 내기는 끝이었다.

"아, 안 돼. 이대로 끝낼 수는 없어."

이대로 금철휘의 시비로 전락할 수는 없었다. 뭔가 다른 방도를 찾아내야만 했다. 아직 시간이 남아 있었다. 그동안 금철휘가 다시 살찔 수밖에 없도록 수작을 부려야만 한다.

"저, 전 먼저 가볼게요."

화예지가 다급히 금철휘를 뒤따라갔다. 나머지 여인들도 그제야 정신을 차리고 움직였다. 그녀들의 마음에 묘한 파문이 일었다. 그녀들은 기적을 경험했다.

자신의 방으로 돌아온 금철휘는 침상에 앉아 묘한 표정으로 생각에 잠겼다. 오늘 참으로 재미난 경험을 했다. 오늘의 계획은 뒷간에서 천령신공을 이용해 한 시진에 걸쳐서 스무 근 정도의 살을 빼는 것이었다. 한데 하다 보니, 반 시진도 걸리지 않아서 팔십 근을 넘게 빼 버렸다.

정말 어이없게도 똥을 싸면서 천령신공에 대한 새로운 깨달음 하나를 얻은 것이다. 덕분에 금철휘의 천령신공은 그 경지가 조금 더 깊어졌다. 새로운 경지를 개척하지는 못했지만 이미 익힌 단계들의 경우 훨씬 더 제대로 쓸 수 있게 되었다.

"그럼 슬슬 백토신공을 시작해도 되겠군."

오늘 팔십 근을 한꺼번에 내공으로 바꿔버리는 바람에 더 이상 살을 뺄 필요가 사라졌다. 또한 백토신공을 시작하기에 충분한 내공도 모았다. 지금 금철휘가 몸에 보유한 내공의 양은 거의 한계치에 가까웠다. 더 많은 기운을 모아봐야 백토신공을 익히는데 별다른 도움이 되지 않을 터였다.

금철휘는 몸 곳곳에 잠들어 있는 이갑자에 달하는 기운들을 서서히 움직여 단전으로 인도했다. 사실 아직 단전이 제대로 형성되지도 않았다. 하지만 그런 건 아무런 문제도 되지 않는다. 천령신공을 이용하면 된다.

금철휘의 단전 부위에 막대한 기운이 몰려들었다. 천령신공은 기운을 압축하고 또 압축해 그것을 단단히 뭉쳤다. 압축하면 할수록 백토신공에 유리하다. 금철휘는 천령신공을 이용해 백토신공을 이룰 최상의 바탕을 만들어갔다.

'말하자면 백토신공은 천령신공의 하위무공이라 할 수 있지.'

천령신공을 만드는 과정에서 마지막에 나온 무공이 백토신공이었기에 그건 당연한 일이었다. 즉, 백토신공을 제대로 익히면 천령신공이 더욱 깊어질 수도 있다는 뜻이다. 금철휘는 그렇게 될 거라고 확신했다.

후우웅.

금철휘의 몸을 중심으로 거대한 기운이 한 차례 몰아쳤다. 마치 회오리가 일어나는 듯했다. 방안에 있던 집기들이 요동쳤고, 문짝이 흔들렸다.

진동이 점점 커졌다. 그리고 이내 금룡각 전체가 마치 지진이라도 난 것처럼 뒤흔들렸다.

*　　　*　　　*

"이, 이게 무슨 일이지?"

가장 먼저 금철휘를 뒤따라갔던 화예지는 금룡각에 들어선 순간 느껴지는 거대한 기의 소용돌이와, 거기에 맞춰 흔들리는 건물을 보며 크게 당황했다. 이런 일은 들어본 적도 없다. 얼핏 예측하면 운기조식을 하는데 기의 유동량이 너무 많아 전각이 흔들리는 것 같았다. 하지만 그런 게 가능할 리 없었다.

'그게 가능하려면 대체 얼마나 많은 내공을 가지고 있어야 하는데……'

그냥 내공만 많다고 되는 것이 아니다. 막대한 내공을 가진 사람이 단전을 텅텅 비운 뒤에 그것을 급격히 채우면 아마 이런 일이 벌어질지도 모른다. 하지만 대체 이곳 금룡각에 그럴 사람이 누가 있단 말인가.

화예지의 뇌리에 금철휘의 모습이 스쳐 지나갔다. 하지만 이내 고개를 저었다. 그럴 리 없었다. 완전히 다른 사람이 아니고서야 어찌 일초반식의 무공도 모르던 사람이 이런 막대한 내공을 움직인단 말인가.

화예지의 걸음은 점점 더 빨라졌다. 전각이 무너질 듯 흔들리고 있었지만 그녀의 눈빛은 한 치의 흔들림도 없었다. 설사 전각이 폭삭 주저앉는다 해도 조금도 다치지 않을 자신이 있었다. 하지만 점점 소용돌이치는 기운의 중심부에 다가갈수록 그녀의 마음은 혼란에 빠졌다.

'그 사람의 방이야.'

그렇다는 것은 이 기운의 주인이 금철휘이거나, 아니면 금철휘의 방에 또 다른 사람이 있어서 지금 이 일을 벌이고 있다는 뜻이다. 화예지의 판단에 후자일 가능성은 거의 없었다.

'믿을 수 없어. 이건 말도 안 된다고!'

화예지가 몸을 훌쩍 날렸다. 기운이 워낙 거칠게 요동치고 있어서 내공을 쓰기도 벅찼다. 대체 어떻게 하면 이렇게 엄청난 기운을 다룰 수 있는지 궁금할 지경이었다.

방 앞에 도착한 화예지의 표정이 굳었다. 그리고 조심스럽게 방문을 열었다. 열린 문 사이로 가부좌를 틀고 앉은 금철휘의 모습이 보였다. 지그시 눈을 감은 그의 몸을 중심으로 바람이 휘몰아치고 있었다. 이 막대한 기운의 주인공이 바로 금철휘였던 것이다.

화예지는 무릎에 힘이 풀려 털썩 주저앉았다. 믿기 힘든 일을 연속으로 겪으니 갑자기 기운이 쭉 빠졌다. 그리고 심각한 자괴감에 빠졌다. 그녀는 그렇게 앉아 멍하니 금철휘를 바라봤다.

$*$ $*$ $*$

금철휘는 감각이 급격히 확장되는 것을 느꼈다. 그의 감각 아래 금룡각이 온전히 들어왔다. 그리고도 모자라 감각이 점점 넓어지더니 이내 금룡장 전체를 감쌌다. 예상대로 백토신공과 천령신공이 묘하게 공조하며 상승작용을 가져온 것이다.

본래 금철휘의 능력으로는 근처 십여 장이 한계였다. 최대한 무리를 한다면 금룡각까지는 감각 아래 둘 수 있겠지만, 오래 지속하기에는 무리가 따랐다.

한데 지금은 금룡장 전체를 자신의 감각으로 감쌌는데도 전혀 힘들지 않았다. 무리를 하면 훨씬 더 크게 넓힐 수도 있을 듯했다.

또한 그 안에 있는 모든 기운들이 생생히 느껴졌다. 백토신공은 금철휘의 단전에 똬리를 틀고 감각 안에 들어온 모든 기운들을 움직였다. 그리고 마치 소용돌이의 중심으로 모든 것을 끌어들이듯 탐욕스럽게 그것들을 빨아들였다.

'이거 예상하고 좀 다른데?'

금철휘는 살짝 놀라긴 했지만 당황하지는 않았다. 얼마든지 대처가 가능한 범위였다. 이 모든 기운을 다 끌어들인다 해도 자유자재로 주무를 자신이 있었다.

'천령신공이 있으니까.'

그렇게 열심히 기운을 끌어들여 내공을 키워가던 금철휘의 감각에 큰 기운을 가진 사람 하나가 금룡각으로 들어온 것을 잡아냈다.

'이건 화예지로군.'

화예지가 얼마나 놀라고 있는지 생생히 느껴졌다. 문을 열고 멍하니 자신을 바라볼 때는 입가에 미소까지 떠올랐다. 금철휘는 이내 그녀에게 향한 관심을 끊고 백토신공에 더욱 몰두했다.

백토신공과 함께 천령신공이 점점 더 그 깊이를 더해갔다. 그리고 금철휘의 운기가 끝났을 때, 금룡각이 풀썩 주저앉았다.

화예지는 바닥에 주저앉은 채로 멍하니 자신을 향해 무너지는 천장을 바라봤다. 뒤늦게 대응을 했지만 상당한 피해를 각오할 수밖에 없는 상황이었다. 처음부터 정신을 차리고 있었으면 모를까 바닥이 꺼지고 천장이 무너지는 상황에서 그녀가 할 수 있는 건 내공을 이용해 몸을 보호하는 정도가 전부였다.

'그래도 많이 다치지는 않아.'

화예지는 내공을 있는 대로 뿜어 몸을 보호했다. 자신에게 쏟아지는 돌 조각들은 손과 발을 이용해 쳐냈다. 그렇게 밑으로 떨어지며 바닥에 부딪히려는 순간, 형언할 수 없을 정도로 부드러운 기운이 그녀의 몸을 감쌌다. 그리고 그 위로 전각의 잔해가 우수수 쏟아졌다. 화예지의 눈에 빙긋 웃고 있는 금철휘의 얼굴이 보였다. 그걸 마지막으로 그녀의 눈앞이 캄캄해졌다.

제3장
아칠

　금룡각이 무너지고 있을 때, 아칠은 금철휘의 첫째 부인이
머무는 전각인 홍련각에 있었다. 금룡각에 있던 아칠을 유혜
련이 부른 것이다. 그녀의 명을 받은 설소영의 서슬 퍼런 눈빛
에 아칠은 그저 따라갈 수밖에 없었다.

　아칠은 자신을 향해 쏟아지는 유혜련의 눈빛에 시선도 제
대로 맞추지 못했다.

　'젠장. 사람을 불렀으면 말을 해야 할 거 아냐. 공자님은
왜 날 그런 곳에 세워 두셔가지고는.'

　아칠이 만일 평소처럼 금철휘와 함께 있었다면 이런 곳에
끌려올 이유도 없었을 것이다. 하지만 오늘은 금철휘도 아칠

을 챙겨줄 틈이 없었다.

"요즘 그 돼지……, 아니, 공자님께서 새로 여자를 들였다는데, 넌 봤으니 알겠지?"

아칠은 속으로 안도했다. 이 정도면 예측 범위 안이었다. 어떻게든 대응이 가능할 것이다. 그리고 몸성히 금철휘 곁으로 돌아갈 수 있을 것이다.

'돌아가면 다시는 공자님 곁을 떠나지 말아야지. 젠장.'

아칠은 속으로 투덜거리며 약간 비굴한 미소를 지었다. 그리고 천천히 고개를 끄덕였다.

"물론입죠. 저보다 우리 공자님을 잘 아는 사람은 없습죠. 공자님께서도 누구보다 절 아껴주시니 제가 모르는 게 있을 리 있겠습니까? 헤헤헤."

"쓸데없는 말은 빼라. 넌 내가 묻는 말에만 똑바로 대답하면 돼!"

유혜련의 말에 돋은 서슬이 아칠의 등골을 한바탕 훑고 지나갔다. 아칠은 그녀의 눈빛과 말투에 움찔 몸을 떨었다.

"그러니까…… 향화루의 주인입죠."

"향화루?"

향화루는 유혜련도 잘 아는 곳이다. 항주에서 가장 비싸기로 유명한 주루니까 말이다.

"향화루의 주인이 여자였어?"

유혜련은 입술을 깨물었다. 금철휘가 데려온 여인이 엄청나게 예쁘다는 소문이 벌써 금룡장 내에 파다했다. 아직 직접 보지는 못했지만 화가 치밀었다.

"더러운 돼지새끼가 여자만 밝히는구나."

유혜련은 코웃음을 치며 그렇게 중얼거리고는 아칠을 노려봤다. 아칠은 슬그머니 시선을 피했다.

"이번 달 우리 홍련각에 책정된 예산이 얼마나 되느냐?"

"예? 그, 그건……."

아칠이 당황했다. 그걸 자신이 알 리 없지 않은가. 아마 금철휘도 전혀 생각하고 있지 않을 것이다. 그런 아칠의 태도에 유혜련은 또 코웃음을 쳤다.

"흥! 아직 생각도 안 한 모양이구나. 이제 고작 사흘밖에 안 남았는데 말이야."

"헤헤. 공자님께서도 다 생각해 두신 것이 있지 않겠습니까?"

유혜련은 아칠을 노려봤다. 아칠은 움찔 놀라 시선을 피하려 했지만 이번에는 그럴 수가 없었다. 옆에서 설소영이 압박을 가했기 때문이다. 설소영은 내공을 이용해 아칠이 고개를 돌리지 못하도록 힘을 썼다. 아칠은 식은땀을 흘리며 계속 유혜련과 눈을 마주 봐야 했다.

"그래도 공자님이 네 말은 제법 듣는 편이지?"

"그, 그런 편이긴 합니다만……."

아칠은 대답하려다가 입을 꾹 다물었다. 대번에 감이 왔다.

아칠의 표정이 슬슬 풀어지기 시작했다. 입가에 능글능글한 미소가 맴돌았다.

"우리 공자님께서 또 절 어찌나 신임하시는지, 주루건 기루 건 꼭 제가 가자는 곳만 가신다니까요? 그리고 절 어찌나 위 하시는지 절세무공이 담긴 비급까지 주려고 하셨는데 제가 정중히 사양했습죠. 무공을 익힐 시간에 조금이라도 더 공자 님 곁에서 보필하고자 하는 충정 아니겠습니까? 공자님께서 도 그걸 알아주시고 절 더욱 신임하고 계십니다. 암요. 헤헤 헤."

"그래? 그거 참 잘 되었구나."

유혜련이 차가운 눈으로 아칠을 노려보며 말했다.

"사흘 후에 공자님이 내게 금을 얼마나 들고 오는지 두고 볼 것이다. 네가 어떤 꼴을 당할지는 내 손에 들어온 금의 무 게에 따라 결정되겠지. 내 말 무슨 뜻인지 알겠느냐?"

명백한 협박이었다. 하지만 아칠의 표정은 전혀 무너지지 않았다. 그의 입가에 걸린 능글능글한 미소도 그대로였다.

"헤헤. 무슨 뜻인지 잘 모르겠는뎁쇼?"

유혜련이 코웃음을 치며 설소영에게 눈짓을 보냈다. 설소영 이 즉시 검을 뽑아 아칠의 목에 갖다 댔다.

"여기서 너 하나 죽는다고 슬퍼할 사람이 한 명이라도 있 을 것 같으냐?"

아칠은 검의 예기가 목에 닿자 섬뜩했지만, 낯빛 하나 바꾸지 않았다. 일단 승기를 잡았다고 판단한 이상, 즉, 자신이 강자가 된 이상 더 이상 두려워할 필요가 없었다.

"아 참, 제가 궁금한 게 하나 있는데 혹시 말씀해주실 수 있으십니까?"

유혜련은 단호히 고개를 저었다. 그녀가 원하는 건 확답과 복종이었다. 이런 쓸데없는 일로 시간을 낭비하기 싫었다. 하지만 아칠은 그녀의 태도에는 아랑곳하지 않고 자기가 하고 싶은 말을 꺼냈다.

"한 달 정도로는 끄떡없겠지요?"

단순한 말이지만 심상치 않았기에 유혜련은 자신도 모르게 반문했다.

"그게 무슨 뜻이냐?"

"그러니까 한 달 정도는 소주 유가장에 지원금을 보내지 않아도 별문제가 없지 않겠느냐는 뜻입니다."

유혜련의 얼굴이 새빨갛게 달아올랐다.

"감히! 지금 날 협박하려는 것이냐!"

아칠은 능글능글 웃으며 대답했다.

"헤헤. 제가 감히 그런 걸 할 리가 없지 않습니까. 그저 궁금해서 물어본 것뿐입니다요."

유혜련은 딱딱하게 굳은 얼굴로 아칠을 노려봤다. 한 달에 유가장으로 들어가는 돈이 무려 금 천삼백 냥이다. 은으로 환산하면 삼만 냥에 가까운 거액이다. 유가장에서는 그 돈으로 무사들의 급료와 각종 생필품을 조달한다.

사실 한 달 정도는 버틸 수 있다. 다만 빚이 늘어날 것이다. 그 정도 액수의 돈을 융통하려면 고리대금을 쓸 수밖에 없고, 그것은 차츰 유가장의 목줄을 죌 것이다.

유혜련이 이를 악물었다.

"그래서 하고 싶은 말이 무엇이냐?"

"헤헤. 뭐, 별것 있겠습니까? 제가 여기서 죽으면 우리 공자님께서 아마 마음이 크게 다치실 것이고, 그럼 정신이 없어서 예산 책정을 못 하실 수도 있지 않겠느냐, 뭐 그런 이야기입지요."

유혜련이 죽일 듯한 눈으로 아칠을 노려봤다. 하지만 아칠의 말에 틀린 점이 하나도 없었다. 그녀는 결국 설소영에게 눈짓을 보냈다.

아칠은 자신의 목에서 섬뜩한 예기를 뿌리는 칼날이 사라지자, 더욱 편안하게 미소 지었다. 물론 보고 있는 유혜련과 설소영의 입장에서는 복장이 뒤집어질 정도로 능글맞은 표정이었다.

"제가 재미있는 얘기 하나 해 드릴깝쇼?"

유혜련은 더 듣고 싶지 않다는 듯 고개를 돌려 버렸다. 아칠을 협박해 이번 달 지원금을 제대로 받아낼 속셈이었는데, 그게 잘 되지 않으니 짜증이 났다. 물론 아칠은 유혜련의 표정이나 기분에는 전혀 신경 쓰지 않고 말을 이었다.

"우리 공자님이 한 달에 책정하실 수 있는 금액은 금 육천 냥입니다. 홍련각, 유화각, 이설각에 각각 이천 냥씩 가는 거죠. 한데 말입니다. 이설각에 머무시는 분들의 경우 그렇게 많은 돈이 필요할까요?"

유혜련의 고개가 다시 아칠에게로 돌아갔다. 그녀의 눈이 동그래졌다. 지금까지 한 번도 그런 식으로는 생각해 본 적이 없었다. 그저 어떻게 하면 돈을 더 많이 받을 수 있을까만 고민했지 다른 부인들의 입장은 완전히 무시하고 있었다.

"그렇다면 과연 이설각으로 갈 이천 냥은 어떻게 될까요? 우리 공자님께서 그걸 그냥 이설각에 지급하실까요? 아니면 어디 다른 곳에 쓰실까요?"

아칠이 싱글싱글 웃었다. 유혜련은 눈을 빛내며 생각을 정리했다. 무려 황금 이천 냥이다. 그 정도 액수가 매달 남는다고 생각하면 정말 막대한 돈이었다.

'역시 금룡장은 금룡장이야. 여기 오길 잘했어. 비록 그 돼지새끼는 마음에 안 들지만.'

유혜련은 그렇게 생각하며 아칠을 쳐다봤다. 아칠은 유혜련과 당당히 눈을 마주치며 씨익 웃었다. 처음 이곳에 끌려왔을 때 주눅 들었던 태도는 더 이상 온데간데없었다.

아칠이 유혜련을 빤히 쳐다보다가 갑자기 손바닥을 번쩍 들어 올렸다. 손가락을 쫙 편 상태였다.

"이게 지금 뭐 하는 거지?"

유혜련의 눈빛이 차가워졌다. 잠깐 가졌던 눈곱만큼의 호감이 싹 사라져 버렸다. 하지만 이어지는 아칠의 말에는 그저 입만 쩍 벌렸다.

"오 대 오로 합시다."

"오……대 오?"

유혜련의 눈가가 파르르 떨렸다.

"천삼백 냥을 기본으로 두고 나머지 추가되는 금액을 저랑 반씩 나누자 이겁니다. 왜요? 아깝습니까?"

아칠이 마음대로 하라는 듯 턱을 슬쩍 치켜들었다. 그 오만한 태도에 유혜련이 이를 바득 갈았다. 당장이라도 머리를 박살 내버리고 싶지만 그럴 수가 없었다. 어쨌든 아칠의 역할이 얼마나 클지는 굳이 겪어볼 필요도 없었다. 금철휘가 아칠을 얼마나 총애하는지 너무나 잘 알기 때문이었다.

스릉.

옆에서 지켜보고만 있던 설소영이 검을 뽑아 아칠의 목에 갖다 댔다. 그녀는 혐오스러운 눈으로 아칠을 노려보고 있었다.

"협상 결렬이군요. 알겠습니다. 그냥 가죠. 뭐, 둘째 마님도 꽤 절실하신 모양이니 저야 아쉬울 거 있겠습니까? 헤헤헤."

아칠은 그렇게 말하며 목에 닿은 검을 손가락으로 잡아 스윽 밀었다. 어디서 그런 깡이 나오는지 전혀 밀리지 않았다. 약자 앞에서는 끝을 모르고 강해지는 특유의 성격이 발동한 것이다.

"그만해."

유혜련이 설소영에게 눈짓을 보냈다. 설소영은 입술을 깨물며 검을 치웠다. 하지만 아칠을 죽일 듯이 노려보는 건 잊지 않았다. 기회만 오면 당장이라도 치도곤을 내고 말리라 다짐하고 또 다짐했다.

"오 대 오는 너무 과해. 팔 대 이 정도가 적당하지 않아?"

드디어 협상에 들어갔다. 아칠은 단호히 고개를 저었다. 자신이 승기를 잡은 상황이다 끌려갈 필요가 전혀 없었다. 유혜련은 오 대 오라도 무조건 할 수밖에 없었다.

"오 대 오가 아니면 안 합니다. 어떤 게 이득일지 잘 따져보십쇼."

유혜련이 이를 악물고 잠시 고민했다. 아칠이 제대로 할 일만 해준다면 오 대 오도 사실 나쁘지 않았다. 이설각에 가는 이천 냥만 있는 게 아니다. 유화각에 가는 이천 냥도 있다. 각각 오백 냥만 뽑아 와도 그걸 다 합하면 대체 얼마나 되겠는가.

유혜련이 막 계산을 끝내고 고개를 끄덕이려는 순간, 방문이 벌컥 열렸다. 유혜련과 아칠이 깜짝 놀라 방문을 바라봤다. 하지만 가장 놀란 사람은 바로 설소영이었다. 전혀 아무런 기척도 느낄 수 없었는데 갑자기 방문이 열리고 막대한 존재감이 느껴졌다. 설소영은 방문 앞에 선 사내를 의아한 눈으로 바라봤다.

"넌 누구지? 여기가 어딘 줄 알고 온 것이더냐?"

매끈하게 생긴 미남자였다. 그는 피식 웃으며 방안을 슥 둘러보더니 아칠을 똑바로 쳐다보며 더욱 짙은 미소를 지었다. 그리고 그와 눈이 마주친 아칠이 눈에 띌 정도로 심하게 몸을 덜덜 떨었다.

"고, 고, 공자님, 그, 그러니까 이건……."

"이야, 아칠 정말 많이 컸네. 오 대 오라 이거지? 내 돈을 퍼주는 대가로 그 절반을 받겠다니, 통이 너무 커진 거 아냐?"

"공자님! 오해십니다! 무슨 생각을 하셨든 무조건 오해하신 겁니다!"

아칠의 다급한 말에 금철휘가 고개를 끄덕였다.

"뭐 그렇겠지. 내가 널 모르겠냐. 그나저나…… 아주 재미난 얘기들을 하고 계시더군?"

금철휘의 시선이 이번에는 유혜련에게로 향했다. 유혜련은 믿을 수 없는 눈으로 금철휘를 바라보다가 경악에 가득 찬 눈으로 외쳤다.

"서, 설마! 금철휘?"

"허어. 지아비의 이름을 그렇게 함부로 막 불러도 돼?"

유혜련의 귀에는 금철휘의 말이 아예 들어오지도 않았다. 믿을 수가 없었다. 그 돼지가 어찌 이렇게 변할 수 있단 말인가. 천하에 다시없을 추물이 천하에 다시없을 미남이 되어 나타났으니 놀라지 않으면 그게 이상한 일이다.

금철휘는 자신을 바라보는 유혜련과 설소영의 시선을 느끼며 씨익 웃었다. 이런 것도 나쁘지 않았다. 물론 뚱뚱했을 때 받던 시선도 신선해서 괜찮긴 했지만 그보다는 이런 게 훨씬 좋았다.

"어쨌든 너희들이 하는 얘기는 아주 즐겁게 들었다. 기대해도 좋을 거야."

금철휘가 유혜련을 향해 빙긋 웃어 주었다. 그리고 아칠의 뒷덜미를 덥석 잡아 달랑 들고 밖으로 나가 버렸다.

유혜련과 설소영은 멍한 눈으로 사라져가는 금철휘의 뒷모습을 하염없이 바라봤다. 마치 꿈이라도 꾼 것 같았다. 도저히 믿기지가 않았다.

"저게…… 그 돼지라고? 말도 안 돼……."

애초에 금철휘가 저렇게 멋진 외모를 가졌다면 자신이 이곳 금룡장의 며느리가 될 수 있었을 리 없다. 금철휘의 유일한 약점은 돼지를 능가하는 추악한 외모와 그로 인해 바닥까지 떨어진 성격이었다. 한데 그것들이 완전히 사라져 버렸으니 그야말로 새로 태어났다고 해도 과언이 아니었다.

유혜련이 멍한 눈으로 고개를 돌려 설소영을 바라봤다. 설소영도 그때까지 정신을 차리지 못하고 있었다. 설소영이 놀란 부분은 유혜련과는 조금 달랐다. 물론 달라진 외모에 적지 않게 놀라긴 했지만 그보다는 금철휘가 보여준 또 다른 능력이 그녀를 더욱 경악하게 만들었다.

'무, 무공을 익혔어. 분명히!'

그가 처음 방에 들어서며 폭풍처럼 몰아쳤던 기운 때문에 팔뚝에 올올이 돋아난 소름이 아직도 가라앉지 않았다. 그 정도 기운을 자유자재로 다스리려면 보통 실력으로는 어림도 없다. 최소 십 년 이상을 단련해야 얻을 수 있는 능력이었다. 한데 그걸 금철휘가 해냈다.

설소영의 고개가 유혜련 쪽으로 돌아갔다. 두 여인은 그렇게 한동안 눈을 마주친 상태로 서로의 멍한 얼굴을 바라봤다. 상대방의 얼굴에 떠오른 불신의 감정을 절절히 공감하면서.

아칠은 잔뜩 웅크린 채로 금철휘의 뒤를 조심스럽게 따라갔다. 설마 거기서 금철휘가 나타날 줄은 몰랐다. 그동안 몇 번이나 금철휘를 이용해서 뒷거래를 이어 왔지만 이번처럼 큰 건은 한 번도 없었다. 또한 이렇게 제대로 걸린 것도 처음이었다.

"아칠아."

"옙! 공자님! 아칠 대령했습니다요!"

아칠이 후다닥 달려가서 금철휘 앞에 넙죽 엎드렸다. 알아서 기겠다는 의지를 온몸으로 표현한 것이다. 그런 아칠을 잠시 물끄러미 내려다보던 금철휘가 이내 고개를 한 번 끄덕인

후 걸음을 옮겼다.

"적당히 해라, 적당히."

금철휘가 휙 지나가자, 아칠이 슬며시 고개를 들었다. 너무 쉽고 간단히 넘어가서 조금 믿어지지가 않았다. 최소한 뼈 몇 군데는 부러질 각오를 했다. 어쩌면 완전히 내쳐질 수도 있었다. 기루나 주루와 작당해서 뒷돈 조금 받아먹는 것과는 차원이 다른 일을 벌였다.

사실 엄밀히 따지면 이번 일은 금철휘의 돈을 몰래 빼돌릴 계획이나 다름없었다. 그런 일을 옆에서 지켜보고도 그냥 대범하게 용서해주는 사람이 세상에 어디 있겠는가. 그게 설사 가족과 같은 사람이라도 말이다.

아칠은 서둘러 일어나 달려갔다. 앞으로는 되도록 금철휘 곁에서 떨어지지 않으리라 다짐하고 또 다짐했다. 물론 안전하고 완전한 기회가 오면 언제든 뒷돈을 받겠다는 의욕은 더욱 활활 불태웠다.

금철휘의 뒤에 바짝 따라붙은 아칠은 싱글벙글 웃으며 열심히 걸었다. 그리고 금룡각에 도착한 뒤 그 웃음기를 싹 지웠다.

"여, 여, 여기가 대체 어딥니까?"

"어디긴 어디야? 금룡각이지."

"대, 대, 대체 금룡각이 어쩌다 이렇게 됐습니까?"

"뭐, 힘 한 번 꽝 쓰니까 이렇게 되더라."

아칠이 입을 쩍 벌리고 금철휘를 바라봤다. 대체 이 무슨 얼토당토않은 말인가. 힘 한 번 꽁 줬다고 전각이 폭삭 무너진다는 게 말이 되는 소리인가.

"어라? 그리고 보니 공자님, 대체 살은 언제 그렇게 빼셨습니까? 아니, 대체 어떻게 빼신 겁니까?"

아칠은 정작 가장 먼저 알아채고 놀랐어야 할 부분을 이제야 발견하고 물었다. 금철휘는 그런 아칠을 향해 한 번 씨익 웃어줬다.

"똥 싸서 뺐지."

아칠의 표정이 뭐라 형언할 수 없을 정도로 기괴하게 변했다.

향화루 최상층, 거대한 탁자 위에 각종 산해진미들이 가득 차려져 있었다. 그것은 오로지 한 사람만을 위한 것이었다. 그리고 그 한 사람은 느긋한 표정으로, 하지만 손과 입은 최대한 빨리 움직이며 그 많은 음식을 먹어 치우고 있었다.

"공자님, 그렇게 드시고 이 많은 음식이 또 들어가십니까?"

아칠이 질린 눈으로 말했다. 그도 그럴 것이 벌써 세 번째 상이 차려졌다. 첫 번째와 두 번째 상차림만 해도 장정 열 명이 한꺼번에 덤벼도 다 못 먹을 정도로 많은 음식이었다. 한데 그걸 몽땅 먹어치운 것도 모자라, 또 이렇게 먹고 있으니 질리지 않을 도리가 없었다.

"아칠아."

"예, 공자님. 말씀만 하십시오. 헤헤."

아칠은 유혜련과 거래를 하려던 사건 이후로 이렇게 금철휘가 목소리를 조금만 깔아서 부르면 알아서 기었다.

"가서 한 상 더 차리라고 해라."

"예에? 아직 다 드시지도 않으셨잖습니까?"

"다 먹고 주문하면 준비하는 동안 기다려야 하지 않느냐."

아칠이 질린 표정으로 고개를 절레절레 저었다. 하지만 금철휘가 고개를 휙 돌려 쳐다보자 언제 그랬냐는 듯 웃는 얼굴로 정신없이 고개를 끄덕였다.

"지당하신 말씀입니다. 당장 가서 주문하고 오겠습니다. 아마 쌍수를 들고 환영할 겁니다. 헤헤헤."

아칠의 말은 빈말이 아니었다. 또 한 상 차리라고 하면 아마 향화루 측에서는 두 손을 번쩍 들고 만세라도 부를 것이다. 돈을 벌어서 그러는 게 아니다. 어차피 금철휘가 먹는 음식은 모두 공짜다.

하지만 그래도 향화루에서는 좋아할 것이다. 아직 내기가 끝나지 않았기 때문이다.

내기가 마무리되려면 아직 이틀이나 더 남았다. 그러니 금철휘가 이렇게 무지막지하게 먹어대면 화예지나 그녀의 호위들이 쌍수를 들고 기뻐하지 않겠는가.

그렇게 상을 다섯 번이나 갈아치운 뒤에야 금철휘가 배를 두드리며 의자를 슬쩍 뒤로 뺐다. 정말 질릴 정도로 먹었다. 금철휘는 금룡각이 무너진 뒤 일자리를 잃은 그의 전속 숙수들을 몽땅 이곳 향화루로 데려왔다.

어차피 계속 고용할 생각이었으니 다시 금룡각을 짓는 동안 자신을 위해 요리를 하도록 배려한 것이다. 아니, 배려는 아니었다. 어디까지나 자기 자신을 위한 일이었으니까. 금철휘의 전속 숙수들은 이곳 항주뿐 아니라 천하 어디에 가더라도 최고로 손꼽히는 명인들이었다.

오늘 먹은 요리도 모두 그들이 한 것이다. 향화루는 최근 금철휘가 데려온 숙수들 덕분에 요리의 맛과 품격이 한 층 올라가 더욱 이름을 드날리고 있었다.

금철휘가 음식을 다 먹자, 화예지가 슬그머니 나타났다.

"어때요? 많이 먹었나요? 더 드시고 싶으시면 말씀만 하세요."

화예지의 태도는 많이 고분고분해졌다. 금철휘와 각을 세워서 좋을 게 없다고 판단한 것이다. 또한 달라진 금철휘의 외모도 그녀의 태도를 바꾸는데 영향을 미쳤다. 살이 완전히 쫙 빠진 금철휘의 모습은 빛이 날 정도로 멋졌다.

"우리 내기가 끝나려면 얼마나 남았지?"

"이틀 남았어요."

화예지의 표정이 어두워졌다. 금철휘가 먹는 음식의 양은 그야말로 어마어마했다. 한데도 겉모습은 별로 달라진 게 없었다. 살이 쫙 빠져 미공자가 된 상태 그대로였다.

"이틀이라…… 굳이 기다려야 하나?"

금철휘의 말에 화예지는 입술을 지그시 깨물었다. 인정할 수밖에 없지만 인정하고 싶지 않았다. 시비라니. 자신은 향화루의 주인이자 금향각의 각주였다. 항주의 정보를 마음대로 쥐고 흔드는 사람이다. 한데 그런 자신이 고작 한 사람의 시비로 전락하게 되다니, 그걸 어찌 인정하란 말인가.

"내 시비로 사는 것도 크게 나쁘지 않을 거야. 어차피 지금 하는 일은 다 그대로 할 거고, 지위도 그대로 누릴 수 있을 테니까. 그리고 너, 반드시 해야만 하는 일이 있지 않아?"

금철휘의 말이 화예지의 마음에 묘한 파문을 일으켰다. 반드시 해야만 하는 일. 그것은 복수였다. 전 금향각주인 진추방을 어떤 식으로든 징치해서 그에게 배신당해 허무하게 죽은 아버지의 넋을 위로해야만 한다.

화예지는 마음이 크게 흔들렸다. 이대로 금철휘에게 모든 걸 맡기면 다 잘될 것 같았다. 하지만 그녀는 피가 날 정도로 입술을 꽉 깨물었다.

"전 끝까지 포기하지 않을 거예요. 아니, 포기할 수 없어요."

화예지의 말에 금철휘가 싱긋 웃었다.

"그래. 그게 편하면 그렇게 해."

금철휘는 전생에도 이렇게 의지가 견정한 사람을 좋아했

다. 그를 따르던 혈룡귀갑대의 동료들은 모두 그러했다. 하지만 마음에 든다고 내기를 포기할 수는 없다.

잠시 침묵이 감돌았다. 금철휘는 느긋하게 차를 마시며 고요함을 즐겼다. 이런 여유, 예전에는 꿈도 못 꾸던 사치다. 하지만 지금은 그렇지 않다. 지금은 이런 걸 즐기는 일상이 지극히 평범한 일이다.

'나 혼자만 즐거워서 왠지 미안하군.'

금철휘는 문득 전생의 수하이자 동료들인 혈룡귀갑대가 떠올랐다. 그들 하나하나의 신상명세를 모조리 꿰고 있었다. 또한 그들이 어떤 꿈을 꾸었는지, 또 무엇을 소중하게 여기는지도 다 꿰고 있었다.

'가족보다 소중한 녀석들이었지.'

금철휘가 아련한 눈으로 허공을 응시했다. 금방이라도 동료들이 방문을 열고 크게 웃으며 나타날 것만 같았다. 하지만 그건 그야말로 꿈이다. 자신이 어떻게 이 몸을 입게 되었는지는 모르지만, 그건 자신에게만 허락된 일이다. 천령신공이 깊어진 지금 점점 더 그에 대한 확신이 들었다.

'아마 천령신공의 힘일 테지.'

자신이 이렇게 금철휘의 몸을 입고 다시 살아갈 수 있었던 건, 분명히 천령신공의 힘이었다. 그걸 알기에 더 안타까웠다. 그때 왜 닦달하지 않았을까? 다른 동료들도 깨달음을 얻었다면, 그래서 천령신공을 제대로 익힐 수 있었다면, 전부는 무리더라도 한둘 정도는 운과 때가 맞아 다시 깨어날 수 있지 않았을까?

금철휘는 고개를 저었다. 사실 그조차 어려운 일이다. 자신은 정말로 운이 잘 맞아떨어졌다. 이 금철휘라는 존재는 그만큼 특별했다.

금철휘는 그렇게 침묵을 즐겼지만, 화예지는 그럴 수 없었다. 그녀는 마치 가시방석에 앉은 듯했다. 자신의 모습이 어떻게 비쳐질까 생각하니 왠지 처참했다.

"전 무슨 수를 써서라도 내기에 이길 거예요."

화예지의 말에 금철휘가 상념에서 벗어났다. 금철휘는 빙긋 웃으며 고개를 끄덕여 주었다.

"기대하지."

금철휘의 미소는 예전과 달리 너무나 매력적이었다. 화예지는 애써 그 미소를 외면하며 자리에서 일어나 밖으로 나갔다.

"공자님, 괜찮으시겠습니까?"

그때까지 가만히 지켜보기만 하던 아칠이 조심스럽게 물었다. 최근 금철휘가 많이 달라졌다는 건 알지만 화예지도 보통 사람이 아니다. 그녀가 작정하고 독하게 손을 쓰면 정말로 치명적인 피해를 입을 수도 있었다.

"안 괜찮으면?"

아칠은 할 말이 없어 입을 다물었다. 자신이 나서서 뭔가를 할 수 있는 사항이 아니었다. 그저 금철휘가 조심하는 수밖에 없었다.

"그나저나 오늘 아니었나?"

"예? 뭐가 말입니까?"

"내 부인들 돈 받아 가는 날 말이야. 슬슬 올 때가 된 거 같은데……."

금철휘의 말이 끝나기 무섭게 시비의 목소리가 들려왔다.

"손님이 오셨습니다."

"들여보내."

방문이 열리고, 두 명의 여인이 모습을 드러냈다. 설소영과 화영이었다. 둘 모두 유혜련과 채명화의 심복이었다. 금 천 냥이 넘는 돈을 믿고 맡길 수 있는 사람은 그녀들밖에 없었다.

"기다렸어. 들어와."

설소영과 화영이 안으로 들어가며 거의 동시에 입을 열었다.

"거처를 이곳으로 옮기실 줄은 몰랐어요. 금룡장에도 전각은 많지 않은가요?"

그 말 대로였다. 금룡장에는 아직 주인이 정해지지 않은 전각이 수십 채나 된다. 그 중 하나를 차지하고 앉는 것이 사실 금철휘의 입장에서는 훨씬 편한 일이다. 하지만 금철휘는 굳이 이곳 향화루에 거처를 정했다.

"내가 다른 전각으로 가면 거기서 일하던 사람들의 할 일이 없어지잖아."

"눈물 나게 고마운 배려심이로군요."

금철휘가 거만한 자세로 두 여인을 향해 손가락을 까딱였다. 설소영과 화영은 속으로 배알이 뒤틀렸지만 겉으로는 화사하게 웃으며 천천히 다가갔다.

"자, 너희들이 애타게 원하던 것이다. 각자의 가문에 보낼 때는 금룡표국을 이용하면 될 거야. 항상 하던 일이니까 아마 잘할 거다. 돈도 안 들고."

금철휘는 그렇게 말하며 커다란 함 두 개를 앞으로 슥 밀었다. 두 여인이 공손히 그것을 받아 뚜껑을 열었다. 누런 광채가 번득였다. 황금이었다.

"대충 무게 가늠해 봐. 정확히 맞추는 사람에게 이걸 주지."

금철휘가 조금 작은 함 하나를 탁자에 올려놨다.

텅!

묵직한 소리가 설소영과 화영의 가슴을 짓눌렀다. 금철휘는 두 여인이 볼 수 있도록 뚜껑을 열었다. 그 안에도 황금이 가득 들어 있었다.

"자, 기회는 한 번이다. 일단 첫 달이니까 둘 다 똑같아. 추측한 무게를 손바닥에 써서 동시에 보여주면 내가 확인해 보지."

설소영과 화영은 슬쩍 돌아서서 서로를 등졌다. 어느새 지필묵이 그녀들 앞에 놓였다. 마주 댄 등 사이에서 둘의 기세가 부딪쳤다. 그리고 금철휘는 그 모습을 즐거운 눈으로 지켜봤다.

두 여인이 각자의 손바닥에 글을 썼다. 금철휘가 신호하자, 동시에 손바닥을 내밀었다.

"아쉽게 둘 다 틀렸군."

금철휘는 일말의 망설임도 없이 함을 다시 거둬들였다. 뚜껑이 닫혔고, 누런 광채도 사라졌다. 두 여인은 망연한 눈으로 그 광경을 지켜봤다. 속이 바짝바짝 타들어갔다. 눈앞에서 수백 냥의 황금이 들락거리는 광경을 지켜 보니 평정심을 유지할 수 없었다. 역시 돈이라는 건 그 무엇보다 무서운 요물이었다.

설소영과 화영의 손에는 같은 액수가 적혀 있었다. 둘 다 천팔백 냥이었다. 그것은 처음 이곳에 오기 전부터 예측한 금액이기도 했다. 실제로 보고서 두 함에 든 금이 같은 양이라는 걸 짐작한 후에는 거의 확신했다. 평소에 이천 냥을 받았으니 조금씩 액수를 줄여갈 거라 예상한 것이다.

"정확한 액수는 돌아가서 세 보도록. 참고로 내가 상으로 내건 돈은 육백 냥이었다."

"유, 육백 냥!"

설소영과 화영은 침음을 삼켰다. 금 육백 냥이면 은으로는 만 이천 냥이다. 실로 엄청난 액수 아닌가.

"다음 달을 기대하라고. 걸리는 액수는 좀 다를지도 모르지만, 재미있잖아?"

금철휘가 그렇게 말하며 씨익 웃었다. 매력적인 미소였지만, 더 이상 멋지게만 보이지 않았다. 설소영과 화영은 미소 속에 숨은 섬뜩함을 느끼고 진저리를 쳤다.

"이만 물러가겠습니다."

금철휘가 손을 휘젓자, 두 여인은 그렇게 말하고 자리에서 일어났다. 그리고 금철휘가 내려준 함을 번쩍 안았다. 상당히 무거웠지만 무공을 익혔기에 아주 가볍게 들어 올렸다.

두 여인이 밖으로 나가자, 아칠이 아쉬운 듯 입맛을 쩝쩝 다셨다. 사실 오늘 이곳까지 모든 금을 들고 온 사람이 바로 아칠이었다. 홍련각과 유화각에 각각 이천이백 냥씩, 그리고 금철휘가 그들을 경쟁시킬 목적으로 쓴 육백 냥까지 합하면 모두 오천 냥이나 되는 금을 아칠 혼자 들고 온 것이다.

아칠도 어설프지만 무공을 익혔다. 하지만 오천 냥이나 되는 금을 들고 금룡장에서 이곳 향화루까지 오는 것은 정말로 힘든 일이었다. 만일 중간에 강도라도 만났으면 어쩔 뻔했는가.

그러나 금철휘는 당연하다는 듯이 아칠에게 그 일을 지시했다. 현재 금철휘가 가장 신임할 수 있는 사람은 아칠이었다. 적어도 금철휘가 생각하기에는 그랬다. 물론 아버지인 금일청을 제외한다면 말이다.

그렇게 많은 금이 자기 손아귀에 들어왔다가 싹 빠져나가는 일을 경험했으니 아쉬움이 남는 게 당연했다. 아칠이 계속 입맛을 다시자, 금철휘가 인상을 팍 썼다.

"시끄럽다."

"쳇. 공자님은 사람 속도 모르고. 쳇, 쳇, 흥!"

"귀여운 척하지 마라. 토 나온다."

아칠은 금철휘보다 훨씬 나이가 많다. 서른이 훌쩍 넘은 사람이 입술을 삐죽 내밀고 귀여운 척하고 있으니 참으로 못 볼 꼴이었다. 게다가 여자도 아닌 남자 아닌가.

"이설각에는 돈을 전달했느냐?"

"예. 거기도 차질 없이 보냈습니다. 한데 공자님, 이설각에 고작 그것만 보내도 되겠습니까?"

금철휘가 이설각에 보낸 금은 천 냥이었다. 홍련각이나 유화각에 비하면 절반에 불과하다. 백검화와 한서연의 입장에서는 상당히 섭섭할 수도 있는 일이었다. 하지만 금철휘는 단호히 고개를 끄덕였다.

"그거면 충분해. 다른 곳보다 백 냥이나 많지 않느냐."

"예? 제가 보기엔 천 냥이 부족한뎁쇼?"

"이천이백 냥에서 천삼백 냥을 빼면 고작 구백 냥 아니냐."

"그게 그렇게 되는군요."

아칠은 그제야 고개를 끄덕였다. 전해준 액수가 중요한 게 아니었다. 실제로 그들에게 돌아갈 돈이 더 중요하다. 유혜련이나 채명화는 각자의 가문에 천삼백 냥을 보내야만 한다.

그럼 남는 건 구백 냥뿐이다. 거기까지 생각한 아칠이 문득 의아한 생각이 들어 물었다.

"한데 공자님. 왜 이천이백 냥씩이나 주셨습니까? 원래 받던 돈보다 많지 않습니까? 저 같으면 한 오백 냥 정도 줄였을 거 같은데…… 이래서야 공자님께 남는 것도 없잖습니까."

"남는 게 왜 없단 말이냐. 여기 육백 냥이나 남았는데."

"그것도 사실 잃을 뻔하지 않으셨습니까?"

"안 잃었으면 된 거지. 난 벌써 다음 달이 기대된다."

금철휘가 의미심장한 미소를 지었다. 아칠은 그 미소의 의미를 알 수 없어 고개만 갸웃거렸다.

"고개 그만 돌리고 이거나 받아라."

쩔렁!

"으헉!"

아칠은 갑자기 날아온 정체불명의 자루를 받으며 기겁을 했다. 너무 무거워서 무릎이 휘청거린 것이다. 그냥 들기에는 별것 아닌 무게였는데, 날아오는 것을 받으려니 엄청난 무게감 때문에 몸을 가눌 수가 없었다.

"끄응. 공자님! 일부러 세게 던지신 거죠? 으허헝. 개처럼 충성을 다한 수하에게 상은 못 줄망정 괴롭히기만 하다니. 내 팔자 참으로 드세구나. 으허헝."

"닥치고 자루나 열어봐라."

아칠은 소리 내서 억지 울음을 이어가며 자루를 열었다. 안에는 누런 금이 가득했다. 단번에 아칠의 울음이 쏙 들어갔다. 그리고 만면에 웃음이 가득 피어났다.

"에헤헤헤헤. 공자님, 이게 웬 금입니까? 에헤헤헤헤. 이거 저 주시는 겁니까? 에헤헤헤헤. 아이고, 이거 왜 이렇게 계속 웃음이 나지? 에헤헤헤헤."

"삼백 냥이다."

"에헤헤헤헤. 삼백 냥이나 주시는 겁니까? 에헤헤헤헤."

"그래. 그러니까 앞으로는 기루나 주루에서 뒷돈 받아 챙기는 거 그만 해라."

아칠의 얼굴에서 웃음기가 싹 가셨다. 그의 표정에 남아 있던 장난기도 함께 사라졌다.

"고, 공자님……."

"앞으로 매달 삼백 냥씩 지급하마. 그거면 충분하지 않느냐?"

아칠이 고개를 푹 숙였다. 충분했다. 충분하다 못해 넘친다.

"마, 많이 남습니다."

"남으면 투자를 해라. 돈이 스스로 알아서 돌도록 만드는 게 미래를 위해 더 좋다. 뭐, 작은 상단을 하나 만드는 것도 나쁘지 않겠지."

아칠이 대답하지 못하자, 금철휘가 말을 이었다.

"삼 년이다. 그 이후에는 알아서 해라. 그동안 돈을 모아 시간을 벌든, 아니면 투자를 해서 일을 하든, 마음대로 해라."

금철휘는 그 말을 끝으로 손을 휘휘 내저었다. 물러가라는 뜻이었다. 아칠이 금철휘를 향해 꾸벅 허리를 숙인 후 밖으로 나갔다. 그답지 않게 조용히 입을 다문 채였다.

"나중에 흘릴 피눈물을 생각하면 지금 흘리는 눈물이 아마 쏙 들어갈 텐데."

금철휘가 그렇게 말하며 히죽 웃었다. 곽한의 재능이 생각했던 것보다 훨씬 뛰어났다. 아마 몇 달 후면 성과가 나타날 듯했다. 그때 아칠이 어떤 표정을 지을지 생각만 해도 즐거웠다.

"그나저나 저놈을 괴롭히면 왜 이렇게 즐거운지 모르겠네. 이거 내가 이상한 거 아니겠지?"

금철휘는 고개를 갸웃거렸지만 이내 쓸데없는 잡생각을 싹 털어 버렸다.

"그럼 이제 남은 건…… 토룡이랑 만혈괴의인가?"

금철휘가 턱을 쓰다듬었다. 항주오룡에 대한 동태는 지속적으로 보고받고 있었다. 무영객은 그런 방면으로는 지극히 뛰어났다. 오히려 누군가를 몰래 숨어서 호위하는 것보다 이런 식으로 뒤를 캐고 정보를 모으는 쪽 능력이 훨씬 대단했다.

"만혈괴의라…… 대체 무슨 꿍꿍이지? 어쨌든 또 재미난 일이 벌어지겠어."

금철휘의 입가에 만족과 호기심이 뒤섞인 미소가 어렸다.

＊　　　＊　　　＊

아칠이 돈을 들고 향한 곳은 향화루에서 반 시진 정도 거리에 위치한 작은 의방이었다. 번화가를 살짝 벗어난 곳이긴 했지만 그래도 항주였다. 웬만한 돈으로 그런 의방을 세우는 건 어림도 없었다. 게다가 그 의방에는 옆에 커다란 장원이 붙어 있었다. 아칠은 망설임 없이 장원 안으로 들어갔다.

"어? 아칠 형님이다!"

아칠을 발견한 아이들이 우르르 몰려왔다. 아이들은 아칠의 다리에 매달려 환하게 웃었다. 미처 아칠에게 매달리지 못한 아이들은 순서를 기다리며 발을 동동 굴렀다.

"자자, 그만! 오늘은 이 형님이 바쁘니까 나중에 놀자, 나중에."

아칠은 달라붙는 아이들을 떼 놓고는 서둘러 안으로 향했다. 장원은 상당히 넓었지만 건물은 몇 개 없었다. 세 개의 전각이 전부였다. 아마 제대로 건물을 짓고 구색을 갖추려면 최소 십여 개의 전각을 더 세울 수 있을 것이다.

아칠은 기대감 어린 눈으로 장원을 슥 둘러보고는 가장 큰 전각 안으로 들어갔다. 전각은 의방과 연결되어 있었다. 자혜원이라는 의방의 원주인 상문한을 만나려면 이쪽을 통해 들어가는 편이 빨랐다.

"원주님. 저 왔습니다."

상문한은 방으로 들어오는 아칠을 보며 살짝 눈이 커졌다. 이 시간에 아칠이 온 적이 한 번도 없었기에 놀란 것이다. 아칠은 보통 아침 일찍 오곤 했다. 늦은 밤까지 금철휘와 어울려 기루와 주루를 돌다가 아침이 되어야 시간을 낼 수 있기 때문이다.

"자네가 이 시간에 웬일인가? 설마 무슨 일이라도 있는 겐가?"

극도의 염려가 깃든 말과 표정에 아칠이 기분 좋게 웃었다. 자신을 이렇게 걱정해주는 사람은 아마 이곳 자혜원 아니면 없을 것이다.

'아니, 우리 공자님 빼고.'

금철휘를 떠올린 아칠이 헤죽 웃었다. 그러다가 상문한의 시선을 느끼고 퍼뜩 표정을 바꿨다.

"하하. 염려해주셔서 감사합니다. 다름이 아니라 상의드릴 일이 있어서 왔습니다."

아칠은 그렇게 말하며 들고 온 자루를 상문한 앞에 내려놓았다. 쩔그럭거리는 소리가 울렸다.

"이게 뭔가?"

"열어보시지요."

자루를 열어 안을 확인한 상문한의 얼굴에 경악이 어렸다.

이렇게 많은 돈은 태어나서 처음 봤다. 그의 심장이 거세게 두 근거렸다.

"이, 이, 이게 대체 뭔가? 자네 설마!"

아칠이 급히 손사래를 쳤다.

"아아, 너무 많이 나가셨습니다. 저 그런 놈 아닙니다. 어디 가서 강도 짓 할 실력도 안 됩니다."

"그럼 대체 이게 뭔가?"

아칠이 씨익 웃으며 대답했다.

"우리 공자님께서 주신 돈이지요."

"공자님? 금철휘?"

"예. 맞습니다. 금 삼백 냥입니다."

상문한의 입이 쩍 벌어졌다. 금 삼백 냥이면 은으로 무려 육천 냥이다. 이런 작은 의방을 운영해서 일 년에 벌어들이는 수익이 그 삼십분지 일에도 미치지 못하니 대체 얼마나 큰돈 이란 말인가.

"그 사람이 이걸 왜 준단 말인가."

아칠이 뒷머리를 긁적였다.

"그게…… 솔직히 잘 모르겠습니다."

"몰라? 그게 말이 되는가?"

상문한의 표정이 딱딱하게 굳었다. 그는 자루를 닫고 다시 앞으로 그것을 죽 밀었다.

"돌려주고 오게."

"예?"

"뭔지 모르는 돈은 받아선 안 되는 법일세. 더구나 그 돈을 준 사람이 장사꾼이라면 더 그러하네. 장사꾼들은 손해날 짓은 결코 하지 않아. 속에 무슨 꿍꿍이를 담고 있는지 아무도 모른단 말일세. 나중에 큰코다치지 말고 내 말대로 당장 돌려주고 오게."

아칠은 상문한의 태도에 감탄했다. 삼백 냥이나 되는 금을 눈앞에서 보고도 이렇게 의연할 수 있는 사람이 세상에 몇이나 되겠는가.

"우리 공자님은 그러실 분이 아닙니다."

아칠은 단호히 그렇게 말했다. 그리고 금철휘가 자신에게 했던 말을 천천히 설명했다. 상문한은 아칠의 설명을 묵묵히 듣고만 있었다. 모든 설명이 끝났다. 아칠은 긴장한 눈으로 상문한을 바라봤다. 사실 금철휘가 아무리 돈을 많이 주더라도 그걸 이용해서 일을 벌일 사람이 없다면 아무런 소용이 없다.

한동안 생각에 잠겼던 상문한이 결국 고개를 끄덕였다. 나중에 무슨 일이 생기든, 또 금철휘에게 어떤 꿍꿍이가 있든 금 삼백 냥은 너무나 매력적인 금액이다. 더구나 매달 주겠다니 일 년이면 삼천 냥이 훌쩍 넘는 거액 아닌가.

'그 돈이면 도망갈 구멍 하나 만드는 것쯤 문제없겠지.'

상문한의 머릿속이 복잡해졌다. 금철휘를 그냥 철석같이

믿으면 간단해지겠지만 오랜 세월을 겪으며 부자들을 많이 상대한 상문한은 결코 그럴 수 없었다. 나중을 대비해 미리 준비해 둬서 나쁠 게 하나 없었다.

'그리고 앞으로 더 많은 아이들을 모을 수 있겠구나.'

상문한과 아칠 덕분에 항주에 돌아다니는 거지 아이들의 수가 확연히 줄었다. 모든 고아를 돌볼 수는 없지만 그들을 최대한 도울 수는 있었다. 이곳 자혜원에 받아들이는 아이는 그중에서도 상황이 특히 안 좋은 경우에만 국한되었다. 하지만 이제는 그 기준을 좀 더 올릴 수 있게 되었다.

"아무튼 자네가 큰일을 했군. 이제 더 많은 아이들을 굶주림과 병마에서 구해낼 수 있을 걸세."

아칠이 뒷머리를 긁적였다.

"제가 한 일이 뭐 있겠습니까. 돈은 공자님이 대고 일은 원주님께서 다 하시는데요. 아무튼 원주님께서도 좀 궁리를 해보십시오. 우리 공자님이 한번 말씀하신 건 꼭 지키시는 분이라 앞으로 삼 년 동안은 걱정이 없겠지만, 그 이후를 생각하면 뭐든 해봐야만 합니다."

"그건 내게 맡기게. 돈만 있다면 뭐든 못 하겠나. 일할 아이들도 넘쳐나니 걱정할 것 없네."

"그럼 원주님만 믿고 가겠습니다."

아칠은 상문한에게 고개를 꾸벅 숙여 인사를 한 후, 방에서 나갔다. 상문한은 그런 아칠을 따스한 눈으로 바라보며 부드럽게 웃었다.

"딸이라도 있으면 주고 싶은 건실한 청년이야."

만일 금철휘가 들었다면 배꼽을 잡고 데굴데굴 굴렀을 말이었다. 하지만 상문한은 진지했다. 진심으로 그렇게 생각했다. 상문한은 어떻게 해야 아칠이 애써 벌어온 이 돈을 잘 쓸수 있을지, 또 어떻게 해야 금철휘가 말한 대로 미래를 대비할수 있을지 고민하고 또 고민했다.

제4장
만혈괴의

"홀가분해 보이네?" 금철휘의 말에 아칠이 헤헤 웃었다. 당연히 홀가분했다. 어깨를 짓누르던 무거운 짐이 훌쩍 사라졌는데 어찌 홀가분하지 않겠는가.

"내 덕분인 줄 알면 길이나 안내해라."

"옙! 말씀만 하십쇼. 어디든 모시겠습니다!"

"추가장으로 가자."

아칠은 그 말에 그대로 얼어붙었다. 그의 이마에 식은땀이 맺혔다.

"헤헤, 공자님. 아직도 미련을 못 버리셨습니까?"

"넘겨짚지 마라. 오늘 가려는 건 추가장에 있다는 다른 놈을 보려는 거니까."

"다른 놈이요?"

금철휘가 아칠의 가슴을 툭툭 두드렸다. 아칠이 깜짝 놀라 뒤로 슬쩍 물러났다.

"아직 잘 보관하고 있지?"

"예? 보관이요? 아! 차용증 말씀이십니까?"

금철휘가 씨익 웃었다.

"그래. 오늘로 며칠이 지났지?"

"에에, 그러니까……."

아칠은 품에서 차용증을 꺼내 날짜와 이자를 확인했다.

"정확히 칠 일 지났습니다. 이자가 원금인 마흔 냥의 오 할이고, 복리니까……."

아칠의 머리가 팽팽 돌았다.

"육백여든세 냥이 조금 넘는뎁쇼?"

"그냥 딱 잘라서 육백여든 냥만 받자."

아칠이 뜨악한 표정을 지었다.

"그걸 정말로 다 받으실 생각이십니까?"

금철휘가 씨익 웃었다.

"계약은 계약이니까."

금철휘가 앞장서서 휘적휘적 걸어갔다. 아칠은 멍하니 그 뒷모습을 바라보다가 화들짝 놀라 금철휘를 따라갔다.

"고, 공자님! 가, 같이 가야죠!"

그런 위험한 상황을 금철휘 혼자 겪게 할 수는 없었다. 상대는 항주오룡 중 제일이라는 표백영이다. 더구나 추가장에서 그를 만나야 한다. 아마 엄청나게 위험한 상황이 계속될 것이다. 아칠의 입에서 한숨이 푹 흘러나왔다.

추가장 정문은 세 명의 무사가 지키고 있었다. 번득이는 눈으로 연신 사방을 주시했는데, 삼엄한 그들의 분위기가 현재 추가장의 상황을 말해주는 듯했다.

금철휘는 그 삼엄한 분위기 속으로 지극히 자연스럽게 스며들어 갔다. 휘적휘적 걸어 무사들 앞에 도착했는데, 무사들은 그때까지도 그 어떤 반응을 보이지 않았다.

"손님이 왔는데 기별도 안 넣어줄 건가?"

금철휘의 말에 무사들이 퍼뜩 정신을 차렸다. 그들의 눈빛에 살짝 혼란이 어렸다가 사라졌다. 이해할 수 없는 일이 벌어졌다. 몰래 다가온 것도 아니다. 그냥 오는 모습을 빤히 바라보기만 했다. 자신이 대체 왜 그랬는지 알 수 없었다.

"무슨 일로 오셨습니까?"

무사는 일단 혼란을 수습하고는 공손히 물었다. 눈앞의 미공자는 복장이나 풍기는 분위기로 보나 범상치 않았다.

"혹시 여기 풍운보의 표백영이 있나?"

"표 공자님께서는 아침 일찍 오셔서 안에 계십니다."

무사의 공손한 대답에 금철휘가 만족스러운 눈으로 고개

를 끄덕였다. 그리고 다시 고개를 돌려 손짓을 했다. 멀찍이 떨어져서 숨어 있던 아칠이 그제야 쫄래쫄래 다가왔다. 무사들의 눈빛이 대번에 날카로워졌다. 하지만 아칠을 알아보고는 살짝 당황했다.

무사들의 시선이 아칠과 금철휘를 정신없이 오갔다. 그들은 풍운보의 정문을 지키는 무사들이다. 당연히 항주의 유명 인물에 대해서는 꿰고 있었다.

그들이 아는 아칠은 금룡장의 소장주를 항상 따라다니는 자였다. 사실 무사들이 아칠을 보는 시각은 그리 좋지 않았다. 자신의 자리를 이용해 뒷돈이나 받아먹는 놈이라고 폄하하고 깔봤다.

어쨌든 중요한 건 아칠은 항상 금룡장의 소장주와 함께 다닌다는 점이었다. 즉, 눈앞에 있는 저 미공자가 금룡장의 소장주라는 뜻이다. 물론 무사들은 즉시 고개를 저었다. 그럴 리가 있겠는가. 금룡장의 소장주는 쳐다보기가 역겹고 힘들 정도로 뚱뚱한 돼지인데 말이다.

하여간 무사들은 재차 정신을 수습했다. 잘은 몰라도 중요한 손님인 듯하니 안에 보고를 해야만 한다.

"일단 안에 기별을 넣겠습니다. 조금만 기다려 주십시오."

금철휘가 고개를 끄덕였다.

"서둘렀으면 좋겠군."

무사들이 바삐 움직였다. 한 명이 안으로 들어가 경공까지 써서 위에 보고를 했다.

금철휘는 정확히 반 각 후에 안으로 들어갈 수 있었다. 표백영을 비롯한 오룡과 쌍화의 열렬한 환영을 받으면서.

오룡쌍화는 정문을 통해 들어오는 사내를 보며 고개를 갸웃거렸다. 표백영을 찾는 손님이 왔다기에 모두 함께 왔는데, 생전 처음 보는 사람이 들어왔으니 의아할 만했다.

"마침 다들 모여 있었네."

금철휘가 씨익 웃으며 다가갔다. 예전 뚱뚱할 때와 달리 무척이나 매력적인 미소였다.

"아무래도 처음 뵙는 것 같소만……."

표백영이 그렇게 말하다가 금철휘 뒤를 따라 들어온 아칠을 발견했다.

"넌……!"

표백영의 얼굴이 새하얘졌다. 그는 아칠과 금철휘를 번갈아 쳐다봤다. 그의 얼굴이 점점 더 창백해졌다.

"서, 서, 설마!"

"그 설마가 맞는 것 같군. 어때? 보기 좋아?"

표백영이 말을 잇지 못하자, 뒤에 서 있던 나머지 오룡과 쌍화가 슬그머니 그에게 다가가 물었다.

"표 소협, 대체 누군가요? 잘 아시는 분 같은데……."

문아영이 노골적으로 관심을 드러내며 물었다. 귀티가 좔좔 흐르는 것이 보통 사람은 아닌 것 같았다. 인연을 만들어서 나쁠 것이 없어 보였고, 더구나 얼굴이 너무나 잘 생겨서 계속 관심이 갔다.

"아니, 그럴 리 없지. 고작 열흘 만에……"

마지막으로 금철휘를 본 것이 열흘쯤 전이었다. 아니, 그것도 안 되었을지 모른다. 한데 고작 그 기간 동안 사람이 이렇게 변할 수 있다는 것을 누가 믿을 수 있겠는가. 표백영은 거세게 고개를 저었다.

"역시 다들 못 알아보는군. 아직도 날 모르겠어? 이 녀석을 보면 딱 알아야지."

금철휘가 아칠을 턱 끝으로 가리키며 말하자, 다들 표백영과 비슷한 반응을 보였다.

"말도 안 돼!"

"돼! 내가 바로 금철휘다. 너희들이 돼지새끼라고 부르던 그 뚱땡이 금철휘야. 어때? 살 좀 빼니까 나도 이제 사람처럼 보이나?"

다들 입을 쩍 벌렸다. 아니, 믿지 않았다. 대체 이 사람이 여기서 왜 이러는지 알 수 없었다. 말 같은 소리를 해야 믿어 주는 시늉이라도 할 것 아닌가.

금철휘가 아칠을 슬쩍 쳐다보자, 아칠이 나섰다.

"이분께서 우리 공자님이 맞습니다. 내기 때문에 어쩔 수 없이 살을 빼셨습니다. 에에…… 그러니까…… 한 삼백 근 가까이 빼셨군요. 아무튼 그렇습니다. 뭐, 저도 믿어지지 않습니다만…… 눈앞에서 본 사람이 있으니 믿지 않을 수도 없고……."

아칠은 결국 횡설수설하며 말을 마무리했다. 실제로 눈앞에서 살이 빠진 모습을 본 사람들이 있으니 아칠도 믿지 않을 도리가 없었다.

"자자, 이쯤 하지. 내가 살을 빼건 말건 뭐, 크게 상관없잖아? 용건만 간단히 하자고."

그제야 모두가 간신히 정신을 차렸다. 하지만 그 말을 인정할 수는 없었다. 그동안 금철휘를 무시하고 괴롭힌 건 모두 그가 지나칠 정도로 뚱뚱했기 때문이다. 한데 이렇게 멋진 모습으로 다시 나타났으니 지독할 정도로 괴리감이 느껴졌다.

'인정할 수 없어. 저놈은 절대 금철휘가 아니야.'

오룡은 다들 같은 생각을 했다. 그리고 쌍화는 조금 다른 생각을 했다. 만일 정말로 이 미공자가 금철휘라면 친해져서 나쁠 게 없지 않은가. 남자가 예쁜 여자에 끌리듯 여자는 잘생기고 능력 좋은 남자에게 호감이 가는 게 당연하다.

"좋아. 일단 용건부터 해결하는 게 낫겠군."

금철휘의 진위 문제는 단순히 접근할 엄두가 나지 않았다. 일단 뒤로 미뤄두고 다른 용건부터 해결하는 게 나았다.

"그래, 날 왜 찾아왔지?"

표백영의 물음에 금철휘가 씨익 웃었다.

"알면서 왜 물어?"

표백영이 잠시 눈살을 찌푸리며 고개를 갸웃거렸다. 알다니, 뭘 안단 말인가. 그러다가 눈앞에 선 남자가 금철휘라는 것을 다시 상기하고는 코웃음을 쳤다. 그 돼지와는 분명히 용건이 있었다.

"뭐야? 설마 돈 받으러 왔나?"

표백영의 표정에는 경멸이 가득 담겨 있었다. 역시 장사꾼은 어쩔 수 없다는 듯한 눈으로 금철휘를 바라봤다.

"잘 아네. 아칠!"

"옙! 공자님!"

아칠이 품에서 차용증을 꺼내 금철휘에게 공손히 내밀었다. 금철휘가 그것을 착 낚아채서 표백영 앞에 좍 펼쳤다.

"네가 찍은 수결도 아주 잘 보이지?"

표백영이 눈살을 찌푸렸다. 그리고 품에서 주머니 하나를 꺼냈다. 금철휘에게 갚으려고 가지고 다니던 금 마흔 냥이었다. 그는 그것을 금철휘에게 휙 던졌다.

"갖고 가게. 그리고 오늘은 더 이상 자네 얼굴을 보고 싶지 않군. 이만 돌아가게."

금철휘가 주머니를 받아 안을 확인했다. 정확히 금 마흔 냥이 들어 있었다. 금철휘의 입가가 슬쩍 올라갔다.

"고작 이걸 받고 돌아가라고?"

금철휘가 주머니를 거꾸로 들어 쏟았다. 안에 있던 금자들이 좌르륵 쏟아졌다. 한 냥짜리 금자 마흔 개가 바닥에 이리저리 흩어졌다.

"아칠. 내가 받을 돈이 정확히 얼마인지 말해줘라."

"옙! 공자님. 공자님께서 차용증에 의거해 받아야 하는 돈은 정확히 금 육백여든두 냥에 은 열여덟 냥입니다."

"들었지? 딱 잘라서 육백여든 냥만 받을 테니까 고맙게 여기고 준비해."

표백영은 물론이고 그 뒤에 서 있던 오룡과 쌍화도 너무나 어이가 없어 입을 쩍 벌렸다.

"지금 나랑 장난하자는 건가?"

표백영의 눈에 스산한 살기가 감돌았다. 그렇지 않아도 변한 금철휘의 모습에 기분이 좋지 않았다. 한데 이렇게 속을 또 긁어 주니 화를 참으려야 참을 수가 없었다.

"장난? 장난은 내가 아니라 네가 하는 거겠지. 차용증에 분명히 쓰여 있을 텐데? 이자는 하루 오 할 복리라고."

"다음 날 주러 갔지만 자리를 비운 건 네놈이었잖느냐! 잘못은 자기가 해놓고 그걸 왜 내게 떠넘긴단 말이냐!"

표백영은 너무 화가 나고 당황스러워 더 이상 금철휘를 존중해주지 않았다. 마음 같아서는 막말을 동원해 욕이라도 한바탕해주고 싶었다. 하지만 그를 지켜보는 동료와 여인들이 있는 이상 그 정도로 이성을 잃고 날뛸 생각은 없었다.

"그건 네 사정이고. 내가 자리에 없었으면 어떤 식으로든 해결을 봤어야지."

"웃기지 마! 아무튼 난 그 돈을 갚을 생각 전혀 없으니까. 바닥에 흘린 돈이나 주워서 돌아가!"

표백영은 머리에서 김이 나는 것 같았다. 금 육백팔십 냥이라는 말을 듣는 순간 하마터면 이성이 날아가 버릴 뻔했다. 그 많은 돈을 자신이 어떻게 감당한단 말인가.

"흐음. 이렇게 나온다 이거지? 그럼 오늘도 물 건너간 거네? 참고로 내일 네 빚은 천 냥이 넘어갈 거다. 아칠, 정확히 계산해 봐."

"옙! 정확히 금 천스물다섯 냥에 은 석 냥입니다."

표백영이 죽일 듯한 눈으로 아칠을 노려봤다. 아칠은 움찔 놀라 목을 움츠리며 뒤로 다급히 물러났다. 당장이라도 목이 잘릴 듯한 위압감을 느낀 것이다.

금철휘가 표백영을 보며 차용증을 흔들었다.

"여기 수결을 찍은 이상, 돈 갚는 게 좋을 거야."

금철휘는 빙긋 웃어준 다음 돌아섰다. 일단 선전포고를 했으니 오늘은 딱 여기까지가 좋았다. 돌아선 금철휘는 아칠의 목덜미를 끌고 순식간에 추가장에서 나가 버렸다.

다들 그 모습을 그저 멍하니 바라보기만 했다. 대체 어쩌다가 일이 이 지경이 되었는지, 또 금철휘가 왜 이렇게 변했는지 정말 아무것도 알 수가 없었다.

"이, 이제 어쩌죠?"

소연희가 걱정스런 눈으로 표백영을 바라보며 물었다. 표백영은 어금니를 꽉 물고 있었다. 그리고 바닥에 흩어진 금자들을 내려다봤다. 그마저도 받아 가지 않았다.

'천 냥? 그것도 금으로 천 냥을 내가 무슨 수로 만들어?'

내일이면 천 냥이 된다는 말을 그냥 넘길 수가 없었다. 생각해 보니 이런 일로 구설수에 오르면 풍운보를 물려받는 데에도 문제가 생길 수 있었다. 사실 오래전에 경쟁이 끝났지만 표백영에게는 형이 둘이나 있었다.

'이번 일로 내가 비틀거리면 과연 형님들이 가만히 있을까?'

절대 그럴 리 없다. 그들은 아직도 호시탐탐 기회를 엿보고 있었다. 만일 금철휘가 그들에게 접근한다면, 그리고 그 차용증을 어떻게든 손에 넣는다면, 상황은 지금과 완전히 달라질 것이다. 표백영은 무엇을 어떻게 해야 할지 알 수가 없었다. 혼란스러웠다. 지금까지 살아오는 동안 한 번도 역경을 경험하지 못했기에 더더욱 대처할 방법이 떠오르지 않았다.

"이런 곳에 모여서 무엇을 하고 있는 겐가?"

갑자기 들려온 소리에 다들 고개를 돌렸다. 그곳에는 청수한 인상의 중년인이 서 있었다. 만혈괴의였다. 다들 깜짝 놀라 분분히 포권을 취했다.

"신의를 뵙습니다."

"이런 곳에서 뵙게 될 줄은 몰랐습니다."

다들 정말로 놀랐다. 만혈괴의는 상당히 보기 어려운 사람이었다. 자신의 거처에서 거의 나오지 않을뿐더러 누군가 거처에 다가오는 것도 싫어했다. 그를 보려면 추영우를 치료하는 시간에 가서 봐야 하는데, 만혈괴의는 그조차 싫어했기에 그를 제대로 볼 수 있는 사람은 추가장주뿐이었다. 그러니 이런 곳에서 만혈괴의를 만났다는 건 상당히 놀랄 만한 일이었다.

"산책 중이었네. 오랜만에 밖으로 나가볼까 했는데, 다들 여기 모여 있더군. 무슨 일이라도 있는 겐가?"

만혈괴의의 말투는 의외로 부드러웠다. 그것이 청수한 인상과 어우러져 상당한 믿음을 주었다. 그런 분위기에 힘입어 입이 가장 가벼운 문아영이 냉큼 조금 전에 있었던 일을 얘기했다. 다들 눈치를 조금 줬지만 문아영이 그런 신호를 알아차릴 리 없었다.

얘기가 끝나자, 표백영의 표정이 더욱 안 좋아졌다. 이런 부끄러운 일로 사람들 입에 오르내리는 것이 기분 나빴다. 게다가 만혈괴의 같은 사람이 그런 사실을 알게 된다는 것도 짜증 났다. 좀 더 좋은 인상을 남기고 싶은데 일이 이렇게 꼬여버렸다.

'이게 다 그놈 때문이지. 으득.'

표백영은 금철휘를 떠올리며 이를 갈았다. 문아영이 눈치 없고 입이 가볍다는 건 익히 알고 있었다. 그녀 앞에서 자신이 그런 꼴을 당했기에 이런 일이 벌어진 것이다. 표백영의 마음에서 금철휘에 대한 적의가 무럭무럭 자라났다.

"그런 일이 있었군."

만혈괴의가 흥미로운 눈으로 오룡쌍화를 둘러봤다. 그가 흥미를 가진 부분은 바로 금철휘였다. 금철휘가 금룡장의 소장주라는 말이 만혈괴의의 호기심을 불렀다.

　'금룡장이란 말이지. 그것이 있다던 그곳이로군.'

　만혈괴의는 추가장주의 도움을 받아 지속적으로 항주의 정보를 모아들였다. 그러는 와중에 백검화의 주화입마가 말끔히 치료되었다는 사실을 알고는 크게 놀랐다. 실제 소문이나 정보는 그녀가 주화입마에 들었다는 사실 자체가 없었다. 원래부터 멀쩡한 사람으로 되어 있었다. 하지만 만혈괴의는 그녀가 주화입마에 빠졌다는 사실을 잘 알고 있었다.

　'그 몸을 고쳤다고?'

　만혈괴의는 백검화가 주화입마에 빠지는 모습을 옆에서 지켜봤다. 그가 보기에 백검화가 겪은 주화입마는 치료가 쉽지 않았다. 그가 나선다 해도 고칠 수 있을지 장담할 수 없을 정도로 심각하게 몸이 망가졌다. 한데 그걸 고쳤다니.

　'어떤 놈이 고쳤는지는 금룡장에 가보면 알 수 있겠지.'

　만혈괴의의 머릿속이 팽팽 돌아갔다. 그의 입가에 인자한 미소가 걸렸다. 그리고 그의 눈에 오룡쌍화가 보였다.

　"이런 일은 시간을 끌수록 불리해지는 법일세. 내 생각에는 오늘 당장 찾아가서 담판을 짓는 게 나을 듯하군."

　"하지만 제겐 그런 큰돈이 없습니다."

　"턱없이 높은 이자를 다 낼 필요 있겠는가? 내가 적절히 중재해 보겠네. 그리고 설사 중재가 잘 안 되더라도 그 돈은 내가 빌려줄 테니 천천히 갚도록 하게. 그리고 다음부터는 그런 돈에는 아예 손을 대지 말게."

표백영의 얼굴이 환해졌다. 이렇게 일이 쉽게 풀릴 줄은 몰랐다. 그는 몇 번이고 반복해서 만혈괴의에게 고개를 숙였다. 정말로 고맙고 또 고마웠다.

"인사는 그만하게. 어서 가보는 게 낫지 않겠나? 그 사람을 보려면 금룡장에 가야 한다고 했나?"

"예. 금룡장의 소장주이니, 아마 금룡장에 있을 것입니다."

"나도 함께 가세."

"예? 시, 신의께서 함께 가시겠단 말씀이십니까?"

만혈괴의가 빙긋 웃으며 고개를 끄덕였다.

"내가 함께 가는 게 아무래도 좀 더 낫지 않겠나? 도움이 될 거라 생각되네만. 그렇게 생각하지 않는 겐가?"

"그, 그럴 리가 있습니까. 신의께서 함께 가주신다면 저희야 영광입니다."

다들 쩔쩔매며 만혈괴의를 모시고 길을 떠났다. 금룡장으로 향하는 만혈괴의의 눈이 사이한 빛을 뿌렸다.

"저…… 공자님."

"왜?"

아칠은 평소와 전혀 다름없는 금철휘의 태도에 고개를 저었다.

"괜찮겠습니까?"

"뭐가?"

"그런 식으로 질러 놓으면 나중에 일이 커질 수도 있습니다. 그놈들이 괜히 항주오룡이라 불리겠습니까? 가문의 역량이 그만큼 크다는 뜻인데, 그 중 하나를 건드려 놨으니 아마 금룡장에 어떤 식으로든 영향이 미칠 겁니다."

"뭐, 그렇겠지."

아칠이 한숨을 푹 내쉬었다.

"하아. 남 일이 아닌데……."

"걱정할 거 없다. 다 생각이 있어서 벌인 일이니라."

아칠은 또 고개를 저었다. 지금까지 살면서 본 가장 생각 없는 사람이 바로 금철휘였다. 그러니 지금 하는 저 말을 어찌 믿을 수 있겠는가. 틀림없이 즉흥적으로 벌인 일이다.

'결국 수습은 내가 하게 만들고 말이야.'

아칠은 속으로 투덜대다가 문득 금철휘의 호위무사였던 무영객을 떠올렸다. 그 사람은 이런 중차대한 상황이 벌어졌는데 대체 어디서 뭘 하고 있단 말인가.

무영객에 대한 생각이 끝남과 동시에 그림자 하나가 아칠 앞에 솟아났다. 아칠은 기겁을 하며 뒤로 넘어졌다.

"으힉!"

아칠은 나타난 사람이 무영객이라는 걸 확인하고는 또 투덜거리며 일어나 엉덩이를 털었다.

"만혈괴의가 움직였습니다."

무영객의 말에 금철휘가 눈을 빛냈다.

"정말? 너무 느닷없는데?"

"아이들을 감시하는데 만혈괴의가 다가와 합류해서 금룡
장으로 가고 있습니다. 만혈괴의의 감이 너무 뛰어나서 그를
감시하는 건 불가능합니다."

금철휘가 고개를 끄덕였다. 충분히 이해할 만하다. 하지만
사영보가 어느 정도 경지에 이르고 나면 만혈괴의 뿐만 아니
라, 천하십대고수라도 작정하고 숨은 무영객을 찾기는 쉽지
않을 것이다.

"좋아. 예상에서 좀 벗어나긴 했지만, 달라질 건 없지. 그놈
들 지금 어디쯤 있지?"

"여기서 멀지 않습니다. 다만 길이 다릅니다."

지금 금철휘는 향화루로 가고 있다. 금룡장으로 가려면 이
곳에서 조금 떨어진 다른 대로를 통해서 가는 것이 빠르다.

"좋아. 일단 그쪽으로 가서 우연을 가장해 만나는 게 좋겠
군. 왠지 그놈을 금룡장에 들이기가 싫어."

그것은 전생에서부터 갈고 닦은 감이었다. 위기에 대한 감
이 빨라야 위험에서 벗어날 수 있기에 영혼에 새겨진 본능과
도 같았다. 금철휘는 서둘러 움직였다.

"고, 공자님! 저도 같이……."

아칠은 갑자기 달려가는 금철휘를 보며 소리쳤지만 채 몇 마디를 꺼내기도 전에 사라져 버렸다. 금철휘가 달려가는 속도는 엄청나게 빨랐다. 주위를 둘러 보니 무영객도 어느새 사라졌다. 혼자 남은 아칠은 고개를 푹 숙이고 또 한숨을 내뱉었다.

금철휘는 순식간에 만혈괴의를 비롯한 오룡의 예상 경로에 도착했다. 원래 있던 곳에서 먼 거리는 아니었지만, 그야말로 순식간에 도착했다. 모든 것이 백토신공 덕분이었다.

'역시 예상대로 백토신공을 토대로 펼치니 귀혼보(鬼魂步)의 쓰임이 어마어마하군.'

귀혼보 역시 천령신공을 만드는 와중에 파생된 무공 중 하나였다. 보법 자체에 축기와 운기의 공능이 서려 있기에 펼치면서 소모되는 진기의 양이 전혀 없는 것이 특징이었다. 물론 자유자재로 펼칠 정도로 익히기 위해서는 평범한 사람이 수십 년을 단련해도 될까 말까 할 정도로 어렵고 까다로운 무공이긴 했지만 말이다.

금철휘는 주위를 느긋하게 둘러보며 아주 천천히 걸음을 옮겼다. 그리고 기감을 활짝 열었다. 이번에 살을 빼면서 천령신공이 더욱 깊어져 기운을 파악할 수 있는 범위가 훨씬 넓어졌다. 그리고 그 범위 안으로 막 만혈괴의 일행이 들어서고 있었다.

'호오. 생각보다 대단한데?'

마음만 먹었다면 추가장에 갔을 때도 만혈괴의에 대해 알아볼 수 있었지만 그때는 별 관심이 없었기에 신경 쓰지 않았다. 한데 막상 이렇게 확인을 해 보니 그의 몸 주위에 휘몰아치는 기운의 양이 상당했다.

아무리 기운을 갈무리하고 감춰도 내부의 기운에 외부의 기운이 반응할 수밖에 없다. 그 양이 너무나 미약해서 보통 사람은 알아차릴 수조차 없지만 천령신공을 익힌 금철휘에게는 지극히 선명히 느껴졌다. 얼마나 많은 기운을 보유하고 있는지는 주변에 반응하는 기의 흐름을 파악하면 간단히 알 수 있었다.

'백검화를 훌쩍 넘어서네.'

의원이라고 무공이 약하다는 편견을 갖지는 않았지만 그래도 그 수준이 백검화보다 훨씬 대단할 줄은 몰랐다. 어쩌면 내공만 많을 수도 있지만, 기운의 흐름을 대충 파악해 보건대, 그렇지는 않은 듯했다.

금철휘는 걷는 속도를 조절했다. 잠시 후, 만혈괴의를 대동한 오룡과 쌍화가 나타났다. 그들은 금철휘를 발견하자마자 몸을 날리다시피 해서 달려왔다.

"여기 있었군!"

표백영의 외침에 금철휘가 느긋하게 몸을 돌렸다. 표백영이 싸늘한 표정으로 금철휘 앞에 서서 이를 갈았다.

"왜? 꼭 한 대 칠 기세네?"

"흥, 못할 것 없지."

표백영은 이번 일로 금철휘와 잘해 보겠다는 생각 자체가 머릿속에서 싹 날아가 버렸다. 잘 참는 편이지만 일단 한계를 넘어가면 누구도 그를 말릴 수 없었다. 그런 성격을 드러내기라도 하듯 단전에서 휘몰아친 내공이 거칠고 난폭한 기세를 만들었다.

금철휘는 눈썹 하나 까딱하지 않고는 손을 불쑥 내밀었다. 그것을 본 표백영의 인상이 크게 일그러졌다.

"이게 뭐 하는 짓이냐?"

"돈 달라는 짓이지. 여기까지 날 쫓아온 건 돈 갚겠다는 뜻 아닌가? 아니면 할 수 없고."

표백영이 이를 으득 갈았다. 그리고 만혈괴의의 눈치를 살폈다. 막상 주머니에 돈이 없으니 위축된 것이다. 한두 푼도 아니고 금 육백 냥이 넘는 거액이다. 그런 돈을 만혈괴의가 과연 가지고 있을까 하는 의문까지 들었다.

만혈괴의는 그런 표백영의 걱정을 기우라고 주장하듯 앞으로 나서서 주머니 하나를 금철휘에게 휙 던졌다. 만혈괴의는 중재하겠다고 말했지만 그럴 생각은 처음부터 없었다. 차라리 이렇게 힘을 쓰는 것이 훨씬 깔끔하다. 그리고 상인을 상대로 중재할 자신도 없었다. 금철휘와 만나 접점이 하나 생긴 것만으로도 사실 충분했다.

날아오는 주머니를 바라본 금철휘의 눈이 반짝였다.

'이놈 봐라? 감히 내게 수작을 부려?'

만혈괴의가 던진 주머니에는 강대한 힘이 실려 있었다. 엄청난 내공을 실어 던지면서 겉으로는 전혀 표시가 나지 않게 꾸민 것이 한두 번 해본 솜씨가 아니었다. 물론 그런 건 금철휘에게 전혀 위협이 되지 않는다. 백토신공을 이용해 쌓은 내공도 내공이거니와 천령신공의 힘을 이용하면, 이렇게 사람의 손을 떠난 물건에 담긴 기운은 금철휘의 것이나 다름없었다.

천령신공이 움직였다. 돈주머니에 실려 있던 기운이 그대로 흩어졌다. 내공을 쓴 게 아니었기에 만혈괴의는 누가 뭘 어떻게 한 건지 아예 알아볼 수조차 없었다. 그저 기운이 갑자기 흩어졌다는 것만 알아차렸을 뿐이다.

돈주머니가 안전하게 금철휘의 손아귀에 떨어졌다. 주머니를 열어 안을 확인한 금철휘가 고개를 끄덕였다.

"대충 칠백 냥쯤 될 것 같군."

금철휘는 그 안에서 스무 냥의 금을 꺼내 다시 만혈괴의에게 던졌다. 그의 몸 주위로 금자들이 후드득 떨어졌다. 만혈괴의는 혼란에 빠진 표정으로 금철휘의 손에 들린 돈주머니를 빤히 노려보고 있었다.

"자, 그럼 돈도 받았으니, 난 이만."

금철휘가 냉정히 돌아서자, 그제야 정신을 차린 만혈괴의가 다급히 그를 불렀다.

"잠깐!"

금철휘가 귀찮은 표정으로 고개만 슬쩍 돌렸다. 만혈괴의의 머릿속이 맹렬히 돌아갔다. 앞으로의 일을 생각하면 여기서 그냥 보내는 건 너무 아까웠다.

"아! 차용증! 차용증은 주고 가야지. 설마 돈을 또 받아 내려던 건 아니겠지?"

만혈괴의의 말에 금철휘가 뻔뻔하게 씨익 웃었다.

"이거 들켰네."

금철휘는 어이없는 표정으로 자신을 바라보는 모두를 쭉 둘러본 후, 품에서 차용증을 꺼냈다. 표백영의 수결이 들어간 바로 그 차용증이었다.

"자, 받아가."

금철휘가 차용증을 내밀자 표백영이 떨떠름한 표정으로 그것을 잡았다. 금철휘는 씨익 웃더니 손을 확 낚아채 차용증을 찢었다. 찌익 소리와 함께 차용증이 절반으로 찢어졌다. 표백영이 깜짝 놀라 금철휘를 노려보며 소리쳤다.

"이제 무슨 짓이냐!"

"어차피 찢어서 버릴 건데 뭐 그리 민감하게 굴어?"

금철휘는 여전히 느긋한 표정으로 반쪽짜리 차용증을 구겨 입에 휙 넣어 씹어 삼켰다. 그 광경에 다들 입을 쩍 벌렸다. 표백영은 급히 자신이 가진 나머지 반쪽의 차용증을 살폈다.

교묘하게 이자에 관한 부분을 찢어갔다. 남은 건 원금과 돈을 갚아야 하는 날짜, 그리고 빌린 사람의 이름 정도였다. 처음 차용증을 만들 때부터 이런 상황을 염두에 뒀다는 뜻이다.

"그래도 고리대금으로 남의 돈을 뜯어먹었다는 사실은 부끄러웠나 보지?"

표백영이 비웃음 가득한 표정으로 금철휘를 노려보며 말했다. 하지만 금철휘는 한 점 부끄러움도 없다는 듯 눈을 동그랗게 떴다.

"뭔 헛소리야? 그게 왜 부끄러워? 당해도 싼 놈을 등쳐 먹었는데."

"당해도 싼 놈? 감히 내게 그따위 말을 한 건가?"

금철휘가 피식 웃었다.

"내가 그동안 네놈들한테 쓴 돈이 아마 오늘 이 돈의 세 배는 넘을걸? 기대해. 그거 싹 받아낼 거니까. 잘 대비해 보라고."

금철휘의 말에 표백영이 주먹을 꽉 쥐고 부들부들 떨었다. 당장이라도 달려들어 금철휘를 두드려 패고 싶었다. 아니, 완전히 박살을 내버리고 싶었다.

"훗, 정말 웃기는 놈이로군."

표백영이 고민하는 사이 장무룡이 먼저 나섰다. 그는 예전에도 금철휘와 부딪쳐 망신을 당한 적이 있기에 감정이 좋지 않았다. 그동안 기회만 엿보고 있었는데, 오늘 딱 걸린 것이다.

'여긴 배가 아니니까 또 갑판이 뚫려 엉뚱한 일이 벌어질 일

은 없겠지.'

장무룡은 자신만만하게 나섰다. 정말로 배알이 뒤틀렸다. 예전에는 돼지라서 혐오스러웠다면 지금은 갑자기 잘나져서 짜증이 났다. 금철휘의 외모는 누가 봐도 감탄이 나올 정도로 뛰어났다. 가장 마음에 안 드는 일은 그가 은근히 마음에 두고 있던 소연희의 눈빛이 달라졌다는 점이었다.

"네놈이 자진해서 쓴 돈을 누구에게 달라고 하는 것이냐? 그저 네놈이 우리와 친해지고 싶어서 알아서 긴 것 아니더냐. 한데 이제 와서 그 책임을 우리에게 떠넘겨? 내가 그따위 돈을 내줄 것 같으냐?"

금철휘가 고개를 저었다.

"네가 머리가 나빠 이해를 못 한 모양인데, 달라고 한 적 없어. 내가 알아서 받아 간다니까?"

그렇게 말한 금철휘는 수긍한다는 듯 고개를 끄덕였다.

"하긴, 예전부터 이해력이 좀 달리긴 했지. 그러니까 여자한테 인기가 없는 거야. 여자들은 생각보다 힘만 센 놈 안 좋아하거든. 아, 힘도 별로 없나?"

금철휘가 능글능글한 표정으로 그렇게 말하자, 장무룡의 화가 폭발해 버렸다. 예전부터 조금 뒤떨어지는 머리에 자격지심을 갖고 있었기에 금철휘의 말은 그의 자존심을 그대로 찔러 버렸다. 오룡이라는 이름이 주는 자존심이 얼마나 강하겠는가. 장무룡은 온몸에서 기세를 폭발시키며 금철휘에게 달려

들었다.

"이놈!"

난폭한 기세가 장무룡의 주먹과 팔을 휘감았다. 단전에서 뿜어져 나온 광포한 기운이 그의 온몸을 타고 올라가 팔다리를 감쌌다. 장무룡의 발이 강하게 땅을 굴렀다. 예전 뱃놀이 때와는 달리 제대로 된 진각이었다.

금철휘는 눈을 빛내며 고개를 살짝 옆으로 까딱였다. 장무룡의 주먹이 귀밑 허공을 찢으며 지나갔다. 금철휘는 아예 장무룡에게는 신경도 쓰지 않았다. 금철휘가 신경 쓰는 사람은 이곳에서 만혈괴의가 유일했다.

'과연 알아볼까?'

금철휘는 한 발 앞으로 걸었다. 막 주먹질을 마친 장무룡의 품으로 아주 자연스럽게 파고든 것이다.

턱.

금철휘와 장무룡의 몸이 살짝 부딪쳤다. 금철휘는 힘의 흐름을 제대로 파악하고 있었기에 아주 가벼운 몸짓만으로 장무룡의 움직임을 완전히 멈춰 버렸다.

"함부로 주먹질을 하면 되나."

금철휘는 그렇게 말하며 슬쩍 옆으로 빠졌다. 장무룡은 주먹을 내지른 채로 눈동자를 굴려 멀어져 가는 금철휘를 노려봤다. 당장이라도 난도질하고 싶은데, 그럴 수가 없었다. 몸 상태가 좋지 않았다. 분노와 함께 뜨거운 무언가가 속에서 울컥 치밀어 올랐다.

"쿨럭!"

새빨간 피를 토해낸 장무룡이 마치 통나무처럼 옆으로 쓰러졌다.

쿵!

바닥에 쓰러진 장무룡은 간헐적으로 몸을 떨었다. 동료들이 깜짝 놀라 그에게 다가갔다.

"이보게! 괜찮은가!"

"갑자기 왜 이러는 건가!"

그들의 뇌리에 불과 얼마 전에 있었던 일이 떠올랐다. 예전 추영우가 금철휘에게 주먹질 잘못하다가 주화입마에 빠지던 광경이 뇌리에서 떠나질 않았다. 지금은 그때와 상황이 너무나 비슷했다.

"비켜보게."

만혈괴의의 말에 다들 후다닥 물러났다. 너무 당황해서 잠시 잊고 있었다. 이곳에 천하제일을 다투는 의원이 함께 있다는 사실을 말이다.

호기심 어린 눈으로 다가간 만혈괴의는 장무룡의 맥을 먼저 살폈다. 그리고 기운을 살짝 흘려 넣어 내부의 기맥을 더듬었다.

'역시 주화입마로군.'

조금 전 장무룡이 지나치게 흥분하는 것 같더라니, 결국 주화입마에 빠졌다. 만혈괴의는 조금 의아한 생각이 들었다. 주화입마라는 건 생각보다 쉽게 찾아오지 않는다. 이렇게 분노에 몸을 맡겨 주먹질을 한다고 해서 주화입마에 빠진다면 제대로 무공을 익혀 싸울 수 있는 사람이 몇이나 되겠는가.

만혈괴의는 슬쩍 눈을 돌려 금철휘를 살폈다. 금철휘는 아예 이쪽에 관심이 없는 듯 슬그머니 몸을 돌리고 있었다.

"어디 가나? 사람을 이 지경으로 만들어 놓고서."

만혈괴의의 말에 오룡과 쌍화가 퍼뜩 고개를 돌려 금철휘를 바라봤다. 금철휘는 눈을 동그랗게 뜨며 자신을 손가락으로 가리켰다.

"나? 내가 뭘 어떻게 했는데?"

"사람을 주화입마에 들게 했으면 응당 책임을 져야지."

금철휘가 피식 웃었다.

"내가 만혈괴의도 아니고 주화입마를 그렇게 마음대로 주무를 수 있을 거 같아?"

금철휘의 말에 모두의 시선이 만혈괴의에게로 향했다. 얼핏 들으면 만혈괴의는 자기 마음대로 주화입마에 들게 만들 수 있다는 뜻으로 해석된다. 만혈괴의는 쓴웃음을 지으며 대꾸했다.

"나이도 어린 녀석이 속에 구렁이를 키우고 있구나."

"구렁이는 몰라도 돼지는 한 마리 키웠었지."

금철휘는 그렇게 말하고는 냉정히 돌아섰다.

"볼일이 없으면 난 이만. 보고 싶으면 향화루로 오라고. 나 요즘 거기서 지내니까."

금철휘는 그 말을 남기고 성큼성큼 걸어갔다. 아무도 그를 제지하지 못했고, 따라가지도 못했다. 모두의 시선이 다시 바닥에 쓰러진 장무룡에게로 향했다.

"후우. 일단 저쪽 객잔으로 옮기게. 서두르면 최악의 상황은 면할 수 있을 것 같으니까."

만혈괴의의 말에 오룡들이 서둘러 움직였다. 그들은 장무룡을 조심스럽게 들고 가장 가까운 객잔으로 몸을 날렸다. 만혈괴의는 그들이 객잔으로 들어가는 걸 확인하고는 고개를 돌려 멀어져 가는 금철휘의 뒷모습을 유심히 바라봤다.

"정말로 이상한 놈이군. 특이해."

만혈괴의의 입가에 싸늘한 미소가 매달렸다. 그는 의미심장한 눈으로 금철휘를 다시 한 번 바라본 후, 표정을 싹 지우고 객잔으로 들어갔다. 일단 지금은 눈앞에서 쓰러진 환자를 보는 게 먼저였다.

"최근 연구하던 걸 한번 써먹어 볼 수 있겠군."

만혈괴의는 그렇게 중얼거리며 아무도 눈치채지 못하게 히죽 웃었다.

*　　　*　　　*

"눈을 떴습니다!"

표백영이 기뻐 외쳤다. 그 말에 다들 상기된 얼굴로 침상에 분분히 모여들었다. 장무룡은 온몸이 욱신거릴 정도의 통증에 신음을 흘렸다.

"끄응. 여긴?"

장무룡은 통증을 참으며 억지로 침상에서 몸을 일으켰다. 주위를 둘러 보니 객잔의 방인 듯했다. 그제야 정신을 잃기 전의 상황들이 떠올랐다.

"주, 주화입마!"

정신을 잃기 직전, 분명히 주화입마라는 말을 들었다. 그리고 당시의 몸 상태가 분명히 그렇다고 말해 주고 있었다. 그래서 거대한 절망감에 휩싸이며 정신을 잃었다.

"걱정 말게. 우리가 어떤 분과 함께 있었는지 잊었는가?"

표백영이 웃으며 말하자, 장무룡은 그제야 자신의 몸이 통증을 제외하면 제대로 움직인다는 사실을 깨달았다. 그리고 조심스럽게 단전을 두드려 내력을 움직여 봤다. 뜨거운 기운이 기맥을 따라 움직였다. 막히고 꼬인 곳이 하나도 없었다. 장무룡은 안도의 한숨과 함께 자신도 모르게 눈물을 흘렸다.

"허허. 제대로 치료가 되어 다행이군."

장무룡은 벌떡 일어나 만혈괴의에게 최대한 정중히 포권을 취했다.

"이 은혜를 어떻게 갚아야 할지 모르겠습니다."

"됐네. 다행히 시간을 전혀 끌지 않아 비교적 치료가 쉬웠네."

잠시 훈훈한 분위기가 흘러갔다. 장무룡은 연방 감사를 표했고, 만혈괴의는 인자한 미소를 지었다. 그리고 오룡과 쌍화는 흐뭇하게 웃으며 그 광경을 지켜봤다.

"그나저나 이제 어쩔 텐가?"

"예? 무엇을 말입니까?"

"자네를 이렇게 만든 그 사람 말일세."

장무룡의 안색이 딱딱하게 굳었다.

"금철휘, 그 돼지새끼 말씀이시군요."

"돼지로 보이지는 않았네만."

"살을 뺀 것입니다. 예전에는 쳐다보기도 괴로울 정도로 추악한 돼지였죠."

장무룡은 문득 쓸쓸한 표정을 지었다. 그 금철휘가 그렇게 변할 줄 누가 알았겠는가. 그가 흥분하며 나섰던 데에는 그런 이유도 있었다. 아니, 그 이유가 컸다. 장무룡은 슬쩍 눈을 돌려 소연희를 바라봤다.

"아무튼 좀 이상하더군."

다들 의아한 표정으로 만혈괴의를 바라봤다. 만혈괴의는 모두가 자신에게 집중하고 있다는 것을 확인하고는 말을 이었다.

"주화입마라고 해서 다 같지 않네. 증상이나 상황이 다 제

각각이지. 한데 추 소협이나 자네 같은 경우 아주 똑같은 증상이었지. 뭔가 이상하지 않나?"

"그건 영우나 제가 너무 흥분해서……."

만혈괴의가 단호히 고개를 저었다.

"흥분한다고 해서 주화입마에 빠진다? 자네는 그게 말이 된다고 생각하나? 가능성이 아예 없는 건 아니지만 거의 희박하네. 게다가 분노로 인해 주화입마에 빠진 사람들과 증세가 완전히 달라. 자네나 추 소협의 경우 전혀 다른 원인이 있네."

"그게 무엇입니까?"

만혈괴의가 그제야 만족스러운 듯 웃음을 머금었다.

"나도 모르네."

그 대답은 많은 의미를 내포하고 있었다. 또한 방안에 있던 오룡과 쌍화는 만혈괴의가 하고자 하는 말이 무엇인지 대번에 알 수 있었다. 그리고 그것은 그들도 원하는 것이었다.

"저희가 무엇을 어떻게 하면 되겠습니까?"

만혈괴의는 씨익 웃으며 혈기왕성한 청년들을 둘러봤다. 슬슬 밑그림이 그려지기 시작했다.

'확실히 금룡장이라면 함부로 건드릴 수 없지. 하지만 이렇게 흔드는 건 얼마든지 가능해. 그리고 그거면 충분하고.'

만혈괴의의 미소가 더욱 짙어졌다.

제5장
비밀

　향화루에 도착한 금철휘는 아무도 들어오지 못하게 하고
는 최상층에 자신을 위해 마련된 방으로 들어가 침상에 누웠
다. 천령신공과 어우러진 백토신공이 자연스럽게 휘돌며 주변
의 기운을 조금씩 흡수했다.

　백토신공의 장점이 바로 이것이다. 특별히 운기에 신경 쓰
지 않아도 자연스럽게 내공이 불어나는 데다가 지독히 안정적
이라서 주화입마의 염려가 아예 없었다. 물론 천령신공을 익
힌 금철휘에게는 그조차 의미 없는 일이었지만.

　"그놈 아무래도 수상해."

　만혈괴의를 본 건 오늘이 처음이었지만, 겉으로 보는 것과 달리 상당히 음험한 느낌이 들었다. 분명히 뒤로 호박씨를 까는 종류의 사람이다. 확실히 만나보기를 잘했다.

"금룡장으로 들였으면 갖은 핑계를 대며 뭔가 일을 도모할 놈이란 말이지."

금철휘가 그렇게 만혈괴의의 꿍꿍이를 고민하고 있을 때, 방문이 거칠게 열리며 아칠이 뛰어들어 왔다.

"공자님!"

"어, 왔냐?"

"공자님! 어찌 이러실 수가 있단 말입니까! 이 아칠을 그렇게 내팽개치고 가버리시다니요!"

"어차피 여기로 올 거 아니까 됐지."

"그래도……!"

금철휘는 손을 들어 아칠의 입을 막았다.

"됐다. 안 그래도 머리가 복잡하니까 정신 사납게 만들지 마라."

아칠은 불만 가득한 표정으로 입을 꾹 다물었다. 그리고 마치 다시는 말하지 않겠다는 듯 의지를 담은 눈으로 금철휘를 바라봤다. 물론 금철휘는 콧방귀도 뀌지 않았다.

"대체 뭘 노리는 거지?"

만혈괴의의 눈에 감돌던 것은 분명한 탐욕이었다. 그 탐욕의 눈길은 금철휘를 향하지 않았다. 금철휘 너머에 있는 무언가를 탐내고 있었다.

'설마 우리 금룡장을 노리는 건 아닐 테고……'

가능성을 아예 버릴 수는 없지만 고작 한 명이 금룡장을 상대한다는 건 계란으로 바위를 치는 격이다. 물론 만혈괴의 뒤에 뭔가가 도사리고 있다면 얘기가 달라지지만, 그럴 가능성은 희박했다.

"공자님, 그 오룡인지 뭔지 하는 놈들 말입니다."

아칠이 심통 난 표정으로 입을 열자, 금철휘가 인상을 팍 쓰며 쳐다봤다. 하지만 말을 막지는 않았다. 이런 분위기 속에서 쓸데없는 얘기를 할 리 없고, 오룡에 관한 얘기라서 관심이 갔기 때문이다.

"오다가 우연히 봤는데, 아무래도 금룡장 쪽으로 가는 것 같던뎁쇼?"

"금룡장?"

금철휘의 눈이 살짝 커졌다. 그리고 머리가 맹렬히 돌아갔다. 그들을 금룡장에 들이기 싫어서 굳이 우연을 가장해 만났다. 그렇게 분탕질을 쳐놨으니, 분명히 자신에게 올 거라 생각했다. 한데 그렇지 않았다는 건 뭔가 다른 이유가 있다는 뜻이다.

"만혈괴의."

그 이유는 명백하다. 만혈괴의가 오룡을 꼬드겼을 것이다. 어떤 식으로 일을 벌일지도 훤했다. 일단 생각이 그쪽으로 흐르지 않았다면 모를까, 한 번 물꼬가 튼 이상 뒤를 예상하는 건 식은 죽 먹기였다.

금철휘가 자리에서 벌떡 일어났다. 아칠이 그런 금철휘를 깜짝 놀란 눈으로 바라봤다.

"공자님, 왜 그러십니까?"

"집에 좀 다녀와야겠다. 넌 금향각주를 찾아가서 그놈들이 속한 일곱 가문에 대해 샅샅이 조사하라고 말해라."

"예에?"

아칠이 어이없는 눈으로 금철휘를 바라봤다. 아직 내기가 끝나지도 않았다. 그런 상황에서 금향각주가 금철휘의 말을 들어줄 리 있겠는가. 게다가 직접 말하는 것도 아니고 자신을 통해서 말하면 씨알이나 먹히겠는가 말이다.

아칠이 그런 상황을 자세히 풀어놓으려 했지만, 채 입을 열기도 전에 금철휘가 사라져 버렸다. 아칠은 귀신에 홀린 기분으로 고개를 절레절레 저었다.

"흐아아."

아칠의 입에서 긴 한숨이 흘러나왔다. 한숨이라기보다는 한탄에 더 가까웠다. 하지만 어쩔 수 없었다. 일단 금철휘가 원하니 시도는 해봐야 하지 않겠는가. 아칠은 어두운 얼굴로 금향각주인 화예지를 찾아 나섰다.

귀혼보를 극성으로 펼친 금철휘는 순식간에 금룡장에 도착했다. 그가 움직이는 모습을 발견한 사람이 한 명도 없을 정도로 빠르고 은밀했다.

"역시 쓸 만해."

전생에서도 익힌 무공이었지만, 그때는 백토신공을 토대로 펼칠 수가 없었기에 제대로 된 위력을 내지 못했다. 물론 그럼에도 충분히 대단하긴 했지만 지금에 비할 바가 아니었다.

금철휘는 정문 앞에 서서 조만간 도착할 손님들을 기다렸다. 얼마 지나지 않아 만혈괴의를 비롯한 오룡쌍화가 모습을 드러냈다. 그들은 금철휘를 발견하고는 눈에 띌 정도로 당황했다.

"이거 너무 자주 보는 거 아냐?"

표백영이 이를 으득 갈았다.

"향화루에 있겠다고 하더니, 말과 행동이 다르군."

"갔다 왔지."

"웃기지 마라!"

아까 만났던 곳에서 향화루로 가는 길과 이곳 금룡장으로 오는 길은 완전히 다르다. 만일 향화루로 갔다가 다시 여기로 왔다면 지금 이곳에 있을 리가 없다. 무공을 익힌 사람이 경공을 펼쳐 달려도 거의 불가능한 일이다. 하물며 금철휘는 땀 한 방울 흘리지 않고 있다. 계속 여기서 기다렸다는 뜻 아니겠는가.

"뭐, 중요한 건 그게 아니잖아? 여기 왜 왔지? 날 보러 온 것 같지는 않고 말이야."

다들 아무런 말도 꺼내지 못했다. 사실 이들이 이곳에 온 것은 금룡장주를 직접 만나서 압박하기 위함이었다. 원래라면 그런 일은 거의 불가능하지만 지금은 만혈괴의가 함께 있었다. 그는 아무리 금룡장주라 하더라도 쉽게 무시할 수 없는 사람이었다.

그리고 만혈괴의는 금룡장과 이들 일곱 가문의 사이를 틀어 놓으려는 계획을 가지고 있었다. 이런 비슷한 일을 몇 번이나 해봤기에 그리 어렵지 않을 거라 판단했다.

'꼬이는군.'

만혈괴의는 날카로운 눈으로 금철휘를 노려봤다. 그가 보기에 금철휘는 정말 보통이 아니었다. 상당한 판단력을 가지고 있었다. 향화루로 가지 않고 이곳으로 온 것만 봐도 알 수 있다.

'거기서 만난 것도 결코 우연이 아니야. 저놈이 다 계획한 거야.'

금철휘는 오룡쌍화를 슥 둘러봤다. 멀쩡한 모습의 장무룡이 보였다. 천령신공이 움직여 장무룡의 내부에 흐르는 기운을 속속들이 파악했다.

'고쳤네? 역시 만혈괴의로군.'

기혈이 흐트러지자마자 손을 써서 비교적 쉽게 고칠 수 있었던 모양이다. 아마 만혈괴의는 이번 일로 그가 가진 주화입마에 대한 실력이 일취월장했으리라.

"자네를 만나러 왔다네."

일단 만혈괴의가 나섰다. 오룡들이 어찌할 바를 모르고 제대로 된 대응을 하지 못했기에 어쩔 수 없었다.

"날 왜? 나한테 준 돈이 아깝기라도 했나?"

"그럴 리가 있나. 돈 문제가 아니라, 자네 문젤세."

"나?"

만혈괴의가 슬쩍 미소 지었다. 어딘가 음침해 보이는 미소였다.

"자네가 저 친구를 주화입마에 들게 하지 않았나."

금철휘가 눈을 동그랗게 뜨며 자신을 가리켰다.

"내가?"

금철휘의 손이 이번에는 장무룡에게 향했다.

"저놈을?"

비웃음 가득한 금철휘의 눈이 만혈괴의에게로 향했다. 만혈괴의는 그 순간 울컥했지만 화를 꾹 눌러 참았다.

"제정신이야?"

금철휘의 말투에 다시 한 번 화를 눌러 참은 만혈괴의는 억지로 웃으며 말했다.

"벌써 두 명일세. 한 번은 우연이었는지 모르지만 연이어 두 번이나 그러면 우연으로 치부하기엔 좀 그렇지 않은가?"

"그걸 왜 나한테 물어? 헛손질하고 자빠져 헐떡대던 저놈한테 물어봐야지."

금철휘가 장무룡을 힐끗 쳐다보며 말하자, 이번엔 장무룡이 발끈했다.

"닥쳐라!"

장무룡은 사납게 소리쳤지만 조금 전에 있었던 일이 아직도 생생했기에 함부로 달려들지는 못했다. 그는 이를 박박갈며 죽일 듯 금철휘를 노려봤다.

"어쨌든 볼일이 그것뿐이라면 이만 돌아가는 게 어때?"

금철휘가 만혈괴의를 똑바로 쳐다보며 말했다. 하지만 만혈괴의는 그 모든 것을 그저 웃음으로 넘겼다. 뒤에 도사린더 큰 것을 위해서라면 이깟 수모 얼마든지 참을 수 있었다.

"혹시 이곳에 백검화가 있는가?"

백검화가 금룡장에 있다는 소문은 이미 파다했기에 별로비밀이랄 것도 없었다. 금철휘는 선선히 고개를 끄덕였다. 만혈괴의는 그 모습에 눈을 번득였다.

"사실은 그 문제로 자네에게 할 얘기가 있어서 왔네. 백검화가 자네의 부인이 될 예정이라지?"

금철휘가 긍정도 부정도 하지 않고 빤히 쳐다보자, 만혈괴의는 멋쩍은 표정을 지으며 헛기침을 몇 번 했다. 그리고 조용히 목소리를 깔았다.

"사실은 백검화에 대한 비밀 하나를 알고 있네. 그에 대해자네와 심도 있는 얘기를 하고자 찾아왔다네."

만혈괴의의 말에 금철휘가 고개를 갸웃거렸다. 백검화를

오랜만에 만나긴 했지만 딱히 비밀이 있을 만한 구석이 없었다. 다만 주화입마에 빠진 상황이 조금 의아했고, 또 그녀의 적이 누군지 궁금하긴 했다. 하지만 그뿐이었다. 나중에 어떤 일이 생기든 헤쳐 나갈 자신이 있었다.

"그래서 그게 뭐?"

"궁금하지 않은가? 어떤 비밀이 있는지."

"글쎄."

금철휘의 시큰둥한 반응에 만혈괴의는 속이 탔다. 하지만 그녀의 비밀을 여기서 대뜸 말할 수는 없었다. 이곳에는 듣는 귀가 너무 많았다.

"정말로 안 궁금한가? 그녀가 누구와 싸우고 있는지, 또 그녀를 누가 다치게 했는지. 그로 인해 금룡장에 어떤 피해가 올지 정말로 궁금하지 않단 말인가?"

그제야 금철휘가 반응을 보였다. 확실히 그건 금철휘가 궁금할 만한 사항이었다. 다른 건 몰라도 금룡장이 어떤 상황에 빠지게 될지는 미리 알아 둬서 나쁠 게 없었다.

'뭐, 금향각에 알아보라고 해도 되지만.'

금향각은 아직 완전치 않다. 그래서 금철휘는 이번 항주오룡과의 일을 마무리하고 나면 금향각의 힘을 키우는 데 중점을 두고 운영할 생각이었다. 당연히 지속적인 투자가 들어갈 것이다. 향후 향화루는 더욱 커질 것이고 천하 곳곳에 지부가 들어서게 될 것이다.

그러니 그렇게 자리를 잡기 전에는 최대한 금향각의 움직임을 자제할 필요가 있었다. 만혈괴의의 말은 그런 금철휘의 상황과 잘 맞아떨어졌다.

"좋아. 이제야 흥미가 좀 생기는군. 너만 들어오고, 나머지는 돌아가도록."

금철휘의 말에 오룡과 쌍화가 발끈했다. 하지만 그들은 더 이상 토를 달 수 없었다. 만혈괴의가 나섰기 때문이다.

"이만 돌아들 가 있게. 나머지는 내가 알아서 하지. 자네들은 가문으로 돌아가서 일단 준비를 시작하게. 내 말 무슨 뜻인지 알겠는가?"

만혈괴의는 오룡쌍화의 가문들과 금룡장을 충돌시키겠다는 계획을 버리지 않았다. 나중을 대비하기 위함이었다. 금철휘를 꼬드겨 원하는 것을 얻어내긴 하겠지만, 금철휘가 자신의 말에 넘어가지 않을 상황도 충분히 염두에 둬야 했다.

'만만치 않은 놈이니까.'

만혈괴의는 금철휘를 상당히 높게 평가했다.

하지만 그는 금철휘를 자신의 아래로 판단했다. 그건 너무나 뼈아픈 실수였다.

오룡쌍화는 입술을 깨물며 물러났다. 이대로 물러가는 게 분했지만 어쩔 수 없었다. 만혈괴의의 말대로 돌아가서 준비를 하는 편이 나았다.

표백영은 물러나면서도 연방 뒤를 돌아봤다. 미련이 남아

서가 아니었다. 자신의 목표가 성큼 눈앞으로 다가왔다는 사실이 흥분되었기 때문이다. 자신이 평생 해도 될까 말까할 일을 단번에 해결할 수도 있을 만한 기회가 왔다.

'만혈괴의······.'

그 기회는 만혈괴의가 줄 것이다. 조만간 금룡장은 자신의 가문인 풍운보에 항주제일장 자리를 내줘야만 할 것이다. 표백영은 문득 아까 만혈괴의가 했던 말을 떠올렸다. 만혈괴의는 표백영에게 어떤 단체를 소개해 주겠다고 했다. 그들의 힘이 가세한다는 것을 확인했기에 나설 작정을 했다.

'목적은 다들 분명하지.'

목적은 천하다. 그들 역시 천하를 거머쥐기 위해 움직이고 있는 것이다. 그리고 표백영은 천하를 쥘 생각 따위는 없었다. 그저 항주만 제대로 휘어잡으면 그만이다. 금룡장을 무너뜨려서라도 말이다.

다시 힘차게 걸음을 옮기는 표백영의 눈이 섬뜩한 빛을 뿌렸다.

"자네는 말투가 원래 그러한가?"

만혈괴의는 화려한 접객당에 앉아 금철휘와 대화하며 계속 가슴이 울컥거리는 느낌에 한마디를 하고 말았다. 하지만 돌아오는 말이 더 복장을 뒤집었다.

"내 말투가 뭐 어때서?"

"척 보기에도 내가 훨씬 연배가 많은 듯하네만……."

금철휘가 피식 웃었다. 비웃음이 가득 담겨 있었다. 누가 누구 앞에서 나이 얘기를 한단 말인가. 척 보기에 만혈괴의는 기껏해야 자신의 연배 정도였다. 물론 전생의 나이였지만 말이다.

"지금 나이 얘기하려고 여기 온 건가?"

"끄응."

만혈괴의는 고개를 돌려 불편한 심기를 내비쳤다. 하지만 금철휘의 말대로 지금은 고작 말투나 나이 문제로 싸울 때가 아니었다. 자신에게는 더 큰 목적이 있지 않은가.

"일단 자네가 알고 싶은 걸 물어보게. 하면 내가 대답을 해주지."

만혈괴의의 말에 금철휘가 피식 웃으며 손가락으로 문을 가리켰다. 그러자 문이 벌컥 열렸다. 어느새 문 옆에는 무영객이 눈살을 찌푸리고 서 있었다. 하루에 한 번 금철휘에게 정기적으로 보고하는 시간이기에 이곳에 왔는데, 만혈괴의가 있어 나서지 않고 숨어 있었던 것이다.

"이게 무슨 뜻인가?"

만혈괴의는 금철휘를 노려봤다. 그의 몸에서 사나운 기세가 소용돌이쳤다. 무영객이 근처에 은신해 있다는 건 처음 이곳에 들어올 때부터 알았기에 놀라지는 않았다. 하지만 금철휘의 지금 행동에는 당황하지 않을 수 없었다.

"나가라고."

만혈괴의가 이를 갈았다. 주도권을 쥐려고 했는데, 그럴 수 조차 없게 되어 버렸다. 지금 아쉬운 건 자신이지 금철휘가 아니었으니까.

"좋네. 그냥 얘기하지."

주도권을 쥐지 못한 상태에서 꺼내는 얘기기에 더 조심스러웠다. 어떻게든 금철휘를 끌어들여야만 한다는 강박관념에 만혈괴의는 머릿속으로 내용을 정리하고 또 정리했다.

"일단 백검화와 싸운 사람은 철혈검 사중기일세."

"철혈검?"

금철휘의 기억에도 어렴풋이 남은 별호였다. 금철휘는 자신의 기억을 조금 더 더듬었다. 하지만 딱 거기까지였다. 더 이상은 생각나는 게 없었다.

"아직 천하십대고수에는 꼽히지 못하지만 굉장한 강자지. 백검화는 그런 강자와 당당히 맞서 싸웠네. 그리고 과도한 내력 대결을 하다가 주화입마에 빠지고 말았지."

금철휘가 만혈괴의를 물끄러미 쳐다봤다.

"그걸 넌 어떻게 알지?"

"옆에서 지켜봤으니까."

"지켜봤다고?"

"아마 백검화는 내가 근처에 있었는지도 몰랐을 걸세. 숨어서 봤거든. 나 같이 힘없는 의원이 그런 싸움 근처에 있다간 칼 맞고 죽기 십상이지."

금철휘는 그 말에 피식 웃었다. 금철휘가 보기에 만혈괴의는 백검화와 철혈검이 동시에 달려들어도 어쩔 수 없을 정도로 강했다. 물론 철혈검이 백검화와 비슷한 무위를 가지고 있다고 가정할 경우였다.

"그래서?"

"알다시피 철혈검 사중기의 뒤에는 철혈문이 있네. 지금 그들이 눈에 불을 켜고 백검화를 찾고 있지."

"그래서?"

만혈괴의는 반복되는 금철휘의 말에 눈살을 찌푸렸다. 하지만 목적을 위해 다시 한 번 성질을 꾹 눌렀다.

"내가 중재해 주겠네."

"중재?"

"아무리 금룡장이라도 철혈문이 작정하고 달려들면 그 피해는 어마어마하겠지. 그걸 미연에 방지할 수 있도록 해주겠단 말일세."

"거절한다면?"

"그럼 오늘 중으로 철혈문에 소식이 들어가겠지."

물론 언젠가는 철혈문도 백검화가 금룡장에 있다는 사실을 알게 될 것이다. 아니, 어쩌면 벌써 알고 있는지 모른다. 소문이 파다했으니까. 하지만 소문은 어디까지나 소문일 뿐이다. 그 소문을 믿고 철혈문이 우르르 움직일 리는 없었다. 다만 확인을 해볼 것이고, 확인 후 확실하다면 움직일 것이다.

한데 만혈괴의가 곧장 얘기를 해버린다면 그런 과정이 몽땅 사라진다. 게다가 철혈문은 항주에서 크게 멀리 있지도 않다. 전서구를 이용해 소식을 보내면 내일 당장 철혈문이 금룡장에 들이닥칠 수도 있었다.

금철휘는 가만히 생각하다가 고개를 저었다. 철혈문이 얼마나 강한 놈들이 모인 곳인지 모르지만 그들을 막을 방법이야 얼마든지 있었다. 금향각만 움직여도 충분하다. 게다가 금룡장의 힘도 보통은 넘는다. 돈의 힘을 제대로만 쓰면 정말로 막강한 무기가 되는 법이다.

"중재는 됐고, 다른 얘기나 해보지. 보아하니 당한 건 백검화 같은데 왜 철혈검이 쫓는 거지?"

만혈괴의가 씨익 웃었다.

"사중기가 백검화한테 반했거든."

"반해?"

만혈괴의가 의미심장하게 웃었다.

"내력 대결 당시 백검화는 즉시 정신을 잃었고, 사중기는 그나마 정신이 남아 있었지. 그놈 역시 주화입마에 드는 순간이었네."

금철휘가 고개를 끄덕였다. 이제 좀 알 것 같았다.

"그래서 그놈을 네가 고쳐 줬다 이건가?"

"오늘 고친 놈보다는 조금 어려웠네. 그때는 경험이 지금보다 아주 조금 덜했거든."

금철휘가 가만히 다음 말을 기다리자, 만혈괴의는 입술을 한 번 축이고는 말을 이었다.

"사중기는 백검화도 함께 데려가자고 악을 썼지만 그럴 수 없었네. 백검화는 상태가 훨씬 위중해서 가망이 없었거든. 그래서 사중기만 데리고 조용한 곳으로 갔지."

"백검화는 그냥 방치하고?"

"그게 내가 해줄 수 있는 최선이었네. 근처 마을에 그녀의 제자가 있다는 걸 알고 있었으니까."

금철휘가 고개를 끄덕였다. 대충 상황은 이해를 했다. 하지만 고작 이따위 얘기를 하려고 굳이 여기까지 들어와 자신과 단둘이 남지는 않았을 것이다.

만혈괴의가 슬쩍 시선을 돌려 여전히 문 옆에 서 있는 무영객을 쳐다봤다. 금철휘는 고개를 가볍게 한 번 끄덕였다. 그러자 무영객이 그대로 사라졌다.

"말을 아주 잘 듣는군. 이거 너무 부러운데?"

만혈괴의는 그렇게 중얼거리며 분위기를 한 번 환기시킨 후, 심각한 표정을 지었다. 무거운 분위기가 방안을 짓눌렀다. 만혈괴의가 일부러 내력을 움직여 만들어 낸 분위기였다. 그렇게 해서 더욱 큰 경각심을 심어주기 위함이었다. 반드시 비밀을 지키라는 협박이기도 했다.

"백검화에게는 거의 아무도 모르는 비밀 하나 있네."

금철휘의 눈이 반짝 빛났다. 드디어 재미있는 이야기가 시작되려는 것이다. 과연 무슨 비밀을 가지고 있을지 궁금해 호기심이 바짝 일었다.

"자네도 혈룡귀갑대에 대해서는 좀 알고 있겠지?"

혈룡귀갑대라는 말에 금철휘의 표정이 묘해졌다. 갑자기 여기서 혈룡귀갑대가 왜 나온단 말인가.

"하긴, 그걸 모른다는 건 말이 안 되지. 벌써 칠 년이나 지났지만 그래도 잊을 수 없는 일이지. 아마 다시 그런 대단한 자들이 나오는 일은 없을 걸세."

혈룡귀갑대에 대한 천하의 인식은 지금 만혈괴의가 말한 바와 같았다. 그들은 하나하나가 엄청난 무인이었고, 또 굉장한 무공을 익힌 강자였다. 그들이 익혔던 무공을 하나만이라도 얻으면 천하를 오시할 수 있다는 말까지 나돌 정도였다.

만혈괴의가 번득이는 눈으로 금철휘를 똑바로 바라봤다. 그의 눈빛에는 숨길 수 없는 탐욕과 집착이 담겨 있었다.

"자네는 혹시 백검화가 예전 혈룡귀갑대와 친분이 있었다는 사실을 아는가?"

금철휘는 자신도 모르게 고개를 끄덕일 뻔했다. 함께 지낸 시간이 있으니 당연히 안다. 예전 백검화는 혈룡귀갑대와 한동안 함께한 적이 있었고, 그때 벽 하나를 허물었다. 얼마 전 한서연이 허문 것과 같은 벽이었다.

"역시 모르는군. 하긴, 이건 잘 알려지지 않은 사실이지. 또한 그녀 역시 아무에게나 말할 수 없는 얘기일 테고."

만혈괴의의 말은 참으로 교묘했다. 그렇게 말함으로써 금철휘를 아무나로 만들어 버린 것이다. 물론 금철휘는 콧방귀도 뀌지 않았지만.

"적지 않은 친분이 있었네. 그래서 그녀는 혈룡귀갑대의 모든 사정을 속속들이 다 알게 되었지."

금철휘는 살짝 짜증이 났다. 무슨 대단한 비밀 이야기를 하는 줄 알고 기대했는데, 고작 이따위 얘기나 들었으니, 기다린 시간이 아까웠다.

"그래서 하고 싶은 말이 뭔데? 똑바로 말을 해야 알아들을 거 아냐."

만혈괴의는 금철휘의 목소리에 어린 짜증을 알아채고는 입맛을 쩍 다셨다.

'정말 종잡을 수가 없는 놈이군. 꽤 참을성이 있을 줄 알았는데, 내가 잘못 본 것인가?'

만혈괴의는 금철휘에 대한 인상을 살짝 수정하면서 말을 이었다. 이제부터가 진짜 중요한 말이었다. 또한 금룡장을 진창으로 끌어들일 수 있는 기회이기도 했다.

"혈룡귀갑대가 어떻게 죽어갔는지 알고 있나?"

"글쎄."

안다. 누구보다 잘 알고 있다. 눈앞에서 죽어가는 모습을 생생히 지켜봤으니까. 한 명 한 명 죽어갈 때마다 눈에서 피눈물을 흘렸으니까.

'그래서 시체 한 구 버리지 않았지.'

혈룡귀갑대는 정말로 강했다. 비록 도망치긴 했지만 싸움에서 진 적은 한 번도 없었다. 싸움을 마무리한 뒤에는 동료의 시체를 모두 수거했다. 그리고 정성껏 화장을 했다. 금철휘의 뇌리에는 동료의 뼛가루를 묻어준 곳이 몽땅 들어 있었다. 당시 그들이 가장 아꼈던 것, 즉, 그들의 무기를 그곳에 함께 묻어 주었다.

"혈룡귀갑대는 전설의 한 획을 그었네. 모든 싸움에서 단한 번도 패배하지 않았지. 그들과 맞붙어 싸운 자들은 모두 죽었네. 정말…… 대단했지."

금철휘는 아무런 말도 하지 않았다. 아니, 할 수가 없었다. 금철휘의 뇌리는 이미 그때로 되돌아가 있었다. 당시의 처절했던, 하지만 즐거웠던 상황으로 말이다.

"게다가 더 대단한 게 뭔지 아나? 그들은 결코 동료의 시체를 남겨두는 법이 없었네. 몽땅 회수했지."

만혈괴의는 거기까지 말한 후, 금철휘를 의미심장한 눈으로 바라봤다. 그 눈빛에도 탐욕이 가득했다.

"그게 뭘 의미하는지 알겠나?"

"뭘 의미하는데?"

만혈괴의는 짜증이 날 정도로 뜸을 들인 뒤에야 무겁게 말을 꺼냈다.

"따로 그들의 무덤을 만들었다는 뜻일세."

금철휘가 고개를 끄덕였다. 충분히 일리가 있는 추측이었다. 또한 실제로도 그러했다.

"그런데 그게 뭐? 그 무덤이 무슨 보물창고라도 돼?"

만혈괴의가 바로 맞췄다는 듯 크게 고개를 끄덕였다. 그것을 본 금철휘의 눈이 황당함으로 물들었다.

"그들이 무덤에 무엇을 넣었을 것 같나?"

"아끼는 물건 같은 걸 넣었겠지."

"그래. 무인들이 과연 무엇을 아꼈을까?"

"무기?"

"잘 아는군. 하지만 무인들에게는 무기 말고도 중요한 것이 하나 더 있지."

금철휘는 그게 뭔지 알지만 대답하지 않았다. 만혈괴의는 정말 얼토당토않은 오해를 했다.

"바로 무공일세."

만혈괴의의 눈에 어린 탐욕이 점점 짙어졌다.

"생각해 보게. 자그마치 혈룡귀갑대의 무기와 무공일세. 그게 어떤 가치를 가지는지 알겠는가?"

"혈룡귀갑대의 무기는 지극히 평범한 걸로 아는데, 내가 잘못 알고 있었나?"

"아니, 제대로 아는 걸세. 그래서 혈룡귀갑대가 더 무섭고 대단한 거지. 평범한 무기로 그런 위용을 보여줬으니."

"그런데도 보물로 취급하는 건 좀 우스운데?"

금철휘의 말에 만혈괴의가 어이없는 눈으로 바라봤다.

"자네 상인 맞나? 오룡에게 바가지를 씌워 금을 칠백 냥이나 강탈해 간 그 상인이 고작 그런 것도 계산하지 못하나?"

만혈괴의는 나직이 혀를 한 번 찬 뒤 잘 들어보라는 듯 차분히 설명했다.

"혈룡귀갑대가 썼던 무기일세. 그 자체만으로 얼마나 대단한 값어치가 있는지 모르겠나? 더구나 그들이 혹시 무기에 뭔가를 남겨 놨다면? 그 가치는 가히 헤아릴 수조차 없을 걸세."

만혈괴의는 거기까지 설명하고는 손가락 하나를 들어 올렸다.

"하지만 그건 고작 돈이 될 뿐이지. 진짜는 무공일세. 그들이 남긴 그들만의 무공. 그걸 몽땅 얻으면 어찌 될 것 같은가?"

"글쎄. 전 무림이 달려들겠지?"

"대놓고 한다면 그렇겠지. 하지만 은밀히 진행한다면?"

더 얘기할 것도 없다. 정말로 막대한 힘을 얻게 될 것이다. 더구나 무림맹이나 혈무련(血武聯)이 그것을 얻으면 그 여파가 어디까지 미칠지는 상상도 할 수 없다.

만혈괴의의 미소가 짙어졌다. 그리고 탐욕도 더욱 깊어졌다.

"난 그것을 금룡장이 얻었으면 좋겠네."

독사 같이 음흉하고 사악한 꼬드김이었다. 만일 보통 사람이 그 유혹을 접했다면 그대로 넘어갔을 것이다. 그것은 설사 금룡장주인 금일청이라 해도 마찬가지다. 하지만 금철휘는 다르다. 그는 굳이 그런 짓을 하지 않아도 이미 그들의 무공을 다 알고 있다. 또한 모두가 힘을 모아 만든 무공까지 익혔다.

"한데 무덤이 어디 있는지는 알고?"

금철휘는 가장 중요한 점을 물었다. 만혈괴의는 그럴 줄 알았다는 듯 씨익 웃었다.

"그게 바로 백검화의 비밀일세."

금철휘의 눈이 동그래졌다.

"놀랍지? 그녀는 그들의 무덤을 알고 있네. 더구나 한두 명도 아닌 백 명 모두가 잠든 그 무덤을 말일세. 어떤가? 이제 좀 구미가 당기나?"

멍한 표정의 금철휘를 보며 만혈괴의는 의기양양한 표정을 지었다. 그런 중요한 정보를 알려 주었으니 금철휘는 이제 결코 수렁을 벗어날 수 없으리라. 천하제일이라는 이름에 깃든 마력은 누구든 벗어날 수 없으니까.

하지만 정작 금철휘가 멍한 표정을 지은 것은 너무나 어이가 없어서였다. 어떻게 백 명을 한데 묻을 거란 생각을 할 수 있단 말인가. 당시 혈룡귀갑대는 그 정도로 여유롭지 못했다. 천하와 싸우면서 동료의 시체를 짊어지고 다닌다? 그게 어찌 가능하겠는가.

'그냥 화장해서 그때그때 양지바른 곳에 깊이 묻었는데.'

더구나 무공비급 따위는 없다. 비급을 가지고 다닌 사람도 없었고, 설사 있다 하더라도 화장을 하며 함께 태워 버렸다.

'무기에 뭔가를 남겨? 훗.'

코웃음도 안 나올 소리다. 무기에 남기긴 뭘 남긴단 말인가. 무기를 아끼긴 했지만 거기에 뭔가를 남길 정도로 섬세한 자들이 아니다. 혈룡귀갑대는 그랬다.

'그런 걸 남길 시간에 차라리 잠을 잤지.'

항상 잠이 모자랐기에 그 어떤 것보다 잠을 좋아했다. 틈만 나면 잤으니 무기에 뭔가를 할 시간 따위 있을 리 없었다.

'대체 이 허황된 얘기가 어디서 나온 거야?'

금철휘는 문득 궁금해졌다.

"어디서 그런 정보를 얻은 거지?"

"아주 은밀히 얻었지. 사해방에 끈이 하나 닿아 있네. 이 정보는 사해방에서도 거의 장로급이 아니면 모르는 정보라네."

"사해방?"

사해방은 천하제일의 정보조직이다. 그들이 모르는 건, 그 누구도 알 수 없다는 말까지 있을 정도였다. 심지어 이곳 항주에도 사해방의 영향력이 닿아 있다. 물론 금향각 때문에 항주를 완전히 휘어잡지는 못했지만 말이다.

"사해방이 할 일 없이 그런 정보를 너한테 줄 것 같아? 차라리 자기들이 해먹고 말지."

사해방처럼 거대한 조직에, 그것도 정보를 주로 다루는 조직에 혈룡귀갑대의 무공이 전해진다고 생각하면 얼마나 대단한 일이 벌어질지 생각만 해도 전율이 일었다. 만혈괴의도 그것을 알기에 조심스러웠다.

"나도 아네. 어쩌면 내가 이용당하고 있을지도 모른다는 사실을. 그래서 자넬 찾아온 거 아닌가."

만혈괴의의 탐욕스런 미소를 보며 금철휘는 고개를 끄덕였다. 확실히 이렇게 욕심 많은 놈은 남에게 이용당하는 꼴을 견디지 못한다.

금철휘는 잠시 고민에 빠졌다. 만혈괴의가 아닌 사해방이 끼어든 문제라면 쉽게 넘어갈 수 없었다. 만혈괴의야 그냥 쓱싹 해버리면 된다 해도, 사해방을 어떻게 막을 것인가. 그들은 정보조직이다. 천하 곳곳에 산재해 있으니 자칫 잘못하다가는 백검화가 천하의 표적이 될 수도 있었다.

'이거 골치 아픈 문제를 가져왔네.'

그래도 모르는 것보다는 나았다. 이렇게 알았으니 어떻게든 대처법을 생각해낼 수 있을 테니 말이다. 그 전에 일단 만혈괴의부터 처리하는 게 먼저였다. 금철휘는 열심히 머리를 굴렸다.

'가만, 한데 저놈 뒤에는 정말 아무도 없을까?'

한 번 생기니 끊임없이 꼬리에 꼬리를 물고 의심이 일어났다. 만혈괴의가 항주에 온 것은 분명 백검화 때문일 것이다. 추가장에 들러 추영우를 치료한 건 우연에 가깝다고 판단했다.

'혹시 사해방의 사주를 받는 건?'

그건 가능성이 꽤 높았다. 만일 금룡장을 끌어들일 수 있다면 사해방은 얻을 것이 무궁무진할 테니까. 어쩌면 혈룡귀갑대에 대한 얘기 자체를 사해방이 만들었을 가능성도 있었다.

'복잡하군.'

금철휘가 계속 망설이는 듯하자, 만혈괴의가 은근한 목소리로 말했다.

"뭘 걱정하나? 백검화는 어차피 자네의 부인이 될 사람이야. 남편에게 비밀을 가져선 안 되는 법 아니겠나? 그러니 슬쩍 한번 말이나 꺼내 보게. 조용한 곳에서 말이야. 그리고 날 좀 이용해도 좋네. 아마 주화입마를 제대로 고치진 못했을 걸세. 그러니 내가 한번 봐준다고 하게."

금철휘는 선선히 고개를 끄덕였다. 일단 이놈을 내보내야 뭐든 일이 될 것 같았다.

"알았으니 이제 그만 가봐. 내가 알아서 하지."

만혈괴의는 그럴 줄 알았다는 듯 만족스럽게 웃었다.

"내 자네를 못 믿어서가 아니라, 이대로 그냥 돌아가기에는 좀 그렇지 않나. 하니 나도 자구책 하나를 마련해야겠네. 괜찮겠지?"

금철휘는 대번에 눈살을 찌푸렸다. 만혈괴의가 하는 말을 가만히 들어보면 자신과 백검화 사이를 이간질하고 있다. 또한 이득만 고스란히 챙기고 손해는 보지 않겠다는 마음이 강하다. 이 얼마나 이기적인 놈인가.

"뭔지 일단 들어보고."

만혈괴의는 만면에 미소를 머금고 품에서 작은 목갑 하나를 꺼냈다. 목갑 뚜껑을 열자 청량한 향이 방안을 가득 채웠다. 목갑 안에는 푸르스름한 환단 하나가 놓여 있었다.

"내가 심혈을 기울여 만든 약이라네. 아직 이름도 짓지 않았지."

만혈괴의의 표정에 뿌듯한 자부심이 떠올랐다. 그는 목갑을 금철휘에게 내밀며 말을 이었다.

"이걸 복용하면 무공을 익힌 사람의 경우 상당한 내공을 증진시켜 주는데, 웬만한 대문파의 영단보다 훨씬 낫지. 받게. 자네에게 주겠네."

금철휘는 일단 목갑을 받았다. 이런 걸 주는데 받지 않을 이유가 없지 않은가. 물론 의심을 버리지 않았다. 자구책을 마련한다고 하고선 이런 영단을 주었으니 분명히 뭔가 야료를 부렸을 것이다.

"의심이 많군. 그래서 더 안심이 되네. 자네 같은 사람과 함께 일을 도모하면 실패할 확률이 적으니까. 아무튼 자네가 의심하는 대로 그 약에는 내공증진 외에 다른 효과 하나가 더 있네."

잠시 뜸을 들이며 금철휘의 안색을 살핀 만혈괴의가 천천히 입을 열었다.

"그 안에는 일종의 고독이 함께 들어 있네. 먹으면 단전에 자리를 잡지."

금철휘가 피식 웃었다.

"그러니까 나중에 수틀리면 단전을 부숴 버리겠다, 뭐 그런 건가?"

"비슷하네. 내가 원하는 순간에 그 고독은 단전에 있는 내공을 모조리 먹어치운 뒤에 밖으로 배출될 걸세."

"호오. 준 거에 이자를 붙여 도로 빼앗아 가는군."

"역시 상인이라 그런지 말이 통하는군. 맞네. 정확히 그런 의도로 만들었네."

"한데 이자가 좀 세네?"

"이 바닥이 원래 그런 법 아니겠나. 자네도 고작 금 마흔 냥에 육백 냥이 넘는 이자를 붙이지 않았나. 그와 비슷하다고 보면 될 것 같은데, 아닌가?"

금철휘가 고개를 선선히 끄덕였다.

"대충 비슷하네. 그럼 이건 내가 접수하지."

"지금 즉시 복용하게. 내가 잘 봐줄 테니까. 이래 봬도 꽤 괜찮은 의원이라네."

금철휘는 망설임 없이 단약을 입에 털어 넣었다. 삼키고 자시고 할 것도 없었다. 입에 들어온 순간 청량한 향과 함께 그대로 녹아 목구멍을 따라 스르륵 넘어가 버렸다.

"이거 맛과 달리 화끈한데?"

식도가 뜨거워졌다. 그리고 이내 온몸이 불덩이처럼 달아올랐다. 금철휘의 얼굴이 시뻘게질 정도였다. 만혈괴의는 그 모습을 차분히 바라보며 고개를 끄덕였다.

"자네 체질이 꽤 괜찮군. 약효가 제대로 흡수될 모양이야. 이거 잘하면 갑자에 달하는 내공이 생길 수도 있겠어. 굉장하군."

금철휘의 몸을 달아오르게 했던 기운들이 말끔히 단전에 안착했다. 순식간에 몸이 식었고, 금철휘는 감았던 눈을 떴다. 번득이는 섬광이 한 차례 방안을 휩쓸고 지나갔다. 만혈괴의는 깜짝 놀라 눈을 크게 떴다.

"뭘 그렇게 놀라?"

"무공을 제대로 익혔군. 소문과는 많이 다른데?"

금철휘가 씨익 웃었다.

"소문을 곧이곧대로 다 믿어?"

만혈괴의는 고개를 저었다. 그럴 리 있겠는가. 소문은 어디까지나 소문일 뿐이다. 소문에 휘둘리다가는 진짜 정보를 얻지 못한다. 소문을 이용해 정보를 흐리는 자들도 있지 않은가.

"아무튼 재미있는 약이었어. 그럼 이제 슬슬 가보지?"

"믿겠네."

만혈괴의는 그렇게 말하며 자리에서 일어났다. 물론 만혈괴의가 믿는 것은 금철휘가 아니라 그의 단전에 안착한 고독이었다.

'그래도 애송이는 애송이로군. 내가 한 말을 그대로 믿다니. 스스로를 너무 과신한 탓이지.'

만혈괴의의 입가에 미소가 스쳤다. 그가 준 단약에 숨은 고독은 그리 단순하지 않았다. 한 마리가 아니라 무려 다섯 마리의 고독이 그 안에 들어 있었다.

그중 한 마리는 분명히 그가 말한 대로의 효능이 있다. 하지만 그 고독은 자리 잡는 즉시 녹아 버릴 것이다. 그와 동시에 함께 있던 고독들이 활동을 시작할 것이다. 동료의 목숨을 신호로 말이다.

그리고 나머지 네 마리의 고독은 혈관을 타고 흘러 몸 곳곳에 안착할 것이다. 심장과 단전에 각각 한 마리씩, 그리고 머릿속에 두 마리가 자리를 잡고 주인의 명령을 기다릴 것이다.

'결국 넌 내 것이 되는 거지. 몸도 마음도.'

만혈괴의의 입가에 걸렸던 미소가 잔혹하고 음침하게 변했다.

금철휘는 밖으로 나가는 만혈괴의를 가만히 앉아서 쳐다 봤다. 만혈괴의가 사라지자, 결국 피식 웃었다.

"수작을 부려도 저질로 부리는군."

천령신공을 익힌 금철휘에게 고독 따위가 통할 리 없다. 금 철휘는 단약에 깃든 약효를 내공으로 흡수하면서 고독들은 따로 분리했다. 다섯 마리의 고독은 지금 각각 단전 한구석 에서 막대한 내력의 막으로 둘러싸여 이러지도 저러지도 못하 고 있었다.

"이놈들을 어쩐다⋯⋯."

방법은 많았다. 외부로 배출시켜 다른 사람의 몸에 넣을 수도 있었고, 또 그대로 체내에서 태워 버릴 수도 있었다.

"뭐, 나중에 하자. 나중에."

금철휘는 일단 고독에 대한 생각은 싹 접었다. 나중에 몹 쓸 놈들 몸에 넣어 주거나 태워 버리면 되니, 일단 지금은 신 경 쓸 필요가 없었다. 지금 급한 건, 백검화의 일이었다.

"사해방이라, 사해방⋯⋯."

금룡장이 아무리 대단해도 정보를 한손에 틀어쥐고 있는 사해방과 싸울 수는 없다. 게다가 지금 보니 사해방은 뒤로 호박씨를 까고 있는 중이다.

"일단 좀 알아봐야겠네. 정보가 없으면 움직이기 곤란하니까."

　정보의 중요성에 대해서는 누구보다 잘 알고 있었다. 전생에서도 정보 때문에 물 먹은 적이 여러 번이었다. 만일 제대로 된 정보망을 가지고 있었다면 혈룡귀갑대는 전혀 새로운 전설을 썼을지도 모른다.

　그리고 몸의 주인인 금철휘도 어릴 때부터 정보의 중요성에 대해 절감했기에 금향각을 만든 것이다. 그 둘이 하나로 모였으니 얼마나 정보에 대해 민감하겠는가.

　금철휘는 자리에서 벌떡 일어났다. 생각났으면 바로 움직여야 한다. 이런 일은 미루면 미룰수록 손해다. 금철휘는 자리를 박차고 나가 곧장 향화루로 향했다.

제6장
항주풍운

아칠은 멍하니 앉아 정신없이 움직이는 화예지를 바라봤다. 정말로 의외였고, 또 놀라웠다.

사실 아칠은 화예지에게 금철휘의 말을 전하면서도 거의 기대하지 않았다. 아직 내기가 끝난 것도 아니고, 또 그녀가 금철휘에게 얼마나 많은 반감을 가지고 있는지 알기 때문이다.

한데 아칠의 예상은 보기 좋게 빗나갔다. 화예지는 아칠의 말을 들은 순간부터 지금 눈앞에 보이는 것처럼 정신없이 움직이기 시작했다. 그 뒤로 보이는 모든 광경은 경이 그 자체였다.

화예지가 어디를 어떻게 누르고 조작했는지도 모르게 손발을 움직이니 사방에 벽장이 나타났다. 벽장 안에는 종이 뭉치가 가득 들어 있었고, 화예지가 그 안에 있는 것들을 확인하며 또 뭔가를 조작하자, 벽장들이 이리저리 움직이더니 전혀 새로운 벽장들이 또 나타났다.

화예지는 그 벽장 안에 있던 종이 뭉치들을 확인하고는 또 뭔가를 조작했다. 그런 식으로 일곱 번 조작을 한 뒤에 나타난 벽장에는 입이 떡 벌어질 정도로 막대한 양의 종이 뭉치들이 쌓여 있었다.

화예지가 바쁘게 움직인 것은 그때부터였다. 그녀는 그 안에 있는 종이들을 여기저기서 빼서 확인하고 다시 넣는 걸 반복했다. 이내 벽이 다시 원래대로 돌아갔다. 그리고 화예지의 손에는 일곱 장의 서류가 들려 있었다.

그녀가 그것을 내밀자 아칠은 얼떨떨한 표정으로 받아들었다. 그것은 각각 금철휘가 요구한 일곱 가문에 대한 보고서였다.

"일단 기본적인 것만 정리했어. 더 자세한 건 시간이 필요하니까 그렇게 전해."

아칠은 손에 들린 서류와 화예지를 번갈아 바라봤다. 왠지 달라 보였다. 예전에는 그저 싸가지없는 예쁜 여자일 뿐이었는데, 방금 그녀가 일하는 모습을 보니 전혀 다른 사람 같았다.

"왜? 더 필요한 거 있어?"

"아, 아니, 그게 아니라……."

아칠의 태도에 화예지는 쓴웃음을 지었다. 자신이 아칠의 입장이라도 아마 비슷한 반응을 보였으리라.

"지난번에는 그냥 투정을 부려본 것뿐이야. 내기에 진 건 확실하니까."

화예지는 그렇게 말하며 눈을 반짝 빛냈다. 그녀의 빛나는 모습에 아칠은 그저 멍하니 고개만 끄덕였다. 화예지가 그런 아칠을 재촉했다.

"어서 가보는 게 낫지 않아? 내 생각에 보고는 빠를수록 좋을 것 같은데?"

아칠은 말없이 고개를 끄덕이고는 얼른 방에서 나갔다. 그의 눈이 혼란으로 물들었다. 그렇게 잰걸음으로 향화루에서 나간 아칠은 입구에서 금철휘와 딱 마주쳤다.

"어? 공자님!"

"그건 뭐냐? 아, 토룡?"

"마, 맞습니다."

아칠은 얼결에 서류뭉치를 내밀었다. 금철휘는 망설임 없이 그것을 받아 슥슥 읽었다. 오룡쌍화가 속한 가문에 대해 상당히 상세한 내용이 담겨 있었다. 구성원에서부터 가진 바 재력과 무력에 대한 내용이 일목요연하게 정리되어 있었다.

"과연 금향각이로군. 하지만 이것만으로는 좀 부족한 거 같은데?"

"아, 안 그래도 그 얘기도 했습니다. 더 자세한 건 시간이 좀 필요하다고 하던뎁쇼?"

"하긴, 그렇겠지. 수작질을 준비하려면 확실히 시간이 필요하지."

"예? 수작질이요?"

금철휘가 씨익 웃었다.

"그런 게 있어. 자, 그럼 넌 이제 금룡장으로 돌아가서 내 다음 명령을 대기해라. 난 금향각에 들렀다가 바로 갈 테니까."

"예? 어차피 그럴 거면 저도 함께 가는 게 안 낫겠습니까? 공자님을 계속 혼자 두려니 물가에 내놓은 애 같아서 너무 불안한뎁쇼."

금철휘가 아칠의 머리를 툭툭 두드렸다.

"으헉! 으헉! 고, 공자님! 왜 이러십니까!"

"귀여워서 그런다. 말을 참 안 들어서 너무 귀여워."

"으헉! 으헉! 고, 공자님! 그, 그만하십쇼! 으헉! 으헉!"

금철휘는 눈 하나 깜짝하지 않고 십여 번이나 아칠의 머리를 두드려 주었다. 아칠은 어지러워서 몸을 가누지 못했다.

"앞으로도 계속 그렇게 귀엽게 놀아라. 나도 한번 즐겨보자."

"그, 그런 끔찍한 말씀은 그만하십쇼. 그리고 제가 공자님보다 나이 훨씬 많거든요?"

"몸만 그렇지. 정신은 어리니 상관없다."

"예에?"

아칠이 어이없다는 듯 금철휘를 바라봤다. 그건 또 뭔 말도 안 되는 궤변인가. 하지만 힘과 계급에 밀려 반박을 할 수가 없었다. 아칠은 답답함을 해소하기 위해 가슴을 퍽퍽 두드렸다. 물론 효과는 거의 없었다.

금철휘는 그런 아칠에게 손을 한 번 슬쩍 들어준 다음 향화루 안으로 휘적휘적 들어갔다. 살이 빠진 뒤로 몸매며 얼굴이 확 달라졌기에 그렇게 걷는 모습도 마치 한 폭의 그림 같았다.

"젠장. 이거 갑자기 짜증이 확 나네?"

왠지 모를 자괴감에 아칠은 고개를 푹 숙였다. 그리고 힘없이 돌아서서 털레털레 금룡장으로 향했다.

금철휘는 향화루 최상층으로 향했다. 그곳에 자신의 방이자, 금향각이 정보를 관리하는 장소가 있다. 그리고 화예지는 지금 그곳에서 자신을 기다리고 있었다.

방문은 열려 있었다. 화예지는 금철휘의 손에 들린 서류 뭉치를 보며 환하게 웃었다.

"기다리고 있었답니다."

금철휘가 고개를 끄덕였다.

"그래. 그럴 줄 알았다. 이제나저제나 하면서 기다렸지? 안

오면 어쩌지? 그리고……."

금철휘가 손에 든 서류 뭉치를 들고 흔들었다.

"이걸 안 들고 오면 어쩌지? 뭐, 그런 생각을 하면서 말이야. 아닌가?"

화예지의 표정이 대번에 굳었다. 그것을 확인한 금철휘가 씨익 웃었다.

"역시 그랬군. 걱정하지 마. 네가 하고자 하는 걸 다 해보면 돼. 납득할 때까지 말이야. 어차피 시간도 이제 얼마 안 남았으니까."

화예지는 슬며시 차오르는 불안감을 억지로 가라앉혔다. 이번에 마련한 수는 무조건 성공할 수밖에 없었다. 상대가 알아차리지만 못한다면 말이다. 한데 채 시작도 하기 전에 알아버렸다.

"그래서 이제 어쩔 생각이죠?"

화예지가 입술을 깨물며 묻자, 금철휘가 의아한 표정을 지으며 서류 뭉치를 다시 한 번 흔들었다.

"뭐야? 설마 이게 끝이야? 이거랑 합해져야 효능을 발휘하는 그런 건 없어?"

화예지의 눈빛이 거세게 흔들렸다. 이렇게 정확히 수를 읽고 있는 사람에게 그 방법을 쓸 수는 없었다. 그걸 준비하느라 들인 돈과 공이 너무나 아까워서 치가 떨렸다.

"하아, 됐어요. 용건이 뭐죠?"

"허어, 정말 안 믿네. 하고 싶은 거 해 보라니까? 완벽하게 마음으로 승복하려면 내가 다 받아 주는 수밖에 없잖아?"

화예지는 금철휘를 믿을 수 없다는 듯 바라봤다.

"그런 광오한 말을 하기엔 너무 어리지 않나요?"

"어려? 내가?"

금철휘가 자신을 가리키며 어이없다는 듯 입을 벌렸다. 하지만 다시 생각해 보니 어린 게 맞다. 육체적 나이는 이제 고작 스물한 살이니 말이다. 하지만 실제 그의 나이는 쉰을 훌쩍 넘는다.

"아무튼 준비한 거 있으면 싹 꺼내 봐. 설마 어설프게 암살을 시도하려던 건 아니지?"

화예지의 뺨이 새빨갛게 물들었다. 정곡을 찔린 것이다. 사실 이틀 만에 수십 근의 살을 어떻게 붙인단 말인가. 그건 오히려 빼는 것보다 더 어려운 일이다. 그러니 그녀에게 남은 선택은 목숨에 위해를 가해 협박을 하는 것밖에 남아 있지 않았다.

"뭐야? 정말 그런 거였어? 그럼 너무 쉽잖아."

금철휘가 성큼 방 안으로 들어섰다. 방안에는 기이한 향이 가득 차 있었는데, 화예지 옆에 놓인 향로에서 흘러나오는 향이었다.

"호오. 이 향이랑 어우러지면 효과가 나타나나 보지?"

화예지가 고개를 끄덕였다. 이미 알고 있으니 숨기고 말고

할 것도 없었다. 숨이야 참으면 그만이다. 무공을 익힌 사람들은 훈련에 따라 아주 오랫동안 숨을 참는 것도 가능하다.

"좋아. 마셔주면 된다 이거지? 흐으읍!"

금철휘는 한껏 숨을 들이켰다. 어찌나 깊게 숨을 들이마셨는지 방 안을 채웠던 향이 거의 다 금철휘의 폐 속으로 빨려 들어갔다.

화예지는 그 갑작스러운 광경에 기절할 듯 놀랐다. 설마 이런 식으로 나올 줄은 몰랐던 것이다. 그리고 크게 당황했다. 이 향은 인체에 전혀 해가 없지만 금철휘가 들고 있는 서류에 묻은 음사독과 만나면 얘기가 달라진다.

음사독 역시 인체에 거의 해가 없다. 그 역할은 일종의 촉매였다. 방안 가득한 향을 몸속에서 치명적인 독으로 바꾸는 촉매 말이다. 즉, 향을 많이 마시면 많이 마실수록 몸에는 훨씬 치명적이었다.

한데 그렇게 많은 향을 들이마셨으니, 어쩌면 제대로 해독조차 못 할 수도 있었다.

"이야, 향 좋네."

금철휘는 아무렇지도 않게 웃으며 말했다. 방 안에는 이미 남아 있는 향이 거의 없었다. 물론 향로에서 여전히 향이 타오르고 있었지만, 이제 그나마도 거의 남지 않았고, 거기서 나오는 향은 모조리 금철휘에게로 빨려 들어갔다.

당연히 금철휘가 아무런 대비도 없이 그렇게 한 건 아니다.

금철휘는 이미 천령신공을 최대한으로 운용 중이었다. 체내에 자리 잡은 음사독과 향이 만나 격렬한 반응을 하며 지독한 독으로 변해 갔다.

'이거 굉장한 독인데?'

사실 한 모금 정도 마셨다면 이 정도로 지독하지는 않았을 것이다. 하지만 금철휘는 방안을 가득 채운 향을 모조리 마셨다. 그 많은 양의 향이 독으로 변했기 때문에 이런 무서운 독이 된 것이다.

"괘, 괜찮은가요?"

화예지의 안색이 창백해졌다. 사실 이렇게까지 할 생각은 없었다. 그녀의 예상은 금철휘가 방 안으로 한 발 들어오는 순간 한 모금의 향을 마시고 쓰러지는 것이었다.

그러면 즉시 금철휘를 다른 방으로 옮겨 치료를 준비하고 협박을 시작할 생각이었다. 금룡장의 재산 따위는 더 이상 관심도 없었다. 그저 금향각을 온전히 유지하는 것만 생각했다. 물론 그 와중에 부수입으로 약간의 재물을 얻으면 더 좋고 말이다.

한데 금철휘는 그런 그녀의 모든 예상을 완전히 짓밟아 버렸다. 예측대로 흘러간 것이라고는 금철휘가 서류를 받아 음사독을 흡입한 것이 전부였다.

금철휘가 한 손을 올려 그녀가 다가오려는 것을 막았다.

"독이 빠져나갈지도 모르니까 오지 말고 기다려."

금철휘의 말에 화예지가 멈칫했다. 그녀는 망설이다가 결국 금철휘에게 다가갔다. 아무리 그래도 이 지경이 되었는데 그냥 둘 수는 없었다. 그녀는 서둘러 품에서 단약 하나를 꺼냈다. 음사독의 해독약이었다.

"일단 이걸 먼저 드세요. 음사독부터 없애지 않으면 안 돼요."

음사독은 촉매 작용을 하지만 지속적으로 독이 활동하도록 만드는 역할도 한다. 그렇기 때문에 그걸 먼저 제거하지 않으면 정작 진짜 독을 제거하기가 어려워진다.

금철휘는 빙긋 웃으며 가볍게 그녀를 밀어냈다. 화예지의 눈이 커다래졌다. 그녀는 안타까운 표정으로 금철휘를 바라봤다.

"내가 어떤 사람인지 보여줄 테니까, 잘 보라고."

금철휘는 그대로 눈을 감았다. 그의 몸에서 은은한 향이 풍기기 시작했다. 그 향을 맡은 화예지의 눈이 화등잔만 해졌다.

"이, 이건……!"

조금 전 금철휘가 빨아들였던 향이 다시 흘러나오고 있었다. 하지만 이 향은 조금 전의 그것과는 완전히 달랐다. 모르는 사람이 맡았다면 똑같다고 여기겠지만 화예지는 그럴 수 없었다.

'해독됐어!'

화예지는 음사독을 몇 번이나 써봤다. 독을 만드는 과정에 참여해서 함께 실험하고 연구도 해 봤으며, 실제로 그것을 써 봤다. 그렇기에 원래의 향과 독이 제거된 향이 어떻게 다른지 분명하게 구분할 수 있었다.

금철휘의 몸에서 흘러나오는 향이 점점 진해졌다. 그리고 어느 순간부터 그 향이 다시 사라져 갔다. 금철휘가 도로 빨아들인 것이다.

'뭐, 뭐지?'

화예지는 당황스러웠다. 뭔가를 예상하면 바로 그 결과가 달라지니 정신을 차릴 수가 없었다.

이내 금철휘가 눈을 떴다. 순간적으로 방안에 향이 가득 찼다가 사라지는 듯한 착각이 들었다. 진한 잔향이 화예지의 코끝을 간질였다.

"자, 됐다. 지켜 보니까 어때?"

금철휘가 씨익 웃으며 말하자, 화예지는 결국 고개를 절레절레 저었다. 예상은 했지만 이렇게 간단히 끝날 줄은 몰랐다. 어쨌든 이젠 승복하는 수밖에 없었다.

'그리고 왠지 기대도 좀 되고.'

비록 잠깐 겪었지만 화예지가 보기에 금철휘의 능력은 상상 이상이었다. 그런 능력을 제대로만 이용할 수 있다면 복수를 하는 것도 더 이상 불가능하지 않다.

"뭐, 더 얘기할 것도 없어 보이는군. 그럼 슬슬 제대로 된 정보를 줘야지?"

금철휘의 말에 화예지가 고개를 끄덕이고는 방 한구석으로 가서 미리 준비해 둔 서류들을 꺼냈다. 어차피 일곱 가문에 대한 조사는 더 할 필요도 없다. 항주에 존재하는 모든 가문에 대한 정보는 금향각에 차곡차곡 쌓여 있었다. 아칠에게 준 것은 극히 일부에 불과했다.

금철휘는 서류를 받아 대충 읽고는 고개를 끄덕였다. 이 정도면 앞으로 판을 벌이는 데 제법 큰 도움이 될 듯했다. 역시 금향각의 실력은 진짜였다. 물론 항주에 국한되긴 하지만 말이다.

"좋아. 일단 이건 이 정도면 됐고……."

금철휘의 말에 화예지가 의아한 표정을 지었다. 그녀가 알기로 일곱 가문에 대한 정보 외에 금철휘에게 필요한 것들은 없었다. 만일 다른 무슨 일이 있다면 화예지가 모를 수 없다. 이미 항주에 대해서는 손바닥 들여다보듯 알 수 있으니까.

'일곱 가문과 얽힌 일 빼고는 없을 텐데……. 아! 만혈괴의 때문인가?'

화예지는 대충 금철휘가 할 말을 예상하고, 정보를 정리할 준비를 했다. 그녀의 머릿속에서 만혈괴의에 대한 정보들이 떠돌아다녔다. 기본적인 사항은 말로 설명하고, 나중에 자세한 내용을 서류로 만들어 보고하면 되리라.

"대충 예상한 모양이군. 만혈괴의에 대한 정보가 필요해."

화예지가 즉시 대답하려 하자, 금철휘는 손을 올려 멈추고는 말을 이었다.

"그리고 그 배후도 조사해."

"배후? 만혈괴의에게 그런 게 있었나요?"

금철휘의 표정이 살짝 심각해졌다. 역시 금향각은 항주에서는 최고지만 항주 밖으로 나가면 수준이 확 떨어진다. 물론 기본적인 정보는 다 모아 놓겠지만, 이렇게 깊이 들어가면 대번에 문제가 생긴다.

'하긴 사해방과 관계가 있으니 얼추 이해는 가지만.'

사해방은 천하제일의 정보조직이다. 천하의 모든 정보를 주무르는 자들이니, 그 정도 정보를 숨기는 것쯤 일도 아닐 것이다. 더구나 만혈괴의는 그 자체로 은밀한 사람이었으니 말이다.

"사해방이다."

"사해방이요?"

화예지의 눈이 화등잔만 해졌다. 갑자기 그 이름이 여기서 왜 나온단 말인가. 만혈괴의는 그 어떤 조직에도 속해있지 않은 사람이다. 한데 사해방이라니.

"진짜 사해방이 만혈괴의 뒤에 있나요?"

"그래. 그리고 그놈들, 뭔가를 노리고 있어."

"뭘 노리고 있죠?"

"이제부터 그걸 네가 알아내야지. 금향각의 힘으로."

화예지의 표정이 굳었다. 사해방의 정보를 얻는 건 아직 금 향각의 힘으로 크게 무리가 있다. 사해방은 그저 그런 정보조 직이 아니다. 그들은 웬만한 대문파보다 강한 무력을 갖추고 있다. 또한 정보를 이용해 축적한 금력이 있다. 결코 쉽게 건 드릴 수 있는 방파가 아니었다.

'자칫 잘못하다간 역공으로 무너져 버릴 수도 있어.'

정보를 다루고 있기에 정보의 힘이 얼마나 무서운지 잘 알 고 있다. 또한 그 정보를 다루는 사해방의 두려움도 잘 알고 있기에 섣불리 대답할 수가 없었다.

"뭘 망설이지? 어차피 선택의 여지가 없잖아?"

화예지는 입술을 깨물었다. 내기 따위 없던 일로 하자고 우 기면 그만이다. 그에 따른 타격을 받겠지만, 또 금룡장과 힘 겨운 싸움을 해야 할지도 모르지만, 그래도 하고자 마음먹으 면 할 수 있다.

'하지만……'

화예지는 직감적으로 지금이 금향각의 미래에 대한 갈림길 이라는 걸 깨달았다. 고민은 길지 않았다. 결정을 내린 그녀의 눈이 밝게 빛났다.

"하겠어요. 하지만 쉽지 않아요. 시간이 많이 필요할 거예 요."

"불가능하단 말은 안 하는군."

금철휘는 만족스럽게 고개를 끄덕였다. 현재의 능력은 중요하지 않다. 능력이야 마음만 먹으면 얼마든지 올릴 수 있다. 하지만 상황을 대하는 자세는 쉽게 바뀌지 않는다. 그런 면에서 화예지는 합격이었다.

"좋아. 그럼 나도 일을 좀 더 쉽게 하도록 해줘야겠지."

금철휘는 품에서 작은 책자 하나를 던졌다. 화예지는 얼결에 그것을 받아 의아한 표정으로 확인했다. 표지에는 아무것도 쓰여 있지 않았다.

"이게 뭐죠?"

"확인해 보고, 믿을 만한 사람들에게 전부 보급해. 외부로 새 나가면 곤란한 건 알겠지?"

금철휘는 그 말을 남기고 훌쩍 떠나갔다. 어찌나 빠르고 은밀하게 사라졌는지 화예지는 눈앞에서 보고 있으면서도 금철휘가 사라졌다는 사실을 순간적으로 이해하지 못했다.

"대체……."

정신을 차릴 수가 없었다. 화예지는 금철휘에게 받은 책자를 펼쳤다. 그녀의 눈이 찢어질 듯 커졌다. 그리고 정신없이 책장을 넘겼다. 그것은 얇은 비급이었다. 한 가지 보법이 담겨 있는.

화예지는 확신했다. 만일 이 보법이 진짜 이대로의 공능을 발휘한다면 금향각의 힘은 단번에 두 배 이상 강해질 거라고 말이다. 그것도 무력이 아닌 정보수집의 측면에서. 이는 다시 없는 기연이었다.

한동안 비급에 빠져 있던 화예지의 뇌리에 문득 금철휘가 스쳐 지나갔다. 그녀는 혼란스러운 표정을 감추지 못했다. 그에 대해서는 정말 아무것도 알 수 없었다. 어떤 능력을 가졌는지조차 파악하지 못했으니 말해 무엇하랴.

'항주에 있는데도 우리 금향각의 눈을 피했다고?'

사실상 그건 불가능하다. 더구나 금룡장처럼 거대한 장원의 소장주이기에 더더욱 그러했다. 언제나 주시하는 인물이었다. 그의 언행을 속속들이 파악해 왔다. 한데 실제로는 아무것도 파악하지 못한 것이다.

화예지는 금철휘에 대해 생각하다가 퍼뜩 정신을 차렸다. 그리고 다시 비급에 집중했다. 그녀의 눈이 몽롱하게 풀리면서 무아지경에 빠졌다.

향화루에서 나온 금철휘의 다음 행보는 백검화였다. 일단 백검화와 관계된 일 하나가 수면에 고개를 드러냈으니, 그것부터 짚고 넘어가는 것이 순서였다.

귀혼보는 점점 익숙해졌다. 사실상 익히기 전부터 영혼으로는 극성까지 연마한 상태였다. 그러니 남은 거라고는 몸에 새기는 일뿐이었는데, 최근 자주 펼치니 확실히 도움이 되었다.

귀혼보를 펼친 금철휘는 금세 금룡장에 도착했다. 담을 넘어 곧장 백검화가 머무는 이설각에 들어선 금철휘는 천령신공을 이용해 단번에 백검화의 위치를 잡아냈다. 백검화는 한서연과 함께 연무장에 있었다.

"정말 열심이로군. 예전이랑 달라진 게 하나도 없어."

금철휘는 씨익 웃으며 느긋하게 걸음을 옮겼다. 일단 한서
연도 백검화가 어떤 일에 휘말렸는지 좀 알아둘 필요가 있었
다. 백검화의 주변 사람들이 상황을 제대로 파악하고 있어야
향후 대처가 편해질 테니까 말이다.

연무장에 들어서니 검화(劍花)에 휘감긴 백검화와 한서연의
모습이 보였다. 실력 차는 확연했다. 백검화의 검은 백화검법
이라는 이름에 걸맞게 백 송이의 검화를 피워냈다. 그리고 각
각의 검화로부터 꽃잎이 우수수 흩어지고 있었다. 꽃잎들 하
나하나가 검기로 이루어졌기에 휘몰아치는 검화에 다가가기
만 해도 갈기갈기 찢겨지리라.

금철휘는 그 모습을 보며 고개를 끄덕였다.

"제법이네."

백화검법은 이름 그대로 백 송이의 검화를 피워내는 검법이
었다. 하지만 백화를 피워내는 건 첫 번째 단계에 불과하다.
백화검법의 변화는 무궁무진했다.

일단 꽃을 피우고 나면, 꽃잎을 날리는 단계로 넘어갈 수
있었다. 검기로 이루어진 꽃잎은 바람에 날리는 것처럼 변화
무쌍했다. 상대하기가 지극히 까다로운 검법이었다.

'더구나 경지가 올라가면 검강으로 꽃잎을 만들 수가 있
지.'

검강으로 진화하면 백화검법의 약점인 파괴력을 보충할 수 있게 된다. 아직 백검화는 검기로 꽃잎을 날리는 경지였다. 또한 꽃잎의 수도 적었다. 물론 그 정도로도 충분히 강했다.

그에 반해 한서연은 고작 백 개의 꽃을 피우는 것에도 허덕이고 있었다. 하지만 그 나이에 그 정도 경지에 올랐다는 사실 하나만으로도 충분히 대단했다.

금철휘는 대충 둘의 검무를 감상하고는 기세를 아주 살짝 흘렸다. 금철휘의 기세가 두 여인을 뒤덮었다. 금철휘 입장에서는 가벼웠지만 당하는 입장에서는 결코 경시할 수 없을 정도로 무시무시했다.

"누구냐!"

"흐윽!"

백검화는 자신을 덮치는 강렬한 기세를 검으로 잘라 버렸다. 깔끔한 검격이었다. 금철휘가 보낸 기세는 그대로 둘로 갈라져 흩어졌다.

하지만 한서연은 백검화와는 많이 달랐다. 금철휘의 기세에 노출된 순간 그대로 몸이 굳어 제대로 대처조차 하지 못했다. 그 무서운 기세를 고스란히 뒤집어쓰는 바람에 온몸을 떨며 주저앉았다.

"쯧쯧, 역시 경험이 모자라."

금철휘의 말에 한서연이 어이없는 눈으로 노려봤다. 나이가 차이 나면 얼마나 난다고 경험 운운한단 말인가. 그리고 경험이 있어도 자신이 훨씬 더 많다. 백검화를 치료하기 위해 여기 저기 돌아다니면서 겪은 일만 엮어도 책 한 권은 너끈히 나올 것이다.

한서연의 눈길을 싹 무시한 금철휘는 백검화에게 다가갔다. 백검화는 살짝 얼굴을 붉히며 금철휘를 맞이했다.

"공자님이 여긴 웬일이세요?"

백검화는 언제 살벌한 칼춤을 추었냐는 듯 살갑고 부드러운 표정을 지었다. 금철휘는 그것을 보며 기분 좋게 웃었다. 예전 생각이 부쩍 났다. 백검화와 잠깐 함께 다닐 때, 항상 자신에게 이렇게 웃어 주곤 했다.

"내 부인 내가 보러 온다는데, 따로 이유가 필요한가?"

"아뇨, 그럴 리가요. 갑자기 찾아오시니 놀라서 그렇죠."

백검화가 방긋 웃으며 대답하자, 한서연이 옆에서 못마땅한 표정을 지었다. 그녀는 자신의 사부가 이러는 모습이 아직도 적응되지 않았다. 그리고 적응하고 싶지도 않았다.

"참, 전에 철혈검인가 뭔가 하는 놈이랑 싸웠다면서?"

금철휘가 마치 지금 떠올렸다는 듯 묻자, 백검화의 표정이 딱딱하게 굳었다. 전혀 예상치 못한 말을 들었기에 어떻게 반응해야 할지 떠오르지 않았다. 솔직히 사중기라는 이름조차 듣기 싫었다.

"그놈은 절 차지하려고 온갖 추잡한 짓을 마다하지 않은 짐승 같은 자예요. 사실 이름조차 언급하거나 듣기가 싫어요."

백검화의 말에 금철휘가 고개를 끄덕였다. 충분히 이해한다. 사중기 때문에 주화입마에 빠지고, 그 일로 한서연까지 고생문에 들었으니 당연한 반응이었다.

"그놈이 아직도 널 찾고 있는 건 알아?"

백검화가 눈을 동그랗게 뜨고 금철휘를 바라봤다. 처음 듣는 얘기였다. 당시 사중기와 대결했을 때, 자신이 정신을 잃긴 했지만 사중기 역시 결코 쉬운 상태가 아니었다. 그의 몸에서 기운이 꼬이는 것도 확인했다. 분명히 주화입마에 빠졌을 것이다.

"만혈괴의."

그 한 마디면 모든 것이 설명된다. 만혈괴의가 사중기의 주화입마를 고친 것이다. 사중기의 뒤에는 철혈문이라는 탄탄한 힘이 있으니 만혈괴의의 도움을 받는 것쯤 일도 아니었을 것이다.

"그래서 갑자기 그 작자의 얘기를 꺼낸 이유가 철혈문 때문인가요?"

금철휘가 고개를 저었다.

"철혈문 따위 백 개가 몰려와도 전혀 겁 안나."

실로 광오했다. 하지만 백검화는 너무나 자연스럽게 그것을 받아들였다. 왠지 금철휘는 그런 말이나 분위기가 잘 어울렸다.

'그분처럼……'

백검화의 눈이 살짝 아련해졌다. 요즘 들어 금철휘를 볼 때마다 예전의 일이 자주 떠올랐다. 간단한 말이나 분위기에서도 기억 속에 남은 추억이 불쑥불쑥 떠올랐다. 처음 만났을 때부터 그랬다. 더구나 얼마 전 한서연의 벽을 허문 뒤로는 훨씬 더 심해졌다.

"왜 그런 눈으로 봐? 살 빼니까 어색해? 다시 찔까?"

백검화가 기겁을 하며 고개를 저었다.

"아뇨! 그러지 마세요. 그냥…… 옛 생각이 좀 났어요."

"옛 생각?"

백검화의 눈이 다시 아련해졌다. 그렇게 추억으로 잠기려는 그녀를 금철휘가 강제로 끄집어냈다.

"혈룡귀갑대?"

백검화가 소스라치게 놀라며 정신을 차렸다. 그녀는 금철휘를 똑바로 바라보며 물었다.

"그걸 어떻게 아셨죠?"

그녀와 혈룡귀갑대 사이에는 여러 가지 소문이 있었다. 모든 소문의 초점은 백검화가 혈룡귀갑대와 함께 지냈던 시간에 관한 것이었다.

혈룡귀갑대주가 백검화의 미모에 반해 그녀를 납치했다는 소문이 가장 신빙성 있게 돌았고, 사실은 그녀가 혈룡귀갑대주의 딸이라는 소문까지 있었다. 하지만 그 누구도 진짜 이유를 알지 못했다. 백검화 본인을 제외하고는 말이다. 그리고 그녀가 혈룡귀갑대와 함께한 시간은 지극히 짧았다.

한데 금철휘는 지금 그 얘기를 꺼냈다. 그저 옛 생각이라고 만 말했을 뿐인데 말이다.

"조금 묘한 얘기를 들었거든."

백검화가 대답하지 않자, 금철휘는 씨익 웃으며 말을 이었 다.

"지금 내가 누굴 만나고 오는 건줄 알아?"

"누군가요?"

"만혈괴의."

백검화가 의아한 표정을 지었다. 만혈괴의가 항주에 와서 추가장의 소장주를 치료 중이라는 얘기는 들었다. 워낙 유명 한 사람이고, 추가장 또한 항주에서 방귀깨나 뀌는 가문인지 라 파다하게 소문이 돌아, 금룡장 안에만 머무는 백검화의 귀 에도 제법 자주 들려왔다. 한데 그 만혈괴의가 왜 갑자기 금 철휘를 만난단 말인가.

"만혈괴의가 항주에 왜 왔는지 알아?"

"그야 추가장 때문에……."

"아니, 너 때문이야."

백검화의 눈이 동그래졌다. 여기서 왜 자신이 나온단 말인 가.

"네가 주화입마에 빠져 있다는 얘길 듣고 만나러 온 거야.

추가장의 일은 그냥 덤이라 할 수 있지."

"그럴 리가 없어요."

옆에서 한서연이 나섰다. 한서연은 백검화의 주화입마에 빠진 사실을 꽤 세심히 감췄다. 게다가 백검화는 최근 무림에서 잠적하다시피 했다. 그녀가 다시 등장한 것은 금철휘 때문이었다. 한데 난데없이 만혈괴의가 여기서 왜 나온단 말인가.

"왜 그렇게 생각하는데?"

"사부님께서 주화입마에 빠졌다는 사실을 아는 사람이 거의 없으니까요."

"거의 없다는 건 아는 사람도 있다는 뜻이지. 자, 그 아는 사람이 누굴까?"

대번에 한 사람이 떠올랐다. 철혈검 사중기였다. 그는 백검화와 내력대결을 펼쳤고, 그 와중에 기맥이 꼬여 주화입마에 빠졌다. 한데 지금은 멀쩡히 백검화를 찾아다니고 있다.

"아! 그럼 그자를 만혈괴의가……."

"얘기를 들어 보니까 만혈괴의는 숨어서 싸움을 지켜보고 있었다더군."

이번에는 백검화가 단호히 고개를 저었다.

"그럴 리 없어요. 당시 그 근방에는 아무도 없었으니까요."

"기척을 감추고 숨는 것쯤 어렵지 않잖아?"

"하지만 사중기와 제 감각을 동시에 벗어나는 건 쉽지 않죠."

"둘이 합한 것보다 더 강하면 너무 쉬울걸?"

백검화가 입을 떡 벌렸다. 금철휘가 이렇게까지 말하는 데에는 이유가 있을 것이다. 그리고 그 이유가 무엇인지는 너무나 뻔했다.

"설마 만혈괴의가 그 정도로 강한 고수란 말인가요?"

"내가 보기엔 그래. 사중기는 본 적이 없지만 너와 비슷하다고 보면, 둘이 같이 덤벼도 그놈 절대 못 이겨."

백검화의 표정이 혼란스러워졌다. 하지만 그런 일이야 있을 수 있다. 그저 의원에 더 가까운 줄 알았지만 실제로는 무공이 고강하다고 받아들이면 된다. 하지만 굳이 숨어서 싸움을 지켜보고, 사중기를 챙겨 사라졌다는 건 이해하기 어려웠다. 그리고 이제 와서 왜 자신을 다시 찾는단 말인가. 볼일이 있었다면 그때 챙겨갔으면 되는데 말이다.

'상식적으로 남자와 여자가 쓰러져 있다면……'

당연히 누구든 여자에 더 관심이 가기 마련이다. 한데 만혈괴의는 사중기를 택했다. 그것도 정신을 잃은 자신은 손끝하나 건드리지 않고 말이다. 더구나 그 정도 고수라면 사람 둘 짊어지고 가는 것쯤 어렵지도 않다.

"사중기를 이용하려고 그랬겠지."

금철휘의 말에 백검화는 일단 고개를 끄덕였다. 일리는 있지만 그래도 이유로는 조금 부족하다. 하지만 일단 그것 외에는 더 이상 생각할 게 없었다. 사실 금철휘는 한 가지 이유를

더 짐작했다. 하지만 그 얘기는 굳이 여기서 꺼내 봐야 좋을
게 없었다.

'그놈이 남색을 즐기건 말건 나랑은 상관없지.'

처음 만혈괴의를 보는 순간 대번에 알았다. 특유의 기질이
눈에 확 보였다. 아마 만혈괴의는 사중기를 독차지하고 싶었
을 것이다. 그의 마음을 앗아간 백검화의 뒤를 캐다가 이번
일도 알아냈을 테고 말이다.

'쯧, 왠지 불쌍하군.'

금철휘는 그 한마디로 상황을 정리해 버리고는 다시 백검
화를 쳐다봤다. 백검화와 한서연이 흥미와 두려움이 뒤섞인
눈으로 금철휘의 다음 말을 기다리고 있었다.

"너에 대한 조금 묘한 정보가 돌아다니는 모양이야."

"묘한 정보요?"

"혈룡귀갑대의 무덤에 대해서 알아?"

백검화가 즉시 고개를 저었다. 당연히 알 리 없다. 그녀는
혈룡귀갑대와 그저 잠깐 함께 지냈을 뿐이다. 그들의 죽음조
차 본 적이 없는데 어찌 무덤을 알겠는가. 그렇게 고개를 젓던
백검화의 눈이 화등잔만 해졌다. 그녀는 자신을 손가락으로
가리키며 물었다.

"설마 내가 그들의 무덤을 안다고 생각하는 거예요?"

"당연히 아니지. 하지만 돌아다니는 정보는 그래."

백검화는 정말로 황당했다. 대체 그런 정보가 왜 돌아다닌

단 말인가. 그것도 혈룡귀갑대가 완전히 사라진 지 칠 년이나 지난 지금에 와서 말이다. 그녀의 표정이 점점 심각해졌다.

"이 정보를 아는 사람이 몇이나 되는 거죠?"

"모르지. 일단 정보의 출처는 사해방이야."

백검화의 안색이 창백해졌다. 사해방은 정보를 다루는 조직이다. 그들이 알고 있다면 얼마든지 천하 곳곳에 퍼질 가능성이 있었다.

"뭔가 짚이는 건 없고?"

백검화가 힘없이 고개를 저었다. 그녀는 지금까지 정말로 조용히 살아왔다. 철혈검 사중기를 만나 싸우기 전까지는 그랬다. 갑자기 왜 이런 정보가 사해방에 들어갔는지 알 수가 없었다.

"어쩌면 사해방이 뭔가 꿍꿍이를 숨겼을 수도 있어."

백검화는 말을 잇지 못했다. 오만 생각이 복잡하게 그녀의 뇌리를 돌아다녔다.

"어쨌든 잘 생각해 봐. 앞으로 어쩔 건지. 한번 같이 극복해 보자고."

금철휘는 그 말을 남기고 연무장에서 훌쩍 나가 버렸다. 백검화와 한서연은 금철휘가 사라진 빈자리를 멍하니 바라봤다.

"사부님, 대체 무슨 일일까요?"

"글쎄다. 나도 모르겠구나."

두 여인의 얼굴에 씁쓸함이 감돌았다. 이제야 주화입마를 고쳐 조금 행복에 다가갔다고 생각했는데, 또다시 이런 시련이 내려왔다. 하지만 씁쓸함도 잠시, 두 여인의 얼굴에 결연함이 떠올랐다. 이번 시련을 이겨내면 또 달콤한 행복이 찾아올 것이다. 지금까지 그러했듯이.

"어라? 이놈들 대체 뭘 믿고 이러는 거지?"

금철휘는 어이없는 눈으로 보고서를 읽었다. 화예지가 전해준 보고서는 일곱 가문의 동향이 주를 이뤘는데, 그들이 진짜 본격적으로 금룡장을 상대하려는 움직임이 포착되었다.

"이놈들 뭔가 잘못 알고 있는 거 아냐?"

금철휘의 말에 화예지가 옆에서 고개를 끄덕였다.

"확실히 그 일곱 가문을 다 합해도 금룡장의 절반에도 미치지 못하긴 하죠. 하지만 싸움은 끝나봐야 알아요. 조금이라도 방심하면 크게 물릴 수도 있어요."

"이런 건 내가 나설 필요도 없을 거 같은데? 아버지가 어련히 알아서 잘하실까."

금룡장주의 능력은 상당하다. 이런 거대한 가문을 수십 년 동안 이끌었다. 그건 보통 능력으로 할 수 있는 것이 아니다. 그런 사람이 작정하고 대처하는데 고작 그 일곱 가문이 뭘 할 수 있겠는가.

"아직 파악 중이에요. 하지만 대충 짐작은 가능하죠."

"읊어봐."

"이 일곱 가문 역시 항주에서 구를 만큼 굴렀어요. 금룡장이 얼마나 대단한지는 다른 누구보다 잘 알고 있을 거예요. 그런데도 싸움을 준비한다면, 그건 뭔가 믿는 구석이 있다는 뜻 아니겠어요?"

"그렇지."

"그 믿는 구석이 과연 뭘까요?"

화예지가 초롱초롱 빛나는 눈으로 금철휘를 바라봤다. 그리고 얼굴을 금철휘 코앞으로 가져갔다. 금철휘를 인정한 뒤로, 화예지는 이렇게 조금 지나칠 정도로 친하게 굴었다.

"제 생각에는 사해방 같아요."

"사해방?"

금철휘는 순간 자신도 모르게 고개를 끄덕였다. 확실히 일리가 있었다. 사해방이 개입되었다면 충분히 말이 된다. 사해방의 정보력은 가공할 정도다. 항주에 국한해서는 금향각이 더 뛰어나지만, 천하로 따지면 사해방을 따라갈 만한 정보단체는 없다.

그런 사해방이 뒤에서 힘을 실어 준다면 일곱 가문이 금룡장과 해볼 만하다고 판단했을 수도 있다. 하지만 금철휘는 고개를 갸웃거렸다.

"사해방이 밀어준다고 그놈들이 금룡장에 이를 드러내? 뭔가 조금 부족한 거 같지 않아?"

"확실히 금룡장은 아무리 사해방이 뒤를 밀어줘도 함부로 덤비기에는 겁나는 곳이죠. 일곱 가문 역시 마찬가지일 테고요."

더구나 그 일곱 가문은 항주에서 오랫동안 터를 잡고 살아왔다. 그러니 금룡장이 얼마나 무서운지 누구보다 잘 알고 있다. 금룡장은 아무리 사해방이라도 함부로 할 수 없을 정도로 거대하고 강력하다.

"뭔가 큰 무력단체가 개입한 게 분명해요."

"큰 무력단체? 무림맹?"

"아뇨. 무림맹은 아니에요. 혈무련도 아니에요. 그들에 대한 동향은 우리도 면밀히 파악하고 있으니 만일 움직였다면 금방 드러났을 거예요."

"그놈들이 아니면, 오대세가?"

천하를 양분하는 것이 무림맹과 혈무련이라면 오대세가는 그들과는 독자적으로 세를 구축하고 있는 가문들이었다. 물론 다섯 가문을 다 합해도 무림맹이나 혈무련에 크게 미치지 못하지만, 그래도 그들이 가진 힘은 결코 무시할 수 없다.

화예지는 대답하지 않았다. 그녀는 오대세가가 개입했을 수도 있다고 판단했다. 오대세가라면 충분히 이런 일을 벌이고도 남는다. 또한 그들이 오래전부터 금룡장의 금력을 호시탐탐 노리고 있다는 걸 알기에 더더욱 가능성이 높았다.

"오대세가가 세가연맹을 만들려 하고 있어요. 이번 일은 세

가연맹에 새로운 힘을 추가시키면서 돈까지 쓸어 담을 수 있는 먹음직스런 먹이 아니겠어요?"

"확실히 그렇지. 생각보다 일이 많이 크진 않아서 다행이군."

금철휘가 씨익 웃으며 그렇게 말하자, 화예지가 어이없는 눈으로 그를 바라봤다. 일이 크지 않다니. 자그마치 오대세가가 나섰는데 그게 큰일이 아니면 대체 뭐가 큰일이란 말인가.

하지만 화예지가 어떻게 생각하든 금철휘는 정말로 오대세가를 대수롭지 않게 여겼다. 예전 혈룡귀갑대주일 때, 오대세가와도 엄청나게 치열한 싸움을 계속했다. 그때의 오대세가는 정말로 엄청났다.

하지만 그들은 다 죽었다. 세가의 주력이자, 미래가 완전히 꺾인 것이다. 그리고 오대세가는 지난 칠 년 동안 원래의 힘을 찾으려 무던히도 애썼다. 물론 턱없이 부족했다. 세월이 흐르자, 몇몇 세가가 오대세가의 반열에 올랐고, 원래 오대세가였던 가문들이 완전히 몰락하기도 했다.

그들이 지금 가진 힘은 예전의 십분지 일도 안 된다. 그 정도로 크게 몰락했다. 하지만 천하 자체가 그렇게 무너졌기에 오대세가의 영향력은 여전히 대단했다.

"일단 이놈들부터 한 번 밟아줘야겠군."

금철휘는 보고서에 쓰인 일곱 가문을 하나하나 짚어가며 인상을 찌푸렸다. 그리고 과연 어떻게 밟아야 잘 밟았다고 소문이 날지 고민하면서 턱을 긁었다.

"다 때려 부숴?"

천령신공과 백토신공의 힘이라면 충분하다. 거기에 귀혼보까지 있다. 그것만으로도 일곱 가문을 충분히 박살 낼 수 있다. 게다가 금철휘의 뇌리에는 수많은 무공들이 떠돌아다녔다. 그 중 몇 개만 펼쳐도 그들은 절대 대항하지 못할 것이다.

시원하게 부수는 상상을 하던 금철휘는 퍼뜩 정신을 차리고 고개를 저었다. 자신은 더 이상 혈룡귀갑대주 금철휘가 아니다. 천하제일장인 금룡장의 소장주 금철휘다.

"역시 돈 많은 가문의 도련님은 돈이 최고의 무기지."

금철휘는 그렇게 중얼거리며 눈을 빛냈다. 어쩌면 힘으로 다 때려 부수는 것보다 이쪽이 훨씬 즐거울지도 모른다. 금철휘는 일단 화예지를 향해 손가락을 까딱였다.

"이리 와서, 일단 계획부터 짜 봐. 그놈들 돈으로 눌러서 죽여버리자."

금철휘가 씨익 웃었다. 어딘가 사나워 보이지만, 또 왠지 부드러운 미소였다. 화예지는 그 미소를 보며 슬쩍 얼굴을 붉혔다.

제7장
금룡장의 힘

항주는 마치 폭풍전야처럼 조용했다. 하지만 그 가운데에
도 지극히 은밀히 움직이는 자들이 있었다.

"다들 이렇게 모여 주셔서 감사합니다."

강인한 인상을 가진 사내가 정중히 포권을 취하자, 그 앞
에 앉은 일곱 명의 중년인들이 분분히 일어서서 마주 포권을
취했다. 그들은 오룡쌍화의 아버지이자, 그들이 속한 일곱 가
문의 가주들이었다.

"감사야 오히려 우리들이 해야지요. 자, 어서 앉으시오."

대표로 나선 것은 풍운보주였다. 그는 은연중 나머지 여섯
가문을 이끌고자 했다. 하지만 다른 사람들은 그를 따르지

않았다. 풍운보의 소보주인 표백영이야 후기지수들 중 발군이라 하지만, 정작 풍운보주는 그럴 능력이 되지 않았다. 물론 지금은 어쩔 수 없었다. 눈앞에서 믿음직스런 얼굴로 서 있는 사내를 데려온 것이 바로 풍운보주였으니까.

"앞으로 어떻게 일을 진행시킬지 논의하고자 이렇게 찾아왔습니다. 전 사해방에서 동령을 맡고 있는 위운양이라 합니다. 이렇게 항주의 영웅들을 뵙게 되어 영광입니다."

그의 어조는 공손했지만 태도는 당당함을 잃지 않았다. 일곱 가문의 가주들은 그 모습에 은근히 감탄했다. 역시 사해방이었다.

사실 위운양은 고작 이런 가문들과 엮일 사람이 아니었다. 그는 사해방의 동령주, 즉, 사해방을 실질적으로 움직이는 네 사람 중 하나였다. 그가 나선 것은 오룡쌍화의 가문들 때문이 아니라, 그들이 상대하려는 가문인 금룡장 때문이었다.

금룡장은 사해방이 호시탐탐 노리는 곳이었다. 그들이 가진 금력은 널리 알려진 것만으로도 사해방을 몇 배로 키울 수 있을 정도로 대단했다. 더구나 금룡장은 몇 대에 걸쳐 항주 상계를 지배해 왔다. 그동안 그들이 쌓아온 그 막대한 부를 모두 긁어내면 과연 얼마나 많을지 상상도 할 수 없었다.

'서령주가 움직이기 전에 내가 끝내 버려야 돼.'

이번 일은 전적으로 동령주가 계획했다. 은밀히 동령의 힘만으로 진행하고 있었지만 최근 만혈괴의와 얽히면서 약간의 정보가 다른 쪽으로 흘러갔다.

'그 탐욕스러운 서령주가 냄새를 맡으면 가만히 손만 빨고 있을 리 없지.'

만일 금룡장을 자신이 먹어치우면, 차기 사해방주의 자리를 예약한 거나 다름없다. 그런 중요한 일을 망칠 수는 없었다.

"이제 이렇게 모였으니, 동령주께서 확신을 주셨으면 하오. 대체 어떻게 우리가 금룡장과 싸워 이길 수 있단 말이오?"

금룡장과 싸우겠다는 생각만으로 몸이 오그라들었다. 금룡장은 그 정도로 두려운 상대였다. 그저 보고 있을 때는 모른다. 금룡장주는 호인인지라 남에게 해코지를 하거나 자신의 이득 때문에 남을 무너뜨리지 않기 때문이다.

하지만 그런 그와 대적한다고 생각하면 좋게 여겼던 모든 것들이 적으로 돌변할 것이다. 금룡장을 호의적인 시선으로 보던 모든 사람들이 그들의 적으로 돌변할 것이다. 결국 그들 이외의 모두와 싸워야 한다는 뜻이니 얼마나 두려운 일이겠는가.

"걱정하실 것 하나 없습니다. 금룡장의 힘이 대단하긴 하지만, 우리 사해방은 무섭습니다."

다들 고개를 끄덕였다. 사해방은 무서운 존재였다. 그들은 다들 그럴듯한 가문을 이끌고 있기에 정보라는 것이 어떤 파괴력을 가졌는지 잘 알고 있었다. 그렇기에 선뜻 위운양을 따르기로 한 것이다.

"일단 사해방의 힘을 이용해서 금룡장에 대한 악의적인 소문을 내겠습니다. 우방을 없애는 것부터 시작해야 나중이 편할 테니까요."

항주에서 금룡장의 우방은 손가락으로 다 꼽을 수 없을 정도로 많다. 하지만 위운양은 자신 있었다. 악의적인 소문으로 항주에 사는 평범한 사람들의 마음을 흔들어 놓고, 금룡장과 관계된 자들의 약점을 잡아 협박해서 끈을 끊어 버리면 금룡장을 고립시키는 건 일도 아니었다.

물론 그렇게 해도 금룡장 자체의 힘이 워낙 막강하니 쉬운 싸움은 아니었다. 하지만 수많은 계획이 위운양의 머릿속에 있었다. 금력이 튼튼한 가문을 몇 번이나 상대해 봤기에 그들과의 싸움은 익숙했다.

'그 모든 것이 오늘을 위한 준비였지.'

아주 오래전부터 세워온 계획이었다. 이 계획을 실행하기 위해서 수많은 연습을 했고, 시행착오를 겪었다. 그리고 경험을 쌓았다. 그 경험들을 토대로 이번 일을 계획한 것이다.

"고작 소문 정도로 금룡장이 흔들리겠소? 그리고 우방들이 손을 놓겠소? 게다가 아무리 금룡장이 고립된다 하더라도 금룡장은 금룡장이오. 우리 모두가 힘을 모아도 금룡장을 상대할 수는 없소."

풍운보주의 말에 나머지가 일제히 고개를 끄덕였다. 그들의 표정에는 두려움이 떠올라 있었다. 동령주는 그런 모습을 보며 속으로 혀를 찼다. 하지만 겉으로 드러난 그의 표정은 전혀 변함없이 믿음직스러웠다.

"아무 걱정하실 것 없습니다. 그런 일은 제게 여반장입니다. 그동안 제가 해오던 일이 바로 그런 것이니까요. 또한 금룡장의 힘을 약화시킬 다양한 방책들이 준비되어 있습니다. 실행되기만 하면 금룡장의 힘을 빼는 건 기정사실입니다. 그렇게 빠진 힘이 과연 어디로 가겠습니까?"

위운양의 말에 모두들 눈을 번득였다. 정말로 그렇게만 된다면 승산이 있다. 금룡장의 힘을 조금씩 흡수할 수 있다면 승산이 만들어진다.

'혹여 승산이 없더라도 내겐 무조건 이득이지. 승산이 안 보이면 발을 빼버릴 테니까. 얻는 것만 있고 잃는 건 없는 싸움 아닌가.'

다들 위운양의 말에 혹했다. 승산이고 뭐고 이건 안 하면 바보가 되는 일이었다. 모두 앞다퉈 참여 의지를 밝혔다.

"한 번 해봅시다."

"일단 금룡장의 힘을 빼는 방책이나 좀 알려주시오."

"맞소. 그래야 우리도 미리 준비를 할 거 아니겠소?"

위운양은 가주들의 반응에 의미심장한 미소를 지었다. 이제 첫 번째 단추가 채워졌다. 나머지 단추의 수가 좀 많긴 하지만 결국 모두 채워질 것이고, 그렇게 되면 금룡장은 자신의 손아귀에서 놀아나게 될 것이다.

위운양의 입가에 음흉한 미소가 슬쩍 스쳐 지나갔다.

*   *   *

"자네 그 소문 들어 봤나?"

"무슨 소문?"

항주 구석에 있는 작은 객잔에서 술을 마시는 두 사내의 대화에 주변 사람들의 귀가 쫑긋 세워졌다. 그 두 사람은 항주에서 꽤 유명한 소식통이었기에 재미난 얘깃거리가 많았다. 이렇게 한두 마디 얻어들으면 한동안 술안주로 꽤 오랫동안 우려먹을 수 있었다.

"글쎄 금룡장주에게 버린 자식이 있다더군."

"그게 정말인가?"

"그렇다니까. 게다가 그 자식이 항주 외곽에 있는 빈민가에서 죽어가고 있다더라고."

"허어. 호인인 줄 알았는데 이거 영 몹쓸 사람이로구만."

"그러게 말이야. 나도 처음에 이 소문을 듣고 내 귀를 의심했다니까?"

"하여간 돈 있는 놈들은 다 똑같지. 자, 술이나 드세."

두 사람은 벌컥벌컥 술을 들이켰다. 주변에 앉은 모든 사람들의 눈에 흥미가 떠올랐다. 이 소문에 대해 좀 더 자세히 듣고 싶었다. 얘깃거리가 많이 숨겨져 있을 것 같은 예감이 들었다.

그렇게 다들 그 두 사내에게 집중하고 있을 때, 객잔 구석에서 한 노인이 피식 웃으며 말했다. 제법 소리가 컸기에 다들 들을 수 있었다.

"그거 헛소문이라고 판명 난 지 오랠세."

두 사내의 얼굴이 험악해졌다. 둘은 자리에서 슬며시 일어나며 목소리에 힘을 주며 말했다.

"노인장, 그 말 책임질 수 있소?"

노인이 당당하게 고개를 끄덕였다.

"당연하지. 그 헛소문의 출처까지 알고 있는데."

상황이 점점 흥미진진하게 돌아가자, 객잔에 있던 사람들의 시선이 두 사내와 노인 사이를 정신없이 오갔다.

노인의 얼굴에 비웃음이 나타났다. 노인은 두 사내를 손가락으로 가리키며 말했다.

"그리고 자네들이 누군가에게 돈을 받는 광경도 봤지."

그 말에 두 사내의 얼굴이 창백해졌다. 자신들이 돈을 받고 의도적으로 소문을 흘리고 다닌다는 건 절대 드러나선 안 될 비밀이었다. 게다가 그 소문이 다른 사람도 아닌 금룡장주에 대한 소문이다.

아니나 다를까, 객잔에서 구경하고 있던 사람들의 표정이 심상치 않게 변했다. 그들 중 몇몇이 화난 얼굴로 자리에서 벌떡 일어났다.

"노인장, 그 말 사실이오? 저놈들이 정말로 돈을 받고 금룡장주님에 대한 악담을 퍼트리고 다닌다는 게 정말이냔 말이오."

노인이 크게 고개를 끄덕였다.

"사실일세. 그래서 내 어쩌나 보려고 쫓아다녔지. 이 객잔이 벌써 세 번째일세. 똑같은 말을 떠들고 다니더군."

"거, 거짓말 마시오! 우리가 언제 그랬단 말이오!"

노인이 피식 웃었다.

"요 앞에 있던 상월객잔에서 조금 전까지 술 마시고 있었잖은가. 거기서도 똑같은 말을 했지. 가서 거기 있는 사람들 데려올까?"

두 사내가 입을 꾹 다물었다. 사실이었기에 할 말이 없었다. 객잔에 있던 사람들 몇이 더 자리에서 일어났다. 그들의 표정도 심상치 않았다.

일어난 사람들은 다 금룡장으로부터 큰 도움을 받았던 자들이었다. 그중에는 심지어 금룡장 덕분에 딸의 목숨을 구한 사람도 있었다. 처음 험담을 할 때부터 거슬렸지만 가만히 있었다. 하지만 지금은 더 참을 이유가 없었다.

"이런 놈들이 항주에서 설치고 다니게 둘 수 없지."

두 사내는 당황해서 허둥지둥 도망갔다. 사람들이 우르르 쫓아갔지만 어찌나 빨리 도망치는지 잡을 수가 없었다. 사람들은 씩씩거리며 욕을 했다.

"그놈들 다시 눈에 띄기만 해 봐라. 가만두나."

대충 사건이 마무리되자, 사람들은 다시 자리에 앉아 술을 마셨다. 자연스럽게 대화의 주제는 금룡장으로 흘러갔다. 금룡장이 그동안 항주에서 벌인 좋은 일들이 이렇게 되돌아오고 있었다. 그리고 실질적으로 일을 이렇게 흘러가게 만든 노인은 구석에서 의미심장한 미소를 지은 뒤, 슬며시 일어났다. 이제 또 다른 곳에서 일을 할 시간이 되었다. 품에 자리한 묵직한 전낭이 마음을 가볍게 했다.

*　　　*　　　*

위운양은 항주제일의 객잔인 추일객잔 별채에 머물렀다. 항주제일이라는 이름에 걸맞게 풍취가 제대로 갖춰진 곳이었다. 위운양은 그곳에 마련된 정자에 앉아 심각한 표정으로 생각에 잠겨 있었다.

"상황이 묘하게 돌아가는군. 금룡장에 흠집을 내려는데 오히려 이름이 올라가?"

위운양은 다른 정보조직의 개입을 직감했다. 그게 아니라면 지금 상황을 설명할 수가 없었다. 위운양은 생각을 정리하며 일영(一影)을 기다렸다. 정확한 상황은 그의 보고를 받아야 알 수 있을 테니까 말이다.

얼마나 시간이 지났을까. 달빛이 만들어 낸 정자의 그림자가 일렁이더니 불쑥 솟아올랐다. 그리고 그곳에 시커먼 인영 하나가 나타났다. 일영이었다.

"조직원이 모자랍니다."

일영의 보고에 위운양의 눈이 커졌다. 조직원이 모자라다니. 그게 말이나 되는 소리인가. 사해방은 천하제일의 정보조직이다. 보유한 조직원의 수는 헤아릴 수조차 없다. 물론 현재 상황이 상황이니만큼 동령의 조직원만 동원하고 있지만 절대 모자랄 수는 없다.

"더 자세히."

"우리 작업을 교묘히 방해하는 자들이 있습니다. 그 수가 너무 많습니다. 대응이 불가능할 정도입니다."

"대응이 불가능해?"

"소문을 퍼트리는 우리 측 조직원 한 명당 최소 다섯 명이 붙어 있습니다."

위운양의 표정이 기괴하게 변했다. 그건 정말로 말이 안 된다. 그럼 자신이 동원한 조직원의 다섯 배를 동원했다는 뜻인데, 그건 거의 사해방 전체 조직원의 절반에 육박하는 숫자였다.

"그게 말이 되느냐? 이곳 항주에 있는 정보조직이 금향각이었던가?"

"맞습니다. 하지만 그들은 아닙니다."

위운양도 일영의 말에 동의했다. 금향각에 대해서는 움직이기 전부터 미리 조사를 했다. 항주에서는 사해방보다 더 영향력이 큰 곳이다. 하지만 동령의 조직원들이 대거 들어온 이상, 지금은 그럴 수 없었다.

"현재 그들의 동향은?"

"평소와 똑같습니다. 우리의 움직임을 눈치챘지만 별다른 대응은 없었습니다."

위운양은 고개를 갸웃거렸다.

"금향각이 아니라면 대체 누구지?"

잠시 생각에 잠겼던 위운양의 표정이 살짝 굳었다. 한 가지 가능성이 떠올랐기 때문이다.

"설마 금룡장이 눈치를 챈 건가?"

"그것도 아닙니다. 금룡장 역시 평소와 다를 바 없습니다. 그들이 어디에 선을 댔는지 가장 먼저 파악했습니다. 최소한 금룡장의 수족이 되어 움직이는 정보조직들은 우리를 눈치채지 못했습니다. 물론 지금은 다들 알고 대책을 마련 중입니다만……."

사태는 다시 미궁으로 빠졌다. 금룡장도 아니고 금향각도 아니라면 대체 누가 이렇게 노골적으로 방해를 한단 말인가.

"그나저나 그렇게 방해하는 놈들을 그냥 뒀단 말이냐? 적당히 손을 봐줬어야지."

"그들 사이에 무공을 익힌 자들이 섞여 있었습니다. 섣불리 나섰다가 초반에 우리 측 정보원 열을 잃었습니다."

위운양의 입이 떡 벌어졌다. 무공을 익힌 자들이 왜 그따위 일을 한단 말인가. 정보계통에 있는 자들이 아니라면 그건 불가능하다.

"그럼 정말로 어떤 정보조직이 작정하고 나섰단 말이로구나?"

"아닙니다. 그들은 정보계통에서 일하는 자들이 아니라, 일반무인이었습니다."

"일반무인?"

"낭인도 섞여 있고, 또 작은 문파에 속한 무사들도 있었습니다. 홀로 무공을 익히던 자들까지 소속이 다양했습니다."

그런 자들이 자발적으로 나섰을 리 없다. 일반적으로 무공을 익힌 자들의 몸값은 비싸다.

"그럼 금룡장주의 인망이 워낙 높아서 다들 이상한 소문이 퍼지는 걸 참지 못하고 달려들었단 뜻이더냐?"

일영은 대답하지 못했다. 지금으로선 결론이 그렇게밖에 나지 않는다. 하지만 그건 불가능한 일이다. 결코 일어날 수 없다. 아무리 인망이 높은 사람이라도 누군가 작정하고 흠집을 내기 시작하면 걷잡을 수 없다. 사람들은 일반적으로 칭송보다는 욕에 더 민감하다.

"찾아내라. 무슨 수를 써서라도. 그걸 밝혀내지 못하면 너나 나나 끝이다."

"존명."

일영은 다시 그림자가 되어 사라졌다. 위운양은 심각한 눈으로 정자에 미리 마련된 술상 앞으로 가 앉았다. 말없이 몇 잔의 술을 마신 그는 이내 이를 갈았다.

"어떤 놈인지 절대 가만두지 않겠다. 살아 있다는 사실을 스스로 증오하게 만들어주마. 으득."

*   *   *

금철휘는 느긋하게 술잔을 기울였다. 향화루를 항주제일로 만들어 준 술인 금향주(金香酒)였다. 빛깔이 금빛이라 마시면 복을 준다는 속설까지 만들어 낸 술이었다. 한 병에 무려 금 세 냥을 호가하는 술이었지만 금철휘는 그것을 벌써 열 병이나 비웠다.

화예지는 그런 금철휘를 질린 눈으로 바라봤다. 술을 많이 마셔서 질린 게 아니다. 최근 금철휘가 행한 일 때문에 질린 것이다. 금철휘는 금향각의 힘을 전혀 이용하지 않고 오로지 자신의 힘으로 사해방이 하려는 일을 막아냈다.

"대체 돈을 얼마나 쓰신 거죠?"

"얼마 안 썼어."

"얼마 안 썼는데 그런 일이 가능하다고요?"

"아버지 찾아가서 살 뺀 기념으로 용돈이나 좀 달라고 했더니 주시더라고. 그걸로 했지."

화예지는 입을 다물었다. 고작 용돈으로 이런 일을 벌였단다. 그 말을 믿을 수 없었지만, 또 믿지 않을 도리가 없었다. 금룡장은 실제 그 정도로 돈이 많았으니까.

"그래서 그 용돈 다 쓰셨나요?"

금철휘가 피식 웃었다.

"내 용돈을 너무 과소평가하는 거 아냐? 아직 반도 못 썼어."

화예지는 더 이상 질린 표정을 짓지 않았다. 이젠 아예 포기한 것이다. 금철휘를 자신의 기준으로 판단한다는 건 불가능한 짓이었다. 굳이 그런 데 심력 낭비할 필요가 없었다.

"그럼 이제 어쩔 건가요? 소문은 막았고, 아니, 오히려 금룡장을 칭송하는 사람이 늘어났으니 다음 일을 진행할 건가요?"

금철휘가 손가락으로 자신의 머리를 톡톡 두드렸다.

"지금 생각 중이야."

"생각할 게 뭐가 있죠? 고작 용돈으로 사해방의 정보망을 무력화시켰으니, 이제 남은 용돈으로 일곱 가문을 압박해야죠."

"그걸 고민 중이야. 아예 사해방을 잡을까, 아니면 예정대로 일곱 가문을 눌러 버릴까?"

"사해방을 잡을 방법이 있어요?"

화예지는 그렇게 물었다가 입을 다물었다. 금철휘와 함께 있다 보면 현실감이 사라져서 가끔 이렇게 머리가 굳을 때가 있다.

"사해방이 알아서 움직이겠군요."

"이제야 조금씩 말이 통하기 시작하네."

이렇게 노골적으로 자신들의 일을 방해했으니, 사해방이 가만있을 리 없다. 그들은 어떻게든 배후를 찾아낼 것이다. 정보를 다루는 자들이니 금방 찾아낼 수 있을 것이다. 그러니 역정보를 흘려 그들을 유인하면 수뇌부를 잡는 것도 불가능 하지만은 않다.

"한데 과연 수뇌부가 움직일까요?"

"수뇌부를 잡을 필요는 없어. 수뇌부와 정보원들을 이어 주는 끈만 잘라내면 돼."

화예지는 크게 고개를 끄덕였다. 수뇌부와 하부조직을 이어 주는 끈이 정보조직에서 가장 중요하다. 수뇌부는 누구보다 믿을 수 있을 만한 자들에게 그런 일을 맡긴다. 그들을 제거할 수 있다면 사해방은 당분간 제구실을 하기 어려울 것이다.

'그리고 그 시간이면 충분하지.'

화예지는 문득 금철휘를 바라봤다. 빛이 날 정도로 잘생긴 얼굴이다. 예전의 그 뚱뚱한 모습이 그 위에 겹쳐졌다. 확실히 지금 모습이 더 보기 좋다. 그 모습에서 이 얼굴이 나왔다고 과연 누가 상상이나 할 수 있었겠는가.

"참, 그리고 보니 아버지가 용케 알아보셨나 보네요?"

금철휘가 피식 웃으며 술잔을 비웠다.

"믿는 구석이 있으셨더라고."

"믿는 구석이요?"

금철휘가 손가락으로 자신의 얼굴을 가리켰다.

"어머니를 쏙 빼닮았대. 난 기억에 없지만."

화예지는 얼른 입을 다물었다. 금철휘에게는 어머니가 없다. 그리고 금일청은 부인을 사별한 뒤 그 어떤 여자도 가까이하지 않았다. 수많은 여자들이 추파를 던졌지만 눈길 한 번 주지 않았다.

"보자마자 대번에 웃으시더군. 뭐, 속으론 조금 놀라셨겠지. 그러니까 흔쾌히 용돈도 주셨고."

금철휘는 대수롭지 않게 화제를 넘겼다. 기억에 없는 어머니 얘기는 하고 싶지 않았다. 어머니에 대한 기억은 지금의 금철휘에게도, 또 전생의 금철휘에게도 없었다. 어느 상황에서 떠올리건 씁쓸할 뿐이었다.

화예지는 문득 용돈을 얼마나 받았는지 궁금해졌지만 더 이상 묻지 않기로 했다. 지금 중요한 건 용돈의 액수가 아니라, 일곱 가문의 처리에 대한 문제였다.

"그런데 꼭 그 일곱 가문을 처리해야 하나요? 사실 그들이 항주에 미치는 영향이 그리 적지 않아요. 일곱 가문이 한꺼번에 무너지면 파장이 상당할 거예요."

"그런 파장쯤 충분히 처리할 수 있잖아?"

금철휘의 말에 화예지가 한숨을 내쉬며 고개를 끄덕였다. 확실히 돈만 있으면 금향각이 나서서 어떤 일이라도 수습할 수 있다. 금철휘는 화예지에게 그 정도 능력도 없느냐고 물은 것이다.

"하아, 알았어요. 그 일은 제가 처리하죠."

"든든하군."

금철휘는 씨익 웃으며 품에서 주머니 하나를 휙 던졌다. 화예지는 얼결에 그것을 받았다. 그녀의 표정이 살짝 굳었다. 전혀 반응하지 못했다. 그저 주머니를 받는 것 외에는 아무것도 할 수 없었다. 보통 사람에게는 별것 아닌 당연한 일이지만 무공을 익힌 그녀는 절대 그렇게 받아들일 수 없었다.

"그걸로 금향각을 좀 더 키워. 아무래도 사해방이랑 싸우려면 좀 모자랄 것 같지?"

화예지는 주머니를 열어 봤다. 안에는 전표가 가득했다. 금백 냥에서 천 냥까지 다양한 액수의 전표가 수십 장이나 들어 있었다. 대충 확인해도 십만 냥은 넘어갈 것 같았다. 금향각을 다시 만들고도 남을 정도의 거금이었다.

그녀는 딱딱하게 굳은 표정으로 금철휘를 바라봤다. 이런 막대한 돈을 이렇게 막 던지는 걸 보면 대체 무슨 생각인지 알 수가 없었다.

"이번에 받은 용돈의 일부야."

화예지는 고개를 절레절레 저었다. 대체 금룡장은 얼마나 많은 돈을 가지고 있단 말인가. 상상이 가지 않았다. 지금까지 금룡장에 대해 파악한 게 어쩌면 아무 소용없는 일이었을지도 모른다는 생각이 들었다.

그런 화예지의 모습을 보며 금철휘가 씨익 웃었다.

"상상하지 마. 나도 상상이 안 되니까. 돈이 돈을 부른다는 말 알아? 금룡장의 돈은 이렇게 내가 숨만 쉬고 있어도 끊임없이 불어나. 한 번 숨을 쉴 때마다 얼마나 많은 돈이 불어나고 있는지 누구도 몰라. 설사 그게 금룡장의 총관이나 나라고 해도 말이야."

"장주님만 아시는 건가요?"

금철휘가 피식 웃었다.

"당연히 모르지. 그저 돈을 벌 뿐이야. 그저 금룡장을 운영할 뿐이지. 돈이 얼마인지 누구도 모른다고 했잖아."

화예지는 입을 다물었다. 이제는 금룡장이 괴물로 보였다. 그리고 그런 금룡장의 모든 것을 이어받게 될 금철휘도 인간으로 느껴지지 않았다.

"이제 좀 알겠어? 금룡장이 어떤 곳인지. 그리고 그 금룡장 재산의 절반이 어떤 의미를 갖는지."

화예지의 얼굴이 살짝 붉어졌다. 금철휘와 한 내기가 떠오른 것이다. 그리고 내심 안도했다. 만일 그 정도 재산을 금향각이 받았다면, 어쩌면 금향각은 돈에 짓눌려 무너졌을지도 모른다. 그러지 않으려면 지금부터 역량을 키워야만 한다.

"좋은 자세야. 자, 그럼 슬슬 결정을 내려볼까?"

금철휘는 손가락 하나를 까딱여 화예지를 가까이 불렀다. 화예지는 조용히 금철휘 옆으로 다가갔다. 그리고 금철휘가 귓가에 들려주는 얘기를 들으며 눈을 빛냈다.

*   *   *

추일객잔의 별채, 사해방의 동령주인 위운양이 머무는 곳에 일곱 가주들이 자리했다. 그들의 얼굴에는 불신의 빛이 살짝 어려 있었다. 원하던 결과가 전혀 나오지 않고 있으니 사해방의 힘을 믿기 어려워진 것이다.

"가주들께서 동요하시는 이유는 알겠으나, 전혀 그러실 필요가 없습니다."

위운양의 말에 풍운보주가 불편한 심기를 감추지 못했다.

"크흠. 동령주께서 말씀하신 것과 일이 정반대로 흐르고 있으니 어찌 불안하지 않겠소."

일곱 가문의 가주들이 불안한 이유는 다름 아닌 금룡장 때문이었다. 금룡장주를 음해하려던 소문이 역풍을 맞아 오히려 항주의 모든 사람들이 금룡장을 칭송하고 있다. 그냥 그렇게 될 리 없으니 당연히 금룡장이 나섰음이 분명하다. 즉,

금룡장이 이번 일을 제대로 파악했다는 뜻이다.

금룡장이 마음먹고 일곱 가문을 핍박한다면 그들은 결코 버틸 수 없다. 그것을 알기에 다들 불안한 것이다.

하지만 위운양은 전혀 동요치 않는 얼굴로 부드럽게 미소 지으며 가주들을 둘러봤다. 그 모습은 가주들의 불안한 마음을 꽤 제대로 보듬어 주었다.

"금룡장은 아직 나서지 않았습니다."

위운양의 말에 가주들의 얼굴이 밝아졌다. 그러면서도 한편으로는 의아한 표정을 지었다.

"그게 무슨 소리요? 금룡장이 나서지 않았다니. 그럼 대체 어찌 된 일이란 말이오?"

"지금 그걸 추적 중입니다. 사흘 안으로 배후를 잡아 징치할 것입니다. 가주들께서는 저를 믿지 마시고 우리 사해방을 믿어 주십시오. 반드시 기대에 부응토록 하겠습니다."

위운양의 말에 다들 고개를 끄덕였다. 위운양은 못 믿어도 사해방은 믿을 수 있다. 사해방은 지금까지 한 번도 고객을 배신하지 않았다. 또한 천하제일의 정보력을 가지고 있다. 그들이 작정하고 나선다면 설사 금룡장이 직접 나섰다 하더라도 이겨낼 수 있으리라.

분위기가 가라앉자 위운양은 강렬한 눈으로 다시 한 번 가주들을 둘러봤다. 한 사람 한 사람 눈을 마주하며 강한 인상을 심어 주었다.

"그러니 여러분들께서는 계획을 시행해 주십시오. 일단 금룡장을 안팎으로 흔들어야 대응이 쉬워집니다."

가주들이 미미하게 고개를 끄덕였다. 계획을 실행한다는 말에 그들의 안색에 불안감이 다시 들어섰다. 물론 그것은 이내 조금씩 사라져 갔다. 불안감을 밀어낸 것은 탐욕이었다. 금룡장의 힘을 밀어내다 보면 결국 그들이 항주를 차지할 수 있게 될 것이다. 그리고 그들은 항주제일이 곧 천하제일이라고 믿었다. 금룡장이 그러하듯이.

가주들의 표정이 이리저리 변하는 것을 확인한 위운양은 의미심장한 미소를 지었다. 일단 밑밥은 뿌렸다. 금룡장을 흔들면서 자연스럽게 그들을 진창으로 끌어들일 수 있게 되었다.

'만혈괴의가 잘 해줘야 할 텐데⋯⋯.'

금룡장은 일곱 가문과 싸우면서 천하를 상대해야 할 것이다. 혈룡귀갑대의 무덤을 함께 찾으면서 말이다.

*　　　*　　　*

"공자님, 아까부터 뭘 그리 열심히 보십니까?"

아칠은 벌써 세 번째 같은 질문을 했다. 하지만 금철휘는 아칠을 쳐다보지도 않았다. 그저 묵묵히 종이 쪼가리에 시선을 고정시키고 있을 뿐이었다.

"아, 정말 너무하시네. 요즘은 같이 놀아 주지도 않으시고."

그 말에 금철휘가 인상을 쓰며 고개를 들었다. 아칠은 움찔 놀라 고개를 움츠리며 뒤로 물러났다. 하지만 뒤통수에 작렬하는 손바닥을 피할 수 없었다.

"크헉!"

아칠이 뒤통수를 양팔로 감싸며 주저앉자, 금철휘가 나직이 혀를 찼다.

"쯧쯧, 넌 왜 그렇게 매를 버는지 모르겠구나. 기다리면 어련히 알아서 말해 줄까봐 옆에서 보채고 방해를 하느냐."

아칠은 대꾸도 못하고 끙끙 앓기만 했다. 정말 뒤통수가 떨어져 나가는 것처럼 아팠다.

금철휘는 그런 아칠에게 손가락을 까딱였다. 아칠은 아픈 와중에도 금철휘에게 다가갔다. 안 그랬다가는 더 아픈 꼴을 당할 것 같은 불길한 예감 때문이었다. 물론 그 예감은 절대 틀리지 않는다.

"왜, 왜 그러십니까?"

"궁금한 거 같아서 말해주려고."

"뭐, 뭘 말씀이십니까?"

금철휘가 서류를 이리저리 흔들었다.

"이거."

아칠이 침을 한 번 꿀꺽 삼켰다. 금철휘는 그것을 보며 피식 웃고는 설명을 시작했다.

"잘 들어라. 어떤 미친놈이 우리 금룡장을 날로 먹으려고 준비 중이야."

"예?"

아칠의 눈이 화등잔만 해졌다. 그런 엄청난 얘기를 이렇게 아무렇지도 않게 얘기하는 금철휘를 이해할 수가 없었다. 물론 금철휘는 전혀 신경 쓰지 않고 말을 이었다.

"그런 놈을 내가 어찌해야겠느냐?"

"당연히 가만두면 안 되지요! 저 같으면 그냥 확!"

"그렇지. 그래서 내가 힘 한번 쓰려고."

"예? 공자님이요?"

"왜?"

"장주님께 말씀드리는 것이⋯⋯."

"내 용돈으로 충분히 해결돼."

아칠이 헤실헤실 웃었다.

"에이, 공자님 농담도."

"넌 어째 예지보다 더 날 모르는구나."

금철휘가 그렇게 말해 줬음에도 아칠은 믿지 않았다. 당장이라도 금일청에게 달려가 다 일러바칠 기세였다.

"뭐, 그것도 나쁘지는 않겠지. 금룡장이 작정하고 나서면 더 큰 그림을 그릴 수 있을 테니까."

그렇게 중얼거리던 금철휘의 눈이 번쩍 빛났다.

"이번 기회에 일을 한번 크게 키워봐?"

군이 금룡장이 나설 필요도 없다. 금철휘가 용돈 한 번 더 타면 되는 일이다. 원래는 그걸 기반으로 사업을 해보려고 했다. 하지만 군이 그럴 필요가 있겠는가. 더 재미난 일로 금룡장에 훨씬 큰 도움이 될 만한 일이 있는데 말이다.

금철휘가 벌떡 일어났다.

"가자."

"예? 어딜요?"

"아버지 만나러."

금철휘가 휘적휘적 걸어 나가자, 아칠이 멍한 눈으로 그 뒷모습을 바라봤다.

"우리 공자님…… 정말 너무 변하셨네."

아칠의 중얼거림이 공허하게 흩어졌다.

제8장
음모의 소용돌이

향화루의 최상층, 화예지를 비롯한 그녀의 다섯 호위, 그리고 아칠과 무영객, 거기에 백검화와 한서연이 함께 있었다. 그들은 모두 살짝 불안한 표정이었다. 금철휘가 뭔가 심상치 않은 일을 벌일 것 같은 예감에 다들 안절부절못했다.

"자, 일단 모두들 이걸 읽어."

금철휘는 화예지가 미리 준비한 서류 몇 장을 내밀었다. 사람 수에 맞게 준비했기에 다들 하나씩 들고 내용을 읽었다. 그것을 읽는 사람들의 표정이 시시각각 변했다.

서류의 내용은 심상치 않았다. 항주에 꽤 유력한 일곱 가문과 사해방의 동령주가 결탁해 무슨 일을 벌이려는지가 자

세히 쓰여 있었다. 심지어는 그들이 나눈 대화 중 중요한 것
들도 잔뜩 포함되어 있었다.

"이, 이걸 대체 어떻게 알아내신 거죠?"

백검화와 한서연은 질린 눈으로 금철휘를 바라봤다. 아무
리 금룡장이 대단하다지만 정보력까지 이렇게 뛰어날 줄은 몰
랐다. 그녀들의 시선을 받은 금철휘가 눈동자를 돌려 옆에 앉
은 화예지에게 시선을 보냈다. 자연스럽게 두 여인의 시선도
그쪽으로 향했다.

"본 적 있지? 다시 인사해. 금향각의 주인이자, 이곳 향화
루의 루주야."

백검화와 한서연은 살짝 놀라며 화예지를 바라봤다. 금향
각은 뭔지 모르지만 향화루는 항주 최고의 주루이기에 모를
수가 없었다. 그런 곳의 주인이 이렇게 젊은 여인일 줄은 몰랐
다.

금철휘는 그 모습에 씨익 웃으며 한마디를 덧붙였다.

"그리고 내 시비이기도 하지."

화예지의 표정이 사정없이 구겨졌고, 백검화와 한서연의 눈
이 놀람으로 커졌다. 둘의 시선은 금철휘와 화예지 사이를 정
신없이 오갔다. 예전에 그 비슷한 말을 듣긴 했지만 그게 진
짜라고는 생각하지 않았다. 한데 화예지가 별로 부정하지 않
는 눈치를 보이자, 더 놀랐다. 금철휘의 말이 사실이라는 뜻
아닌가.

"금향각이 뭐 하는 곳인지 대충 추측은 되지?"

백검화가 고개를 끄덕였다. 보아하니 정보를 다루는 조직인 듯했다. 더구나 금룡장이 만든 게 아니라, 금철휘가 개인적으로 휘하에 둔 조직으로 보이니 더 놀라울 따름이었다.

"사해방을 넘어설 정도로 대단한 정보력을 갖췄다니, 정말 대단하네요."

백검화의 말에 화예지가 쓴웃음을 지었다. 사실상 금향각은 사해방과 비교하면 규모나 능력이 십분지 일도 채 안 된다. 다만 항주에서는 그들을 압도할 수 있다. 고작 그게 전부다. 그런데도 이런 평가를 받으니 씁쓸했다.

"사해방과 비교하시면 안 되죠. 그들은 천하제일이고, 우리는 항주제일에 불과하니까요. 이번 정보는……."

화예지는 금철휘를 슬쩍 쳐다본 뒤 말을 이었다.

"저분의 돈으로 얻은 거예요."

"예? 돈으로 정보를 샀단 말인가요?"

화예지가 고개를 저었다.

"아뇨. 사해방의 동령주가 머무는 객잔을 알아낸 다음, 그 객잔을 통째로 사 버렸어요. 우리 건물 안에서 대화를 엿듣는 것쯤 아무것도 아니죠."

다들 입이 쩍 벌어졌다. 이건 생각의 규모가 아예 다르지 않은가. 고작 적의 정보를 얻으려고 객잔을 통째로 사다니 말이다. 더구나 은밀히 위장해서 샀을 테니 시세보다 훨씬 더 많은 돈을 지불했을 것이다.

"대체 어느 객잔을 샀는데요?"

"추일객잔."

백검화의 질문에 금철휘가 대답하자, 다들 아예 입을 다물어 버렸다. 향화루가 항주 최고의 주루라면 추일객잔은 항주 최고의 객잔이었다. 그런 추일객잔을 고작 정보 때문에 샀다니, 이게 말이 되는 건지 안 되는 건지도 알 수 없었다.

"아무튼 중요한 건, 그놈들이 일을 벌인다는 거지."

금철휘의 눈빛이 강렬해졌다. 그 모습에 다들 마른침을 꿀꺽 삼켰다. 가끔 보여 주는 이런 것들이 금철휘를 전혀 다른 사람으로 여겨지게 만든다. 특히 오랫동안 함께 해왔던 아칠이나 무영객의 경우는 그 이질감을 말로 다 할 수 없을 정도였다.

"내 계획은 이래. 일단 동령주와 사해방 하부조직을 이어 주는 끈을 잘라낼 거야. 그 다음 만혈괴의를 통해 무덤의 위치를 슬쩍 흘리는 거지."

"그게 의미가 있나요? 어차피 가짜 정보라면서요? 사해방의 목적이 그 무덤 쟁탈전에 금룡장이 뛰어들도록 만드는 거 아니었나요?"

한서연의 날카로운 지적에 금철휘가 손가락 하나를 들어 올리며 눈을 빛냈다.

"그렇지. 그게 요점이지. 난 거기서 금룡장이 아닌 사해방을 끌어들일 생각이야. 제 꾀에 제가 넘어갈 수 있도록 말이지."

다들 어처구니없는 표정을 지었다. 사해방이 어떤 자들인데 금철휘가 세운 어설픈 계획에 넘어간단 말인가. 오히려 그들이 어떤 짓을 할지 예측해 대응하는 편이 훨씬 낫다. 그 진흙탕 싸움에 금룡장이 끌려 들어가지 않도록 미리 대비하지 않으면 정말 어떤 일이 벌어질지 알 수 없으니까 말이다.

가장 먼저 나선 사람은 화예지였다. 얘기를 들어 보니 거의 대부분의 일을 자신이 해야 할 것 같은 불길한 예감이 든 것이다.

"어떻게 그들을 끌어들일 건가요? 참고로 저한테 정보를 조작해서 알아서 끌어들이라는 말은 하지 말아요. 불가능하니까. 나중에는 몰라도 당장은 역량이 모자라요."

"그 정도는 바라지도 않았다. 너는 무덤이나 만들어. 대충 만들면 돼. 어차피 천하를 상대하며 돌아다녔는데 마음 편히 좋은 무덤을 만들 수 있을 리 없잖아. 그러니까 그런 걸 감안해서 대충. 무슨 말인지 알겠지?"

"무덤을 만드는 거야 별거 아니지만, 만들어서 뭐 하게요? 어차피 사해방을 끌어들이지 않으면 아무 소용 없는 거 아닌가요?"

"끌어들인다니까? 아, 그리고 그것도 알아봐라. 사해방 놈들이 과연 우리 금룡장을 어디로 끌어들이려고 했는지 말이야. 아마 거창하게 준비해 놨을 텐데, 제대로 알아 둬야 나중에라도 안 당하지."

화예지가 고개를 끄덕였다.

"알겠어요. 하지만 지금은 그보다 어떻게 사해방을……."

금철휘가 손을 올려 그녀의 말을 막았다.

"이제부터 설명하려고 하잖아."

금철휘의 품에서 작은 책자 하나가 나왔다. 금철휘는 그것을 백검화에게 툭 던졌다. 백검화는 의아한 눈으로 금철휘과 책자를 번갈아 바라봤다.

"이게 뭔가요?"

"네 무공이 제일 제법이잖아. 그러니까 먼저 읽어봐."

백검화는 떨떠름한 얼굴로 책자를 펼쳤다. 표지에는 아무것도 쓰여 있지 않은 아주 낡은 책자였다. 그냥 낡은 게 아니었다. 마치 어디 땅에라도 묻었다가 다시 파낸 듯 군데군데 흙으로 인해 만들어진 얼룩이 보였다.

백검화의 표정은 책자를 펼치자마자 달라졌다. 그것은 무공비급이었다. 그제야 왜 금철휘가 무공이 가장 강한 자신에게 책자를 먼저 넘겼는지 알 수 있었다. 처음에는 그냥 그런가 보다 했다. 하지만 읽으면 읽을수록 비급에 빠져들었다. 보통 비급이 아니었다. 이 정도면 보물이나 다름없었다.

"대, 대체 이걸 어디서 구하셨나요?"

"그게 뭔지 알겠어?"

백검화는 잠시 망설였다. 짐작되는 것이 있긴 한데, 확신할 수 없어서 말을 꺼내기가 쉽지 않았다.

"대충 짐작했군. 나머지도 다 돌려봐."

백검화는 일단 비급을 화예지에게 넘겼다. 화예지의 눈이 휘둥그레지는 것도 순식간이었다. 비급은 모두의 손을 거쳤다. 아칠을 제외하고 말이다. 아칠의 손에 들어가기 직전에 금철휘가 그것을 다시 낚아챘다.

"공자님! 전 아직 안 봤는데요?"

"넌 됐어. 무공의 무자도 모르는 놈이 보면 뭐해?"

아칠은 억울한 표정을 지었지만 금철휘의 말이 옳기에, 또 금철휘의 주먹이 무서웠기에 반박을 할 수가 없었다.

"자, 본 소감은?"

다들 표정이 심상치 않았다. 그들의 뇌리에 무공명 하나가 화인처럼 박혀서 사라지지 않았다. 아무리 생각해도 이 비급은 바로 그것이었다.

"설마 정말로 귀갑공(龜甲功)인가요?"

귀갑공이라는 이름에 아칠의 눈이 화등잔만 해졌다. 다들 심각하기에 뭔가 대단한 무공이라고 생각하긴 했지만 설마 그것이 귀갑공일 줄은 몰랐다.

"고, 공자님. 그거 저 익히면 안 될까요?"

"뭐하러?"

"예? 귀, 귀갑공이잖습니까."

금철휘는 피식 웃었다. 확실히 아직 제대로 귀갑공에 대한 정보가 안 돌았다. 귀갑공은 예전 혈룡귀갑대가 익혔던 무공 중 하나였다. 혈룡귀갑대는 다수의 적을 상대할 때 귀갑진이 라는 검진을 사용했는데, 그때 쓰는 무공이 바로 귀갑공이었 다.

귀갑공을 펼치면 거북이 등껍질 모양의 호신강기가 생겨난 다. 웬만한 강기조차 가볍게 튕겨 내는 굉장한 호신강기가 말 이다.

하지만 귀갑공에는 결정적인 약점이 있다. 사실 혈룡귀갑대 조차 처음에는 몰랐던 약점이었다. 귀갑공으로 만든 호신강 기는 몇 가지 특정한 기운에 충돌하면 그대로 폭발해 버린다. 몸을 보호하기 위해 펼친 호신강기가 오히려 몸을 망치는 셈 이 되는 것이다.

더구나 간단한 심공 하나만 익히면 그 기운을 만들어 내는 건 어렵지 않았다.

그렇게 귀갑공의 치명적인 약점이 발견된 이후, 혈룡귀갑대 는 더 이상 귀갑공을 쓰지 않았다.

"귀갑공에 약점 있는 거 몰라?"

"예? 약점이 있었습니까?"

아칠은 금시초문이라는 듯 눈을 동그랗게 뜨며 좌중을 둘 러봤다. 화예지와 백검화를 제외한 나머지는 아칠과 비슷한 표정으로 금철휘를 바라보고 있었다.

금철휘는 귀갑공의 약점에 대해 대충 설명해 주었다. 아칠의 얼굴이 급속도로 어두워졌다. 약점에 대해 전혀 몰랐던 사람들은 정말로 크게 놀랐다.

"무림맹이 약점을 알아냈는데, 의도적으로 감췄어요. 그리고 지금은 귀갑공 자체가 잊혔기 때문에 다시 드러날 일도 없었고요. 그래서 귀갑공의 약점을 아는 사람이 드물죠. 저처럼 정보에 민감하거나, 무림맹의 요직을 차지한 사람이 아니라면 아마 거의 모를 거예요."

화예지의 부연 설명에 다들 고개를 끄덕였다. 확실히 일리가 있었다. 더구나 혈룡귀갑대 이후로는 귀갑공을 익힌 사람도 없지 않은가. 굳이 귀갑공에 대한 얘기가 나돌 이유가 없었다.

"대체 이걸 어디서 구하신 거죠?"

다들 감탄을 금치 못했다. 아무리 돈이 많다지만 이런 무공비급은 돈만으로 구할 수가 없다. 더구나 상태를 보아하니 땅에서 파낸 지 얼마 안 된 듯하지 않은가.

"설마…… 그걸로 사해방을 끌어들일 셈인가요?"

"바로 맞췄어. 이걸 보면 사해방이 무슨 생각을 할까? 과연 예정대로 주요 무가에 소문을 흘려 진흙탕 싸움을 시작하게 만들까? 아니면 자기들이 무덤을 독차지하기 위해 꽁꽁 숨기려고 할까?"

당연히 후자다. 이곳에 있는 누구라도 그 입장이 된다면 무조건 숨기고 혼자 무덤을 독식할 것이다. 음모는 그 뒤에 진행해도 상관없지 않은가. 더구나 진짜 무덤까지 이용하면 훨씬 더 훌륭한 계책이 성립되고 말이다.

"일단 시간이 많지 않으니까 서두르는 게 좋을 거야. 무덤의 적당한 위치는 네가 알아봐. 사해방에 들키면 말짱 꽝인 거 알지?"

화예지가 심각한 표정으로 고개를 끄덕였다. 어쩌면 이번 기회에 사해방을 많이 따라잡을 수 있게 될지도 모른다. 사해방의 동령주가 나선 일이다. 분명히 나중에 충돌하게 될 것이고, 계획대로만 된다면 그를 제거할 수도 있다. 아니면 그를 통해 사해방에 대한 더 많은 정보를 얻을 수도 있다. 물론 쉽지 않겠지만 말이다.

"이건 활동비."

금철휘의 품에서 묵직한 주머니들이 우르르 쏟아졌다. 각각 금이 수백 냥씩 들어 있는 주머니였다. 다들 그것을 집어 안을 확인하고는 질린 눈으로 금철휘를 바라봤다. 그들의 마음 깊은 곳에 금룡장에 대한 두려움이 슬며시 싹을 틔웠다.

"자, 그럼 나머지 계획은 너희들이 알아서 짜 봐. 난 내 뒤를 캐는 놈들 잡으러 갈 테니까."

금철휘는 그 말을 남기고 자리를 훌쩍 떠났다. 다들 멍하니 금철휘가 사라지는 광경을 지켜보기만 했다. 정신이 하나도 없었다. 금철휘가 오늘 던지고 간 것들이 워낙 굵직굵직했다.

혈룡귀갑대의 무공인 귀갑공에다가 활동비랍시고 던지고 간 수천 냥의 금, 그리고 거침없는 추진력과 능력까지 어느 하나 그들의 마음을 흔들지 않는 게 없었다.

"그나저나 우리 공자님, 이번에도 내 건 없네."

아칠이 고개를 푹 숙였다. 물론 매달 삼백 냥의 금을 받는다. 하지만 그건 몽땅 자혜원으로 들어가니 아칠의 돈이라 할 수 없다.

"정말 요즘 너무하시네, 쳇."

기루도 안 가고, 주루도 안 간다. 그렇다고 도박을 하느냐, 그것도 아니다. 정말 너무 재미없는 사람으로 변했다. 대체 무엇이 금철휘를 이렇게 변하게 만들었단 말인가. 곰곰이 생각에 잠기던 아칠이 무릎을 탁 쳤다.

"살!"

아칠의 목소리가 컸기에 방안에 있던 모든 사람들의 시선을 한몸에 받을 수 있었다. 물론 아칠은 이런 일로 쑥스러움을 느끼거나 얼굴을 붉힐 정도로 섬세하지 않다. 아칠은 철판을 얼굴에 쫙 깐 다음 다시 생각 속으로 빠져들었다.

'그래. 이 모든 게 다 살 때문이야. 살을 빼신 이후로 완전히 변하셨어. 마치 다른 사람이 된 것처럼. 그러니까……'

아칠의 입가에 음흉한 미소가 어렸다.

"그러니까 다시 살을 찌워야 돼."

아칠의 중얼거림을 방 안에 있던 모든 사람이 들었다. 워낙 무공들이 대단하니 아주 작게 중얼거린 소리도 천둥처럼 크게 들을 수 있었다.

"지금 그 말은 흘려듣지 못하겠는데?"

"예?"

아칠이 깜짝 놀라 고개를 돌려 바라 보니, 백검화가 싸늘한 눈으로 자신을 노려보고 있었다. 백검화의 이런 표정을 처음 보는지라 하마터면 오줌을 지릴 뻔했다. 그 정도로 백검화의 분위기는 심상치 않았다.

"왜, 왜 그러십니까?"

백검화가 천천히 자리에서 일어났다. 물론 시선은 여전히 아칠에게 고정되어 있었다.

"나보다 금 공자와 오래 지냈으니 금 공자에 대해 잘 알겠지. 금 공자의 살을 다시 찌우게 할 비책도 분명히 있을 거야. 하지만……."

항상 존대를 해주던 백검화는 더 이상 없었다. 아칠은 뒤로 주춤주춤 물러나며 두려움에 떨었다. 이대로 백검화가 자신 앞에 서면 그대로 목을 잘라 버릴 것 같았다. 지금 분위기가 꼭 그랬다.

"애써 뺀 살을 다시 찌울 필요가 있을까? 난 지금의 금 공자가 너무 좋은데 말이야."

백검화가 허리춤의 검에 손을 슬쩍 올렸다. 아칠의 몸이 움찔 떨렸다.

"지, 지, 지, 지당하신 말씀입니다. 우리 공자님께서는 역시 살이 좀 빠지셔야 인물이 확 살아납죠."

그제야 백검화의 분위기가 살짝 풀렸다. 하지만 아직 완전하지는 않다. 아칠 역시 그것을 느끼고 서둘러 말을 이었다.

"게다가 제가 우리 공자님에 대해 알면 얼마나 알겠습니까. 제 모자란 능력으로는 죽었다 깨나도 공자님의 살을 되찾아 드릴 수가 없습니다. 헤헤헤."

그제야 백검화가 생긋 웃으며 제자리로 돌아갔다. 언제 그런 무서운 분위기를 풍겼느냐는 듯이 평소와 전혀 다를 바 없는 모습으로 조용히 앉았다.

아칠은 멍한 눈으로 그런 백검화를 바라봤다. 그러다가 한 번 눈이 마주치고는 오한으로 몸을 떨었다. 이번에 몸에 새긴 공포는 아무래도 여간해서는 사라지지 않을 듯했다.

"슬슬 올 때가 되었는데?"

금철휘는 홀로 서호에 배를 띄우고, 그 위에 앉아 술잔을 기울였다. 저녁놀이 호수를 금빛으로 물들였다. 그리고 그 금빛 호수 위에서 출렁이며 술을 마시니 흥취가 제법 대단했다.

처음 사해방의 수작을 막을 때부터 지금 상황을 염두에 두고 움직였다. 실질적으로 정보를 조작한 것은 화예지였지만 오로지 금철휘의 돈으로만 정보를 움직였다. 결국 금향각의 힘을 일절 쓰지 않았기에 사해방은 분명히 금철휘의 짓으로 여길 것이다.

대놓고 하지는 않았지만 사해방쯤 되면 그 정도 흔적을 찾는 건 일도 아니었다. 지금쯤 이번 일의 배후에 금룡장의 소장주가 있다는 것을 알아내고도 남았을 것이다.

"이런 좋은 기회를 놓칠 리 없지."

금철휘는 씨익 웃으며 술잔을 비웠다. 술은 미리 잔뜩 준비해 왔다. 금향주를 수십 병이나 가져왔으니 술 걱정은 할 필요 없었다.

혼자 서호에 떠있는 금룡장의 소장주, 이처럼 먹음직스런 먹이가 또 있을까. 하지만 금철휘는 최대한 은밀히 이곳에 왔다. 정보를 다루는 조직이 아니라면 금철휘의 위치를 알기 어려우리라. 그리고 사해방은 그 중 가장 먼저 그것을 알아차릴 테고 말이다.

"슬슬 오네."

금철휘는 씨익 웃으며 다시 술잔을 비웠다. 은밀한 기척이 사방에서 느껴졌다. 천령신공은 지금도 꾸준히 깊어 가는 중이었다. 이제 금철휘가 느끼는 기감의 범위는 보통 사람은 상상조차 할 수 없을 정도로 넓었다.

"여기까지 헤엄쳐서 오는 놈도 있네."

금철휘가 판단하기에 자신을 목표로 움직이는 사람은 모두 서른한 명이었다. 그 중 한 명은 가진 기운의 양이 상당했다. 물론 아무리 그래 봐야 백검화보다도 못했지만 말이다.

"나머지는 분위기를 보니까 자객 같고……. 그 한 놈은 자객이랑은 살짝 거리가 있는 거 같은데?"

자객 같으면서도 아닌 사람이라면 정보 계통에서 일하고 있거나 아니면 도둑일 확률이 높다. 당연히 지금 오는 놈은 정보 계통의 인물이리라. 사해방의 동령주와 정보원들의 끈 말이다.

"뭐, 아닐 수도 있지만."

아니어도 상관없다. 어쨌든 한 번 흔들어 주는 것도 의미가 있는 일이다. 그렇게 흔들다 보면 언젠가는 걸려들게 되어 있다. 또 굳이 걸려들지 않더라도 이렇게 흔드는 동안 화예지가 일을 하기 편해진다. 어쨌든 지금 그들이 하려는 것은 사해방을 낚아서 더 이상 금룡장에 신경을 쓸 여력을 없애기 위함이다. 그것만 성공한다면 중간 단계야 어찌 되든 상관없다.

금철휘는 자신을 향해 다가오는 기척을 하나하나 세심히 파악하며 다시 한 번 술잔을 기울였다.

일영(一影)은 쪽배를 타고 이동했다. 그의 곁에는 세 명의 자객이 노를 젓고 있었다. 기척은 최대한 죽였지만 굳이 완벽하게 감출 생각은 없었다. 목표는 한 명인데 동원한 수는 서른이나 된다. 이건 절대 실패할 수 없는 임무였다.

'조금 과한 기분이 들긴 하지만 어떤 변수가 있을지 모르니 방심하면 안 되지.'

동령주인 위운양은 열 명의 그림자를 수족으로 부린다. 그 열 명의 그림자들이 동령주와 사해방 하부 조직원들을 연결시키는 끈이다. 사해방의 하부 조직원들은 철저하게 점조직으로 관리된다. 그 점들을 상부와 이어주는 끈이 바로 그림자들이었다.

　그중에서 일영은 특별했다. 일영은 아래의 그림자들을 관리한다. 즉, 동령주는 일영만 관리하면 모든 정보를 얻을 수 있는 것이다.

　각각의 그림자들은 동령주의 관할 아래에 각자의 역량에 걸맞은 정보원을 두고, 그들을 이용해 하부 조직원을 관리한다. 하부 조직원은 결코 상부의 비밀을 알 수 없도록 만들어져 있었다.

　그리고 그것이 바로 이번 임무에 일영이 직접 나서게 된 이유였다. 현재 동령주는 독단적으로 이곳 항주에 왔다. 그렇기 때문에 다른 그림자들을 움직일 수 없었다. 다른 그림자들은 평소의 임무를 그대로 수행하고, 동령주와 일영만 이곳 항주로 와서 금룡장에 대한 일을 도모하고 있는 것이다.

　'그래도 조직의 자객을 쓸 수 있어서 다행이지.'

　사해방은 조직내에서 자객을 키웠다. 사해방은 그저 정보를 모아 그것을 사고파는 장사만 하는 것이 아니었다. 사해방은 그렇게 모은 정보를 이용해 수많은 사업을 벌였다. 그 중에는 돈을 벌기 위한 것도 있고, 또 무력을 얻기 위한 것도 있었다. 천하 각지에 있는 방파 중, 십여 개가 사실은 사해방 소속이었다. 물론 그에 대한 모든 것을 정확히 아는 것은 사해방주뿐이었다.

이번에 일영이 데려온 자객들은 제법 실력이 뛰어났다. 금룡장을 상대할 때 써먹기 위함이니, 어설픈 자들을 데려올 수는 없었다. 물론 사해방 최고의 자객들은 아니었다. 하지만 그래도 금철휘 정도는 한 명만 나서도 충분할 정도로 뛰어났다.

'호위가 얼마나 있으려나……'

일영이 가장 신경 쓰이는 것이 바로 호위의 존재였다. 금룡장의 소장주쯤 되면 호위무사의 실력도 보통이 아니다. 사해방에서 조사한 바로 금철휘의 호위는 한때 꽤 유명했던 무영객이었다. 무영객을 상대하려면 최소 다섯의 자객은 필요하다.

'호위가 다섯 이상이면 곤란한데……'

일영은 걱정 반 기대 반의 심정으로 앞을 바라봤다. 멀리 금철휘의 배가 보였다. 일영은 결코 금철휘가 자신을 발견하지 못했을 거라 확신했다. 그의 무위로도 간신히 보일까 말까 할 정도인데 금철휘가 볼 수 있을 리 없지 않은가. 다만 금철휘의 호위들이 발견했을 수는 있다.

'지금부터는 속전속결이다.'

일영은 즉시 신호를 보냈다. 상대가 대응할 방법을 찾기 전에 몰아쳐서 죽이는 편이 최선이었다. 더구나 이곳은 호수

한가운데, 도망갈 곳도 마땅치 않았다.

일영을 태운 배가 속도를 크게 높여 앞으로 나아갔다. 노를 쥔 자객들의 손에 핏줄이 도드라졌다. 노가 힘차게 물살을 휘저었고, 배가 쏜살같이 미끄러져 갔다.

그렇게 나아가는 배의 수가 일곱 척이었다. 그리고 수면 아래로 잠수해서 나아가는 자객의 수가 열 명이었다. 그들은 금철휘가 탄 배에 구멍을 뚫고 금철휘가 혹시라도 물에 뛰어드는 때를 기다릴 것이다. 물에 뛰어드는 순간이 금철휘가 끝나는 때였다.

'죽여선 안 된다는 점이 조금 까다롭지만, 별 문제는 없을 것 같군.'

금철휘 주위로 별다른 무사가 보이지 않았다. 어쩌면 호위가 없을 수도 있다는 기대감이 생겨났다. 무영객은 항상 모습을 감추고 있으니 보이지 않아도 대비를 해야만 한다. 하지만 이렇게 아무것도 없는 호수 위에서 숨을 만한 곳이 어디 있겠는가. 배에 구멍이 뚫려 가라앉으면 무영객도 모습을 드러낼 수밖에 없을 것이다. 그리고 그때가 바로 무영객의 마지막 순간이 될 것이다. 일영은 기대감과 흥분이 뒤섞여 살짝 몸을 떨었다.

금철휘가 탄 배와의 거리가 급격히 가까워졌다. 일영은 기감을 극대화시켰다. 일단 금철휘 주변에 누가 있는지 기척으로 알아내야만 했다. 그래야 일이 쉬워진다. 그렇게 감각을 퍼트린 일영의 눈에 당혹감이 어렸다.

'없어?'

아무런 기척도 느껴지지 않았다. 아니, 한 명의 기척이 느껴졌다. 바로 금철휘의 기척이었다. 즉, 일영이 느끼기에 배 안에 있는 사람은 금철휘 혼자였다. 순간, 일영은 뭔가가 잘못되었다는 생각이 강하게 들었다. 하지만 이미 그가 제어할 수 있는 시기를 지났다. 이제는 최선을 다하며 결과를 기다리는 수밖에 없었다.

일영은 일단 배의 속도를 늦추게 했다. 혹시라도 함정에 빠진 건 아닌지 의심했다. 그렇지 않고서야 금룡장의 소공자가 이렇게 홀로 호수에 있을 리 없지 않은가.

'하지만 대체 여기에 무슨 함정을 어떻게 만든 거지? 내 기우인가?'

호수 한복판에 만들 수 있을 만한 함정이 없었다. 기껏해야 고수들이 숨어 있는 정도인데, 그 정도는 어떻게든 도망가거나 해서 상황을 피할 수 있었다.

일영이 탄 배를 제외한 여섯 척의 배가 빠르게 물살을 가르고 나아갔다. 그들은 금철휘의 배에 그대로 달려들었다. 부딪쳐서 배의 기동성을 없애기 위함이었다.

쫘광!

애초의 목적대로 배들이 충돌했다. 자객들이 탄 배는 그대로 산산조각 났고, 금철휘의 배는 여기저기가 부서지며 한쪽으로 삐딱하게 기울어졌다. 파손 정도가 상당히 심각했다. 이대로라면 굳이 밑창을 뚫지 않아도 가라앉을 것 같았다.

'역시 기우였군.'

일영은 안심하며 고개를 끄덕였다. 보아하니 정말로 금철휘 혼자인 듯했다. 심지어는 무영객도 없었다. 만일 무영객이 함께 있었다면 벌써 모습을 드러냈어야만 한다. 하지만 스무 명에 가까운 자객들이 배에 올랐음에도 여전히 금철휘는 혼자였다.

'아주 간단히 사로잡을 수 있겠군.'

일영은 일이 잘 풀려서 다행이라는 듯 미소를 지었다. 이제 일을 마치고 돌아가는 일만 남았다. 일영의 배는 상당히 컸다. 금철휘를 사로잡은 뒤 자객들과 함께 돌아가야 하기에 일부러 큰 배를 준비했다.

자객들이 금철휘를 포위했다. 그리고 검을 들어 겨눴다. 일영은 아주 느긋하게 다가가 훌쩍 몸을 날렸다. 그리고 금철휘 앞에 가볍게 내려섰다. 그렇게 움직였음에도 배는 미동도 하지 않았다. 실로 놀라울 정도로 뛰어난 신법이었다.

"과연 금룡장의 소장주답군. 이런 와중에도 떨지 않다니."

일영의 말에 금철휘가 히죽 웃었다. 사실 너무나 가소로웠다. 불나방들이 모닥불인 줄도 모르고 달려드는 꼴 아닌가. 금철휘는 단번에 일을 해결할 수 있었지만, 과연 이들이 뭘 어쩌려나 보려고 가만히 있었다.

"살을 너무 뺐군. 하마터면 못 알아볼 뻔했어."

물론 괜히 하는 말이다. 이미 금철휘에 대해서는 빠삭하게 알아봤다. 금철휘가 무슨 바람이 불었는지 갑자기 살을 뺐다는 정보를 입수한 뒤, 달라진 그의 외모를 확실하게 조사했다. 일영은 금철휘가 항주시내를 지날 때 가까이에서 얼굴을 확인한 적도 있었다. 그러니 금철휘를 잘못 알아볼 리는 없었다.

"우리를 잠시 따라와 줘야겠어."

그제야 금철휘가 반응을 보였다. 그의 눈빛에 호기심이 깃들었다.

"어디로 가는데?"

일영은 금철휘의 대꾸에 속으로 감탄했다. 역시 천하제일장의 소장주는 다르다는 생각이 들었다. 그 역시 금철휘에 대한 소문을 다 들었지만 그 소문 자체가 어쩌면 금룡장에서 조작하여 퍼트린 것일 수도 있다는 생각이 들었다. 그렇게 금룡장에 대한 경계를 늦춰서 나중에 권력을 이양할 때 주변의 견제를 최소화하기 위한 계책 아니겠는가.

평소에는 몰라도 위기 상황에서는 그의 원래 모습이 빛을 발하기 마련이다. 지금처럼 말이다.

"만나길 원하는 분이 계시다."

"누구? 동령주?"

일영의 눈에서 기광이 번득였다.

"과연. 알고 있었나?"

"그렇게 대놓고 움직이는데 모르면 병신이지."

일영은 대꾸하지 않았다. 괜히 대화를 이어가다간 금철휘의 도발에 말려들 수도 있다는 생각이 들었다. 지금 그가 할 일은 금철휘를 사로잡아 동령주 앞에 대령하는 일이다. 나머지는 동령주가 알아서 할 것이다.

금철휘는 움직이지 않고 가만히 생각에 잠겼다. 그 모습에 일영이 눈살을 찌푸렸다. 아무래도 손가락 몇 개 정도는 잘라 둬야 나중이 편해질 것 같았다. 이대로라면 동령주 앞에 대령시켜 봐야 바로 대화를 나누기 어렵다. 미리 기를 죽여 놓는 편이 훨씬 다루기 좋다.

일영의 눈짓을 받은 자객 두 명이 금철휘에게 슥 다가갔다. 흔들리는 배 위에서 움직이는 거라고 믿기 힘들 정도로 빠르고 자연스러웠다.

한 사람이 금철휘의 팔을 잡아 올렸다. 그리고 나머지 사람이 그대로 검을 휘둘렀다. 그의 칼끝은 정확히 금철휘의 손가락들을 노리고 있었다.

서걱!

"크윽!"

다들 놀라 눈이 휘둥그레졌다. 자객 하나가 손을 부여잡으며 뒤로 물러나고 있었다. 그의 손에서는 피가 철철 흘렀다. 손가락이 잘린 것이다. 금철휘의 손가락을 자르지 않고 동료의 손가락을 자른 자객은 너무 당황해 몸이 순간적으로 살짝 굳었다. 금철휘는 그렇게 빈틈을 온몸으로 내보이는 자를 가만두지 않았다.

빠악!

금철휘의 주먹이 자객의 명치를 깊이 파고들었다. 자객은 입에서 피를 토하며 그대로 주저앉았다. 그리고 금철휘는 뒷머리를 벅벅 긁었다.

"그냥 따라가려고 했더니 일이 꼬였네. 뭐, 어차피 어디 있는지 다 아니까 상관없지만 그래도 좀 아쉽군."

하지만 멀거니 서서 손가락이 잘리는 걸 구경만 할 수는 없지 않은가. 그리고 어차피 처음부터 이곳에 오는 자들을 박살내려고 했으니 달라질 건 없었다.

금철휘는 목을 이리저리 꺾으며 앞에 선 일영을 쳐다봤다.

"내가 왜 장소를 여기로 골랐는지 알아?"

일영은 금철휘의 얼굴에 맺히는 미소가 너무나도 섬뜩했다. 그리고 금철휘의 몸에서 풍기는 분위기는 그보다 더 무서웠다. 아무런 기세를 내뿜지도, 또 기운을 보여 주는 것도 아닌데도 그랬다.

"여기서 싹 죽이면 무슨 일이 벌어진 건지 아무도 알 수 없거든. 그게 설사 천하제일의 정보력을 가진 사해방이라고 해도 말이야."

말이 끝남과 동시에 금철휘가 발을 굴렀다.

텅!

발을 굴렀음에도 배는 조금도 흔들리지 않았다. 대신 배 주변에서 뭔가가 불쑥불쑥 솟아났다. 검은 옷을 입은 시체들이었다.

일영의 얼굴이 시꺼멓게 죽었다. 지금 떠오른 열 구의 시체는 물속에 숨어 있던 자객들이었다. 고작 진각 한 번에 열 명이 죽은 것이다. 그것도 물속에 숨어 있던 자들이 말이다.

"저, 정보는 이렇지 않았는데……."

정보가 잘못되어도 너무 잘못됐다. 금철휘에 대한 정보는 금룡장의 소장주라는 것 외에는 맞는 것이 하나도 없었다. 특히 그가 이렇게 대단한 무공을 익혔다는 사실은 전혀 정보에 없었다.

'아, 알려야 돼!'

그것이 일영이 마지막으로 떠올린 생각이었다. 그 생각을 마지막으로 일영의 목이 허공에 떠올랐다. 열아홉 명의 자객들은 그 광경을 멍하니 바라봤다. 그들은 누구도 금철휘가 움직이는 모습을 보지 못했다. 그저 일영의 머리가 떠오르는 광경만 봤을 뿐이다. 다들 오한이라도 든 듯 몸을 부르르 떨었다.

촤아악!

금철휘를 중심으로 기의 파문이 일며 열여덟의 목이 날아가 버렸다. 살아남은 사람은 손목이 잘려 엉거주춤하게 몸을 구

부리고 있던 자객 한 명이었다. 그의 눈이 경악으로 찢어질 듯 커졌다.

"귀갑륜(龜甲輪)?"

자객은 믿을 수 없다는 듯 금철휘를 바라봤다. 귀갑륜이라는 말은 그의 유언이 되었다. 그의 목이 떨어져 바닥을 데구르르 굴렀다.

"아직도 알아보는 사람이 있네. 하긴, 정보조직에 있는 놈이니까."

금철휘는 몸을 훌쩍 날려 일영이 타고 왔던 배에 가볍게 올라섰다. 그리고 자신이 탔던 배를 향해 슬쩍 손을 휘저었다.

화륵!

뜨거운 기운이 쏟아져 나가 배에 불을 붙였다. 미리 기름까지 싣고 왔기에 배는 금세 화염에 휩싸였다. 금철휘는 호수를 향해 슬쩍슬쩍 손짓을 했다. 그때마다 호수 위에 떠오른 시체들이 휙휙 날아 불타는 배의 갑판에 떨어졌다.

"이러면 증거는 안 남을 거고……"

귀갑륜은 혈룡귀갑대주만이 썼던 무공이다. 그것도 대원들이 다 죽은 뒤에 몰려드는 다수의 적을 상대로 썼다. 그렇기 때문에 이 무공 자체가 혈룡귀갑대주를 의미하곤 했다. 흔적 자체가 남지 않는 편이 좋았다.

"그래도 감이 괜찮네. 오랫동안 안 써서 잘 안 될 줄 알았더니."

금철휘는 만족스럽게 빙긋 웃고는 배의 선수에 서서 하늘을 한 번 올려다봤다. 옛 무공을 써서 그런지 동료들의 얼굴이 하나하나 떠올랐다.

금철휘는 한동안 그렇게 서서 하늘을 바라보다가 이내 고개를 바로 해 앞을 쳐다봤다. 그러자 배가 서서히 움직였다. 노를 젓는 사람도 없고 바람도 약한데 마치 누군가 뒤에서 밀기라도 하는 것처럼 매끄럽게 수면 위를 미끄러져 갔다.

금빛으로 물들었던 저녁놀이 이제는 어둠으로 변해 호수 위에 드리워졌다. 안개가 호수 위에 넘실넘실 피어올랐다. 금철휘가 탄 배는 그렇게 어둠과 안개가 만들어 낸 장막 속으로 스며들었다.

*   *   *

"금룡장의 소장주가 독단적으로 나섰다니. 역시 금룡장은 금룡장이야."

위운양은 조용히 서류를 정리한 뒤 자리에서 일어났다. 추일객잔의 별채는 그의 마음에 쏙 들었다. 특히 그 은밀함이 가장 마음에 들었다. 별채 근방에는 누구도 얼씬하지 않았다. 또한 별채 주위에는 특별한 장치가 되어 있어 누구든 다가오면 큰 소리가 나도록 되어 있었다.

은밀한 정보를 주로 다루는 사해방 동령주가 머물기에 이보다 더 좋은 장소는 없었다. 마치 정보조직의 수장을 위해 만들어 놓은 듯하지 않은가.

"그나저나 슬슬 일영이 돌아올 때가 되었는데……."

금룡장의 소장주가 오늘 뱃놀이를 간다는 정보를 입수한 뒤 얼마나 기뻐했는지 모른다. 그리고 혹시 함정이 아닐까 다각도로 조사하고 확인했다. 하지만 함정일 가능성은 거의 없었다. 그래서 다급히 일영을 보냈다. 그가 데려온 자객들을 몽땅 딸려서 말이다. 아마 일영은 조만간 목숨이 붙은 상태의 금철휘를 자신 앞에 대령할 것이다.

"여러모로 쓸모가 있겠지. 금룡장주를 한 번쯤 흔들어줄 수도 있고 말이야."

금철휘 때문에 금룡장주가 자신의 이권을 포기할 거라고는 전혀 생각하지 않았다. 금룡장쯤 되는 거대한 가문을 이끄는 자라면 자식에 대한 정과 가문의 운영은 별개로 치부한다. 자식의 목숨이 경각에 달렸다 한들 가문에 위해가 가는 일을 할 리 없다.

하지만 자식의 죽음이나 고통을 목전에 두면 마음이 흔들리는 건 어쩔 수 없다. 그 빈틈을 파고들면 생각지도 못한 수가 생겨날 수도 있었다. 그리고 위운양의 입장에서 그 정도면 아주 충분했다.

위운양은 금철휘에 대한 정보를 떠올렸다. 금룡장쯤 되면 사해방에서도 특별 관리 대상이다. 상당한 시간과 인력을 들여 자세히 조사하기 마련이다.

사해방이 조사한 것은 혈룡귀갑대주의 영혼으로 바뀌기 직전의 금철휘였다. 그래서 위운양은 이곳에 온 뒤로 금철휘에 대해 추가로 조사를 할 수밖에 없었다. 사해방의 정보가 맞지 않으니 어쩔 수 없는 일이었다.

"딱 한 가지가 마음에 걸리는군."

금철휘가 단기간에 살을 엄청나게 뺐다는 정보가 계속 마음에 걸렸다. 그냥 살을 뺀 정도가 아니라, 아예 다른 사람이 된 듯했다. 위운양은 어쩌면 정말로 다른 사람일 수도 있다는 생각을 했다. 물론 주변 반응과 금룡장주의 반응까지 다 조사하면서 실제 금철휘일 확률이 높아졌지만, 그래도 만에 하나의 가능성을 버리지 않았다.

그 외에는 걸리는 점이 하나도 없었다. 사해방의 정보와 다르게 무공을 익혔을지도 모른다는 점과 소문과는 많이 다른 인물이라는 점 등, 새로 추가된 정보들은 걸리는 점이 하나도 없었다.

"너무 늦어지는군."

벌써 밤이 깊었다. 이러다가 새벽이 되어도 돌아오지 않을 듯했다. 저녁이 되기 직전에 나갔으니 지금쯤이면 이미 돌아왔어야 한다. 위운양은 문득 불길한 예감이 들었다.

"설마…… 실패한 건 아니겠지?"

위운양은 고개를 저었다. 실패라니, 말도 안 된다. 일영이 어떤 인물인가. 무공이면 무공, 은신이면 은신, 어느 하나 떨어지는 부분이 없었다. 더구나 머리도 뛰어나 설사 함정이 펼쳐져 있더라도 쉽사리 당할 인물이 아니었다.

시간은 계속 흘러갔다. 밤이 지나 새벽이 왔고, 어느새 동이 트기 시작했다. 위운양은 인정하기 싫은 현실을 인정할 수밖에 없었다. 일영이 실패한 것이다.

"어찌…… 어찌 이럴 수가 있단 말인가. 일영이 어떤 사람인데!"

위운양은 비틀거렸다. 어쨌든 일은 벌어졌다. 일단 수습이 먼저다. 금철휘를 제거했거나 잡아와 회유라도 했다면 일이 훨씬 쉬워졌겠지만, 이제는 훨씬 복잡해졌다.

"금룡장이 직접 나섰나?"

그렇게 생각할 수밖에 없었다. 위운양은 어금니를 꽉 물었다. 일곱 가문이 한창 움직일 준비를 하고 있을 것이다. 하지만 이대로라면 힘 한 번 못 써보고 끝난다. 금룡장이 나섰는데, 아무런 방비 없이 정면으로 부딪히면 깨지는 게 당연하지 않은가.

물론 일곱 가문에 대해 위운양이 걱정하는 바는 전혀 없다. 어차피 소모품이었다. 그들은 그저 쓰고 버릴 패에 불과했다. 하지만 이렇게 허무하게 버리기에는 너무 아까웠다. 그들의 움직임에 맞춰 뭔가 행동을 취해야만 했다.

"젠장. 난감하군."

문제는 일영이 없다는 점이었다. 일영을 대신할 그림자를 불러와야 하는데, 가장 가까운 곳의 그림자를 부른다 하더라도 최소한 사흘은 걸린다. 그것도 최대한 무리해서 서둘렀을 때 필요한 시간이다.

　그나마 다행인 점은 만혈괴의를 위운양이 직접 다루고 있다는 것이었다. 그가 세운 계획에서 가장 중요한 역할을 맡은 것이 바로 만혈괴의다. 만혈괴의를 통해 계획의 시기를 조금씩 조절할 수 있으니 완전히 시기가 비틀리는 건 막을 수 있을 터였다.

　"만혈괴의를 불러야겠어."

　위운양이 그렇게 결심하고 있을 때, 만혈괴의는 이미 금룡장 내에서 백검화를 만나고 있었다. 화예지와 더불어 사해방을 끌어들일 계획을 완벽하게 짠 백검화와 말이다.

제9장
무덤을 찾는 사람들

"놀랍군. 정말 주화입마를 말끔히 고친 거요?"

백검화가 빙긋 웃으며 고개를 끄덕이자, 만혈괴의는 경악한 표정으로 고개를 저었다. 정말 믿을 수가 없었다. 당시 백검화의 상세는 정말로 지독해서 절대 살아날 가능성이 없었다. 지금도 사실 만나러 오면서 반신반의했다.

백검화가 멀쩡히 움직인다는 소문을 듣긴 했지만 당시 만혈괴의가 확인한 상세를 생각하면 그건 불가능한 일이었다. 한데 막상 만나 보니 마치 원래부터 주화입마 근처에도 가본 적 없는 사람 같지 않은가.

"대체 누가 그 심각한 상세를 이렇게 말끔히 고쳤단 말이오? 누군지 혹시 말해줄 수 있소?"

백검화는 단호히 고개를 저었다.

"아무에게도 말씀드리지 않기로 약속했어요. 다만 우리 공자님께서 신경을 많이 써주셨다는 것만 말씀드릴게요."

만혈괴의는 침음을 삼키며 고개를 끄덕였다. 금철휘가 신경을 많이 썼다는 것은 돈을 많이 들였다는 것이리라. 금룡장의 소장주가 신경 쓸 정도의 돈이라면 과연 얼마나 될지 상상조차 할 수 없었다.

'적어도 금 삼천 냥 정도와는 비교도 할 수 없을 정도로 많겠지.'

만혈괴의의 눈에 살짝 탐욕의 빛이 어렸다 사라졌다. 어차피 금룡장이 사해방에 넘어가면 이곳의 관리는 자신이 맡게 되어 있다. 관리하면서 부스러져 떨어지는 돈만 챙겨도 아마 금 수만 냥은 될 것이다.

"주화입마도 아닌데 굳이 날 만날 이유가 있었소?"

"혈룡귀갑대의 무덤을 찾으신다고 들었어요."

만혈괴의가 눈을 빛냈다. 이제 백검화를 엮을 차례였다. 사실 백검화가 혈룡귀갑대의 무덤에 대해 아는지 모르는지는 상관없었다. 그녀를 이용해 금룡장을 끌어들이기만 하면 된다.

"알고 있소?"

"제 질문에 먼저 답해주시면 알려 드리죠."

"말해보시오. 내가 아는 거라면 뭐든 말해줄 테니."

백검화는 반짝이는 눈으로 만혈괴의를 바라보며 물었다.

"대체 제가 무덤에 대해 안다는 사실을 어떻게 아신 거죠?"

만혈괴의는 순간 뭔가 얘기가 이상하게 돌아간다는 것을 느꼈다. 백검화의 말투는 마치 그녀가 정말로 혈룡귀갑대의 무덤에 대해 알고 있는 것 같지 않은가.

"말해주실 수 없으신가요?"

만혈괴의는 잠시 망설였다. 거짓으로 말할 수도 있지만 백검화를 속이기가 쉽지 않을 것 같았다. 뜸을 잔뜩 들인 만혈괴의는 결국 입을 열었다. 백검화가 대체 뭘 알고 있는지 너무나 궁금했다.

"사해방이오. 그들로부터 들었소."

"역시 그렇군요."

백검화가 고개를 끄덕였다. 그렇게 배후를 다시 한 번 확인했고, 또 그러면서 만혈괴의가 함부로 의심하지 못하도록 연막을 한 번 쳤다.

"저도 간단히 말씀드리죠. 그래요. 그들의 무덤에 대해 알고 있어요."

만혈괴의는 표정을 관리하느라 무진 애를 썼다. 자신이 예상했던 것과는 너무나 달랐지만, 생각지도 못했던 대어를 낚은 기분이었다. 혈룡귀갑대의 무덤이 실존한다니. 너무나 흥분되었다.

하지만 만혈괴의는 백검화가 거짓을 말할 가능성도 염두에 뒀다. 지금 달려들어서 일을 벌였다가 만일 아니라면, 나중에 동령주로부터 무슨 일을 당할지 알 수 없었다. 동령주는 무서운 사람이었다.

"역시. 하지만 이거 난감하게 되었소. 난 그대의 주화입마를 치료하면서 대가로 정보를 얻을 셈이었는데, 그게 불가능해져 버렸으니……."

"제 말의 진위는 따지지 않으실 건가요?"

백검화가 생긋 웃으며 하는 말에 만혈괴의는 입맛만 다셨다. 불감청이언정 고소원이다. 그 말이 진짜라면 증거를 대라고 말하고 싶은 마음이 하늘에 닿아 있지만, 실제로 그 말을 꺼낼 수가 없었다.

"무덤이 생각보다 초라하더군요."

입안이 바짝바짝 말랐다. 만혈괴의는 백검화의 말에 온 신경을 집중했다. 한 마디도 놓칠 수 없었다. 하지만 백검화는 더 이상 입을 열지 않았다. 결국 참다못한 만혈괴의가 먼저 물었다.

"무덤에 가봤단 말이오? 정말 그들의 무덤인 것이 확실하오?"

"이미 그걸 알고 오신 거 아니었나요?"

"솔직히 말하자면 반신반의했었소."

백검화가 빙긋 웃으며 고개를 끄덕였다.

"그러실 것 같았어요."

만혈괴의가 침을 꿀꺽 삼켰다.

"한데 왜 내게 말해주는 거요? 솔직히 금룡장과 손을 잡고 움직이는 편이 훨씬 나을 텐데."

"신의께서 말씀하셨잖아요."

"내가? 뭘 말이오?"

"사해방 말이에요."

만혈괴의는 무릎을 쳤다. 그리고 새삼스러운 눈으로 백검화를 바라봤다. 처음에는 그냥 반반하고 무공만 강한 여자라고 생각했는데, 지금 보니 그게 아니었다.

"그러니까 사해방을 끌어들여서 정보를 통제하겠다는 말이로군. 내 말이 맞소?"

"정확히 보셨어요."

만혈괴의가 난감한 표정을 지었다.

"그들을 끌어들이는 건 문제가 아니지만, 뚜렷한 증거가 없다면 그들은 함부로 움직이지 않을 거요. 그저 무덤의 위치를 말하면 좋겠지만……."

만혈괴의는 그렇게 말하며 백검화의 눈치를 살폈다. 그리고 역시나 하며 쓴웃음을 지었다. 사해방을 끌어들여 정보 통제를 계획하는 사람에게 무작정 무덤의 위치를 알려 달라는 말이 통할 리 없었다.

'하지만 그 정도로 철저하다면 뭔가 그들을 움직일 만한

것을 가지고 있지 않을까?'

만혈괴의는 기대에 찬 눈으로 백검화를 바라봤다. 백검화는 마치 그의 마음을 속속들이 들여다보고 있다는 듯 미소지으며 작은 책자 하나를 내밀었다. 그것을 본 만혈괴의의 눈에서 광망이 번득였다.

"이것은……!"

제목도 없는 책자였다. 하지만 만혈괴의는 그것을 보자마자 심장이 거세게 뛰었다. 책의 상태 때문이었다. 땅에서 파낸 것처럼 흙으로 인한 얼룩이 잔뜩 있었다. 물어보지 않아도 어디서 난 물건인지 알 수 있었다. 그는 떨리는 손으로 책자를 받아 들었다.

"혹시 뭔지 아시겠어요?"

백검화의 말투는 정말 몰라서 묻는 것인지, 아니면 만혈괴의를 시험하려고 하는 것인지 알 수 없게 모호했다. 만혈괴의는 조심스럽게 책자를 넘겼다. 이내 그의 눈에서 기광이 번득였다. 무엇인지 대번에 안 것이다.

"귀갑공?"

"아시는군요."

"이, 이걸 거기서 구한 거요?"

"맞아요. 여러 권이 있었는데, 그 중 하나만 가져온 거예요. 다들 하나씩 갖고 있는 거 같더군요. 물론 다 살펴보진 않았지만."

비급을 쥔 만혈괴의의 손이 덜덜 떨렸다. 이건 진짜였다. 귀갑공은 혈룡귀갑대와 함께 완전히 사라진 무공이다. 이것이 다시 나왔다는 건 백검화가 정말로 그들의 무덤을 알고 있다는 명확한 증거였다.

"내가 이걸 가져가도 되겠소?"

"물론이에요. 설마 익히시려는 건 아니죠?"

"당연히 아니오. 나도 귀갑공의 약점 정도는 알고 있소."

만혈괴의는 부랴부랴 자리에서 일어났다. 더 이상 여기서 낭비할 시간이 없었다. 어서 동령주를 만나 귀갑공의 비급을 보여줘야만 한다. 그 뒤는 동령주가 알아서 할 것이다.

'혈룡귀갑대의 무덤이라……'

만혈괴의의 입가에 탐욕스런 미소가 떠올랐다. 혈룡귀갑대의 무덤을 차지할 수 있다면 향후 무림의 지배자가 되는 것도 꿈은 아니리라. 물론 사해방과 나눠야 할 꿈이었지만 말이다.

"시간이 없으니 이만 돌아가겠소. 조만간 다시 연락을 하겠소이다."

"멀리 가지 않겠어요."

만혈괴의는 부리나케 밖으로 나갔다. 그리고 백검화는 그의 뒷모습을 의미심장한 눈으로 바라봤다.

만혈괴의는 곧장 추일객잔으로 달려갔다. 사실 금향각의 이목을 생각해 절대 함부로 오지 말라는 동령주의 명이 있었지만 만혈괴의는 그것을 무시했다. 이번 일에 한해서는 그쯤 무시해도 상관없다고 판단했다.

추일객잔에 들어간 만혈괴의는 바로 동령주가 있는 별채로 향했다. 하지만 채 그곳에 진입하기도 전에 걸음을 멈춰야 했다. 무사 두 명이 나타나 길을 막은 것이다. 그들은 사해방의 무사들이었다. 동령주를 호위하기 위해 특별히 뽑아 키운 호위무사였다.

만혈괴의는 답답함에 바로 무공을 썼다. 그의 몸이 흔들리는가 싶더니 푹 꺼져 버렸다. 비록 호위무사들의 실력이 상당하다지만 만혈괴의에 비할 바 아니었다. 고작 두 명으로는 만혈괴의를 막을 수 없었다.

만혈괴의가 별채로 진입했다. 최대한 몸을 가볍게 해서 달렸지만 별채 주변의 특별한 구조로 인해 큰 소리가 안으로 울렸다. 만혈괴의는 귓가에 울리는 굉음에 깜짝 놀랐다. 하지만 신형이 흐트러지지는 않았다. 그 정도로 만혈괴의의 무공이 뛰어났다.

"령주! 내가 왔소!"

만혈괴의는 일단 자신이 왔다는 것을 소리쳐 알렸다. 딴 맘을 먹고 온 게 아니라는 것을 알려야만 했다. 만혈괴의 앞에 열 명의 무사들이 솟아났다. 만혈괴의의 몸이 연기처럼 흔들렸다. 그리고 호위무사들 사이로 스며들 듯 빠져나갔다. 아니, 그러려고 했다.

쩌정!

만혈괴의는 인상을 찡그리며 뒤로 물러났다. 두 명은 뚫었지만 열 명을 뚫을 수는 없었다. 이들은 상당히 특이한 무공을 익혀 여럿이 모일수록 더 빈틈없고 강했다.

'일단 기다리는 수밖에 없군.'

호위무사들은 섣불리 덤벼들지 않고 자리를 지켰기에 만혈괴의도 그저 움직이지 않는 것만으로 상황을 일단락시킬 수 있었다.

잠시 후, 동령주가 전각 안에서 나왔다. 그의 표정은 딱딱하게 굳어 있었다.

"감히 내 명을 어겨? 네가 더 이상 살고 싶지 않은 모양이구나."

"령주! 그게 아니오! 내 말을 들으면 내가 왜 이랬는지 충분히 수긍할 것이오!"

만혈괴의의 다급한 말에 위운양은 냉소를 지었다. 마음 같아선 당장이라도 목을 잘라 버리고 싶지만, 일단 왜 이렇게 급히 달려왔는지는 들어볼 생각이었다.

위운양이 호위무사들에게 눈짓을 보냈다. 어쨌든 만혈괴의를 만날 생각이긴 했다. 일의 진행을 늦춰 시기를 맞춰야 하니 말이다. 이렇게 된 김에 그것까지 처리하면 괜찮을 듯했다.

호위무사들이 순식간에 그림자 속으로 녹아들어 갔다. 만혈괴의는 그제야 안도하며 위운양에게 다가갔다. 위운양은 차가운 눈으로 그런 만혈괴의를 쳐다봤다.

사실 만혈괴의의 무공이 대단하긴 하지만 위운양은 얼마
든지 그를 상대할 자신이 있었다. 물론 이긴다고 장담할 수
는 없지만 호각 이상이 될 것이라 예상했다. 그 정도면 충분
하다. 호위무사들이 올 때까지 시간만 끌면 결국 자신이 이길
테니까 말이다.

그렇기에 만혈괴의가 다가와도 별다른 위협을 느끼거나 하
지 않아 그냥 내버려뒀다.

"이제 얘기해 봐라. 과연 어떤 대단한 얘기를 가지고 왔기에
사해방의 동령주인 내가 수긍할 거라고 했는지 궁금하기 짝
이 없구나."

사해방의 동령주는 수많은 정보를 주무르는 위치에 있다.
당연히 웬만한 걸로 그를 놀라게 할 수는 없을 것이다. 위운
양은 일단 코웃음을 칠 준비를 했다. 만혈괴의가 무슨 말을
하건 자신은 그리 할 것이라 믿었다.

하지만 만혈괴의는 아무 말도 하지 않았다. 그저 품에서
작은 책자 하나를 꺼내 내밀었을 뿐이다. 위운양은 눈살을
찌푸리며 그것을 획 낚아챘다. 그리고 잠시 후 그의 표정이 처
음 만혈괴의가 비급을 봤을 때와 똑같이 변했다.

"이, 이걸 대체 어디서 구했느냐!"

"이제 제가 왜 이렇게 다급히 달려왔는지 수긍하시겠소?"

"알았으니 빨리 말해 봐라! 대체 어디서 났느냐!"

"백검화가 가지고 있었소."

"백검화?"

위운양의 표정이 묘하게 일그러졌다. 이건 공교로워도 너무 공교롭지 않은가. 그들은 백검화를 이용해 금룡장에 대한 일을 도모하려고 했다. 한데 딱 백검화를 이용할 시점에 귀갑공이 그녀에게서 튀어나오다니, 마치 일부러 아귀를 짜 맞춘 것 같지 않은가. 너무 딱딱 맞아떨어지니 오히려 더 어긋난 느낌이다.

"상황이 너무 작위적이지 않나?"

위운양의 물음에 만혈괴의가 한 발 뒤로 슬쩍 빠졌다.

"난 거기까지는 모르오. 그런 판단은 령주가 하시오."

확실히 일리가 있는 말이라 위운양은 고개를 끄덕이고 말았다. 그리고 심각한 표정으로 계산에 들어갔다. 공교롭다. 너무나 공교로워서 마치 일부러 함정이라고 알려 주는 것 같다. 하지만 그냥 모른 척하기엔 귀갑공이라는 비급이 말해주는 의미가 너무 명확하다.

"백검화가 이걸 주면서 뭐라고 하더냐?"

"사해방의 능력으로 정보를 차단해 달라고 했소."

위운양이 고개를 끄덕였다. 당연한 얘기다. 그게 아니었다면 굳이 사해방을 끼워줄 이유가 없으니까.

'하긴, 어쩌면 정말로 우연일 수도 있겠군.'

사실 위운양이 이번 계획을 세우지 않았다면 굳이 백검화에게 관심을 기울일 필요도 없었다. 위운양은 백검화의 제자가 금룡장과 관계를 맺었다는 말에 이번 계획을 세웠다.

한데 백검화의 입장에서 보면 사해방이 그녀의 비밀을 알게 된 거나 다름없으니 끌어들일 수밖에 없는 상황이 된 것이다.

"공교롭군. 너무나 공교로워."

계획과 계획이, 또 계책과 계책이 절묘하게 맞물렸다. 위운양은 결국 그 절묘한 끈을 잡기로 결정을 내렸다.

'혈룡귀갑대의 무덤이라……'

위운양의 눈이 몇 번이나 번득였다. 만일 자신이 온전히 그것을 얻을 수 있다면, 더 이상 사해방주 앞에서 설설 길 필요가 없다. 그리고 앞으로 서령주와 괜한 기싸움을 할 필요도, 또 경쟁할 필요도 없다.

'모든 게 내 것이 될 테니까.'

동령주의 입가에 잔혹한 미소가 맴돌았다.

*   *   *

"고기가 제대로 미끼를 물었어요."

화예지는 흥분한 기색을 감추지 못했다. 화예지뿐 아니라 다들 마찬가지였다. 천하의 사해방을 그들이 물 먹일 수 있다는 생각에 정신을 차릴 수 없었다.

모두가 그렇게 흥분한 와중에도 금철휘는 여전히 냉정을

유지했다. 솔직히 금철휘에게 사해방은 그리 대단한 조직이 아니었다. 금철휘는 시큰둥한 어조로 말했다.

"사해방 뒤를 캐 보라는 건 어떻게 됐어?"

화예지는 당황스런 얼굴로 금철휘를 바라봤다. 사실 이번 일이 너무 부담스러워 다른 건 시작도 못했다. 사해방을 끌어들이는 일을 하고 있는데 그 뒤를 캘 이유가 없다고 판단하기도 했고 말이다.

"쯧쯧, 이번 일만 하고 금향각 접을 거야?"

화예지는 슬며시 시선을 피했다. 할 말이 없었다. 이번 일이 중요하긴 하지만 그게 전부는 아니다. 사해방을 넘어서려면 확실히 사해방을 알아야 한다. 그리고 최근 사해방과 관계되어 조금 이상한 기류가 감지되었다. 이 모든 것이 작정하고 사해방을 파고들었기에 얻은 성과였다.

"무덤 만드는 건 어떻게 됐어?"

"돈을 쏟아 부었어요. 하지만 확실히 하기 위해서 이틀은 더 있어야 돼요."

금철휘가 백검화를 쳐다보자, 백검화가 고개를 끄덕였다.

"이틀 동안 시간을 끌어 볼게요."

"좋아. 뭔가 착착 진행되는 것 같아서 기분이 좋군."

금철휘는 그렇게 말하며 화예지의 다섯 호위인 오화에게로 시선을 돌렸다. 오화는 즉시 고개를 끄덕이며 말했다.

"저희도 준비가 끝났어요. 다섯 개의 정보조직을 수배했어요. 의뢰를 통해 자연스럽게 얽힐 거예요."

금철휘가 씨익 웃었다.

"우리에게 써먹으려던 걸 역으로 당하면 어떤 느낌일지 궁금한데? 나중에 꼭 표정을 확인해야지."

세부 사항이 논의되었다. 사실 별 건 없었다. 화예지가 워낙 치밀하게 계획을 세웠기 때문에 거의 손댈 곳이 없었다. 그렇게 모든 논의가 끝날 무렵, 화예지는 문득 궁금증 하나가 떠올랐다.

"참, 끈을 끊겠다고 했잖아요? 그건 어떻게 되었죠?"

사실 화예지는 금철휘가 서호로 뱃놀이를 나갔다는 사실을 알고 있었다. 또한 사해방의 자객들이 잔뜩 움직인 것도 파악했다. 한데 그 이후로 자객들은 모습을 감췄고, 금철휘는 멀쩡히 돌아다니고 있다. 분명히 뭔가를 하긴 했는데, 그게 뭔지 아직도 파악하지 못했다.

"어떻게 되긴 뭘 어떻게 돼? 끊었지."

"끊어요?"

화예지가 재차 확인하자 금철휘가 귀찮다는 듯 손가락으로 자신의 목을 슥 그었다. 다 죽였다는 뜻이다.

"어떻게요? 특별히 함정을 파지는 않은 것 같았는데……."

금철휘가 화예지를 쳐다보며 살짝 묘한 표정을 지었다. 대체 지금 제정신이냐는 듯했기에 화예지가 발끈했다. 하지만 표정만 변했을 뿐 말로 화를 내지는 않았다.

"너 아직 모르는구나? 나 무공 익힌 사람이야."

백검화를 제외한 모두가 어처구니없는 표정으로 금철휘를 바라봤다. 무공을 익히고 말고가 중요한 게 아니지 않은가.

"무공은 저도 익혔어요. 하지만 그 상황에서 저 혼자였다면 결코 그들을 다 죽일 수 없었을 것 같은데요?"

"그야 당연하지."

"그럼 어떻게 하신 건데요?"

"너야 약하니까 안 되는 게 당연하고. 난 강하니까 가능한 거고."

금철휘의 당당한 말에 다들 혼란스러운 표정을 지었다. 금철휘의 말이 거짓인지 진짜인지 이제는 알 수가 없었다. 확인하는 건 간단하다. 그냥 덤벼 보면 안다. 하지만 아무도 그걸 행동으로 옮기지 않았다. 후환이 너무나 두려웠기 때문이다.

'대체 강한 거야? 아니면 약한 거야?'

그들은 문득 금철휘에 대해서 아는 것이 정말로 없다는 생각이 들었다. 확실한 것은 금철휘가 말도 못할 정도로 부자라는 사실 하나뿐이었다.

"혹시 혈룡귀갑대의 무공 중에서 귀갑공 말고 또 구한 게 있나요?"

한서연의 질문에 다들 눈을 빛내며 금철휘를 바라봤다. 만일 있다면, 그래서 금철휘가 그것을 익혔다면 모든 것이 꿰맞춰진다. 모두의 시선을 받은 금철휘가 시큰둥하게 말했다.

"왜? 있으면 익히려고?"

다들 눈이 휘둥그레졌다.

"설마 있나요?"

금철휘는 씨익 웃으며 모두를 둘러봤다. 그야말로 의미심장한 미소였다. 그 미소를 남기고 자리에서 벌떡 일어나더니 밖으로 훌쩍 나가 버렸다.

다들 멍하니 그 뒷모습을 바라봤다. 그리고 가장 먼저 정신을 차린 아칠이 금철휘를 부르며 쫓아 나갔다.

"공자님! 공자니임! 절 버리고 가지 마세요! 거기 서시라니까요!"

아칠까지 밖으로 나가자, 방안에는 침묵이 감돌았다. 모두의 눈에 다시 혼란이 깃들었다. 정말이지 종잡을 수 없는 사람이고, 알 수 없는 사람이었다.

*　　　*　　　*

일단의 사람들이 은밀하게 이동하고 있었다. 서른한 명으로 구성된 무리였는데, 빽빽한 숲을 마치 평지를 달리듯 거침없이 움직였다. 한창 달리다가 선두에 선 사람이 서서히 속도를 줄였다. 그리고 이내 멈췄다.

"이쯤인 듯하군."

무리를 이끄는 사람은 동령주였다. 동령주는 서른 명의 호

위무사들만을 데리고 이곳으로 왔다. 백검화로부터 들은 혈
룡귀갑대의 무덤이 있는 장소였다.

"혈룡귀갑대의 무덤이 천차산에 있을 줄은 몰랐어. 그들이
여기까지 내려왔던가?"

천차산은 절강 남부에 위치한 산이었다. 산세가 험한데다
가 험준한 봉우리가 많아 오르기가 쉽지 않았다. 물론 위운
양이나 그의 호위들에게는 전혀 문제 될 게 없었지만 말이다.

혈룡귀갑대는 전 무림과 싸우며 천하 곳곳을 돌아다녔다.
하지만 그들의 흔적이 남은 곳은 몇 되지 않는다. 또한 사람
들의 기억에 남은 곳도 그리 많지 않다. 그들의 흔적이 전혀
없는 곳이 바로 이곳 절강 남부였다.

"하긴, 그러니 이곳에 무덤을 만들었을 수도 있지."

현재 위운양 일행이 있는 곳은 천차산의 수많은 봉우리 중
금황봉 초입이었다.

"금황봉 중턱에 혈룡귀갑대의 무덤이 있다 이거지?"

위운양의 입가에 미소가 어렸다. 경쟁자가 없으니 너무나
간단히 끝났다. 금황봉 자체가 높고 넓어 찾으려면 시간이 좀
걸리겠지만, 그래도 어렵지 않을 것이다. 백검화의 말에 의하
면 눈에 꽤 잘 띈다고 했으니 말이다.

천차산 자체가 사람이 잘 찾지 않는 곳이고, 그중에서도
금황봉은 천차산에서 가장 깊은 곳에 위치하기에 더더욱 찾
아오는 사람이 없었다. 그래서 지금까지 발견되지 않았으리

라.

"조금 쉬었다가 올라가자. 여기서 충분히 기력을 회복해라. 향후 무덤을 찾기 전까지는 절대 쉴 생각이 없으니까."

위운양의 말에 무사들이 즉시 주저앉아 운기조식을 시작했다. 근처에 아무런 기척도 없었기에 망설임이 없었다. 위운양은 가만히 서서 혹시 모를 사태에 대비했다.

'그나저나 백검화 그 계집도 보통이 아니야. 아니, 어쩌면 그 뒤에 누군가가 있을지도 모르겠군.'

백검화가 준비한 것은 상당히 치밀했다. 위운양은 백검화가 금룡장과 손을 잡았을 거라 확신했다. 막대한 돈을 들여 주화입마를 치료해 주었으니 손을 잡는 게 당연하다. 향후 금룡장의 그 거대한 힘을 계속 이용할 수 있으니 백검화에게도 훨씬 유리하고 말이다.

사실 백검화가 할 수 있는 가장 최선의 선택은 위운양과 함께 찾으러 나서는 것이었다. 하지만 거기에도 맹점이 존재한다. 위운양이 무덤을 발견한 뒤 백검화를 제거해 버리면 그만이다. 물론 위운양은 절대 그러지 않을 거라고 말했지만 그 역시 자신의 말을 백검화가 믿을 거라고 생각하지 않았다.

백검화의 요구는 세 가지였다.

첫째는 무덤에서 찾은 무공 중 열 개였다. 어떤 무공을 선택할지는 백검화가 정하기로 했다.

둘째는 사해방의 정보였다. 동령주의 명령권을 이용해서 총 열 개의 정보를 마음껏 조사할 수 있는 권한을 원했고, 위운양은 흔쾌히 허락했다. 단, 세 달 안에 그 열 가지를 모두 써야만 한다.

정보는 쓰임에 따라, 또 상황에 따라 엄청나게 큰 무기가 된다. 그런 면에서 백검화는 정말로 훌륭한 협상을 해냈다고 할 수 있었다.

마지막 세 번째는 일종의 안전장치였다. 백검화는 위운양이 움직일 수 있는 대부분의 돈을 담보로 잡았다. 이는 실로 막대한 금액이었다. 두 가지 조건을 완수하는 시점에 고스란히 되돌려 주기로 했지만 그 자체로 위운양에게는 타격이 될 수밖에 없었다.

하지만 위운양은 그조차 받아들였다. 그만큼 혈룡귀갑대의 무덤은 매력적이었다. 만일 정말로 무덤을 찾게 된다면 백검화에게 맡긴 돈 따위 그냥 줘 버려도 상관없었다.

"하여튼 까다로운 계집이었어."

위운양의 입가에 음흉한 미소가 맴돌았다. 돈 따위 아무것도 아니다. 위운양은 약속을 제대로 지킬 생각이 없었다. 물론 지키는 척은 할 것이다. 무공은 일단 자신이 먼저 보고 넘겨줘도 되는 것만 남길 것이며, 그조차 사본을 만들 것이다.

정보는 그냥 줘도 된다. 하지만 세 달이나 기다릴 생각은 전혀 없었다. 그 안에 금룡장을 차지할 것이고, 그렇게 되면 자금 문제는 전혀 걱정할 필요가 없게 된다. 위운양은 모든 것이 자신의 생각대로 될 것이라 믿어 의심치 않았다.

무사들이 하나둘 눈을 떴다. 운기조식이 끝난 것이다. 위운양은 말없이 산 위로 향했다. 무사들은 눈을 번득이며 위운양의 뒤를 따랐다. 이제 중턱을 헤집는 일만 남았다. 아마 오래 걸리지 않을 것이다. 다들 그렇게 생각했다.

경공을 펼쳐 단숨에 중턱에 오른 위운양은 무사들을 넓게 포진시켰다. 그런 식으로 사방을 주시하며 단숨에 중턱을 휩쓸 생각이었다. 모두 흩어져 각자 찾아볼까 하는 생각도 해봤지만 이내 포기했다. 혹시라도 있을지 모르는 사태에 대비하는 의미도 있었고, 또 위운양이 호위무사들을 완벽히 믿지 못한다는 점도 크게 작용을 했다.

위운양이 지금 호위들을 믿을 수 있는 이유는 고독을 이용해 그들의 목숨을 쥐고 있기 때문이다. 하지만 눈에 안 보이는 곳에서 무슨 짓을 하는지 알 수 없지 않은가. 위운양은 결코 누구도 믿지 않았다. 사해방 동령주가 된 이후로는 더더욱 그러했다.

그렇게 눈을 번득이며 산 중턱을 휩쓸고 다니던 위운양의 눈에 멀리서 움직이는 수십 명의 사람들이 보였다. 위운양은 크게 당황했다. 이곳 금황봉은 사람이 거의 오지 않는 곳이다. 한데 저렇게 많은 사람들이 여기 왜 있단 말인가. 위운양의 뇌리에 불길한 예감이 스쳤다.

위운양은 즉시 몸을 날려 그들에게로 향했다. 그리고 그들과의 거리가 가까워질수록 얼굴이 딱딱하게 굳었다.

'어찌 저들이 이곳에……!'

위운양은 서서히 속도를 줄이다가 움직임을 멈췄다. 이곳에서 만나선 절대 안 될 사람을 만나 버렸다. 말도 섞고 싶지 않았지만 상대방이 위운양을 발견하자마자 반색하며 달려오는 바람에 물러나지도 못했다.

"오오! 이게 누구요! 동령주 아니신가!"

위운양은 떨떠름한 얼굴로 고개를 끄덕였다.

"서령주가 여긴 웬일이오?"

사해방의 서령주는 능글능글한 미소를 지으며 위운양에게 다가갔다. 서령주 뒤에는 서른 명의 무사들이 있었는데, 위운양이 데려온 호위와 비슷한 무사들이었다. 서령주 역시 호위만 데리고 이곳 천차산 금황봉에 오른 것이다.

"묘한 정보 하나를 얻어서 여기 왔소."

위운양의 얼굴이 더욱 심각하게 굳었다.

'설마 백검화가 배신을?'

혈룡귀갑대의 무덤에 대한 정보를 서령주가 얻었다면 출처는 백검화가 될 수밖에 없다. 즉, 백검화는 자신을 상대로 사기를 친 것이다. 아마 서령주에게도 엄청난 대가를 뜯어냈을 것이다.

'정말로 요물이로군. 결코 그냥 둬선 안 되겠어.'

서령주는 동령주의 표정을 보며 의미심장한 미소를 지었다.

"이거 아무래도 방 내에 떠도는 소문이 정말이었던 모양이군."

"소문?"

"동령주께서 방의 일을 제대로 처리하지도 않고 온통 신경이 다른 데 가 있다는 소문이 파다한데 몰랐소?"

위운양은 하마터면 얼굴을 일그러뜨릴 뻔했다. 하지만 정보를 다루는 조직의 수장답게 초인적인 인내로 표정을 관리했다. 위운양은 그게 무슨 말이냐는 듯 의아한 표정을 지었다.

"내가 맡은 바 임무를 다하지 못한 적이 단 한 번도 없는데 대체 왜 그따위 소문이 났는지 모르겠군. 혹시 어떤 놈이 그런 거지 같은 소문을 냈는지 알아내신다면 내게 알려주시오. 사지를 찢어 불에 태워 버릴 테니까."

서령주가 그 말에 묘한 표정을 지었다. 위운양은 지금 자신에게 저 말을 하고 있는 것이다. 그 사실을 알기에 기분이 정말로 더러웠다.

"아무튼 서령주께서 여기까지 직접 오신 이유가 궁금하오. 대체 왜 오셨소?"

"그러는 동령주는 여기에 왜 오신 거요?"

두 사람은 서로를 노려봤다. 기싸움이 시작되었다.

"역시 뭔가 있기는 한 모양이군. 내가 잘못짚지 않았어."

동령주의 표정이 살짝 무너졌다. 백검화가 배신한 줄 알았는데 아니었다. 자신에게 뭔가 빈틈이 있었던 것이다. 항상 자신을 주시하는 서령주이니만큼 빈틈이 있다면 찔릴 수밖에 없다. 만일 입장이 바뀌었어도 마찬가지이리라.

'대체 어디서 빈틈이 생긴 거지?'

동령주는 퍼뜩 한 가지 사실이 떠올랐다. 너무나 커서 메울 수 없는 빈틈. 상상도 못했던 일이기에 대처가 불가능했던 빈틈이 하나 존재했다.

'일영……'

일영과 자객의 실종이 바로 그 빈틈이다. 자객은 몰라도 일영의 부재는 커다란 구멍이 될 수밖에 없다. 서령주는 분명 그 빈틈을 노렸으리라.

위운양은 아직도 일영이 어떻게 되었는지 알지 못했다. 호수 한가운데에서 죽은 뒤 불에 타 재가 되어 버린 일영과 자객들을 찾을 수 있을 리 없지 않은가. 하지만 위운양은 그들이 죽었으리라 추측했다. 금철휘가 파 놓은 함정에 빠져서 말이다.

'생각해 보면 여러모로 이번 항주행은 득보다 실이 많았어. 혈룡귀갑대의 무덤을 제외한다면.'

한데 만일 그조차 차지하지 못하게 된다면 어찌 되겠는가. 일영도 잃고 서른 명의 자객도 잃었다. 거기다가 백검화와의 약속 때문에 저당 잡힌 돈에 열 개나 되는 정보까지. 손해가 막심했다. 아니, 그 정도가 아니다. 자칫하다간 동령주라는 지위 자체를 잃을 수도 있었다.

'다른 건 몰라도 돈 문제는 심각하지.'

금룡장을 삼키는 건 기정사실이었다. 성공을 확신했다. 한데 여기 서령주가 끼어들면 얘기가 달라진다. 위운양은 불안한 마음을 억지로 감추며 서령주를 노려봤다.

"그저 날 방해하려고 여기에 온 거요?"

"아아, 오해요. 내가 왜 동령주를 방해하겠소? 어차피 같은 식구인데. 그저 작은 도움을 줄 수 있을까 해서 와봤을 뿐이오."

서령주는 그렇게 말하며 다시 능글능글한 미소를 머금었다. 위운양은 그 미소가 미칠 정도로 싫었다. 하지만 부글부글 끓는 속을 달래며 어떻게 하면 서령주를 따돌릴 수 있을지 고민했다.

고민은 길지 않았다. 상황이 또 달라졌기 때문이다.

"누군가 산을 오르고 있습니다."

호위 중 하나가 위운양에게 다가가 말했다. 위운양과 서령주는 깜짝 놀라 주위를 둘러봤다. 금황봉은 높고 가파른 만큼 산에서 아래쪽의 풍광이 잘 보였다. 나무가 많아 꿰뚫어 보기 어렵긴 하지만 위운양이나 서령주에게 그런 건 그리 큰 장애가 아니었다.

산을 막 오르는 사람들이 보였다. 십여 명의 사내들이었는데, 하나같이 몸놀림이 범상치 않은 것이 무공을 익힌 자들이 분명했다.

"뭐지?"

이 인적 없는 산에 왜 이렇게 갑자기 사람들이 오른단 말인가. 위운양이 의아한 표정을 짓고 있을 때, 호위무사 중 하나가 손가락으로 어딘가를 가리키며 말했다.

"저기에도 사람이 있습니다!"

옆 봉우리였다. 위운양은 눈을 크게 뜨고는 어딘가로 달려갔다. 서령주가 그 뒤를 따랐다. 위운양이 향한 곳은 사야가 확 트인 장소였다. 커다란 바위가 삐죽 튀어 나와 있어 다른 봉우리를 확인하기 좋은 곳이었다.

그곳에 오른 위운양은 사방을 둘러보며 넋 나간 표정을 지었다. 봉우리마다 사람들이 오르고 있었다. 그것도 금황봉을 중심으로 말이다.

천차산에 있는 모든 봉우리에 사람이 오르는 것은 아니었다. 고작 대여섯 개의 봉우리에 사람들이 우르르 몰려가고 있었다. 하지만 그 대여섯 봉우리의 중심에 금황봉이 있다는 점이 문제였다.

'이게 대체 뭐가 어떻게 된 거지?'

위운양은 정신을 차릴 수가 없었다. 그의 시선이 자연스럽게 서령주에게로 향했다. 오히려 서령주는 그런 위운양의 모습에 어이없는 표정을 지었다.

"뭐야? 정말 왜 이러는 건지 모르는 건가? 천하의 동령주가?"

위운양은 가슴이 철렁 내려앉았다. 설마 정말로 백검화가 배신해서 이곳에 혈룡귀갑대의 무덤이 있다는 사실이 알려졌단 말인가?

"이곳 천차산 중심에서 영약 밭이 발견되었다는 것도 몰랐소?"

"영약 밭?"

"족히 수백 년은 묵은 하수오가 무더기로 발견되었소. 그리고 산삼도 다수가 발견되었고. 소문에 의하면 천 년 이상 가는 동자삼을 본 사람도 있다는데, 알다시피 그런 건 인연이 없으면 구하기 어려운 영약 아니겠소? 저들은 그걸 찾으러 온 것뿐이오."

위운양이 멍한 눈으로 서령주를 바라봤다.

"그럼…… 당신도?"

서령주는 대답하지 않았다. 하지만 듣지 않아도 뻔한 말이다. 서령주는 겸사겸사 왔을 것이다. 영약도 찾아보고, 또 그럴 것이라 예상되는 동령주의 행사를 방해하기 위해 온 것이다. 한데 지금 돌아가는 모양새를 보니 상당히 묘하지 않은가.

"하면 동령주는 여기 왜 오셨소? 영약 문제가 아니라면 이곳 천차산에 뭔가 다른 것이 또 숨어 있다는 뜻이오?"

위운양의 표정이 구겨졌다. 마치 애송이가 된 듯한 기분이었다. 속내를 그대로 들켜버리지 않았는가. 물론 상황이 그런 식으로 흘렀으니 어쩔 수 없는 면이 있었지만 그래도 조금만 조심했다면 충분히 피해 갈 수 있었다.

'백검화를 너무 의심했어.'

백검화를 의심한 것이 첫 번째 패착이다. 생각해보면 백검화는 굳이 이런 식으로 배신할 이유가 없었다. 모두 혈룡귀갑대의 무덤에 지나치게 집착해 평정심을 잃어버렸기 때문에 벌어진 일이다.

위운양은 점점 초조해졌다. 이제 문제의 범위가 서령주에서 다른 곳으로 넘어갔다. 차라리 서령주와 함께 찾으면 낫다. 만일 다른 무인들이 그곳을 찾으면 어찌 되겠는가. 사태는 걷잡을 수 없는 지경으로 치달을 것이다. 그렇게 되면 그야말로 끝장이었다.

고민하던 위운양을 일깨운 것은 온 산을 쩌렁쩌렁 울릴 정도로 커다란 외침이었다.

"으하하하! 심봤다!"

바로 옆 봉우리에서 들려온 소리였다. 목소리에 담긴 내공이 심상치 않았다. 덕분에 위운양은 정신이 번쩍 들었다.

"서령주, 수하를 얼마나 데리고 오셨소? 설마 이곳에 있는 호위가 전부요?"

서령주가 알 듯 말 듯한 미소를 지었다. 그는 지금 위운양이 다급해하는 모습을 즐기며 줄다리기를 시작하려는 중이었다.

"시간이 없소! 일이 잘못되면 당신 때문에 시간을 지체했다는 사실이 방주의 귀에 안 들어갈 것 같소?"

서령주는 비로소 뭔가 분위기가 이상하다는 것을 깨달았다. 평소의 위운양이 아니었다. 서령주는 자세와 표정을 바로 했다.

"금황봉 아래에 백 명의 무사가 대기 중이고, 천차산 입구에 서른 명의 자객이 있소. 또, 천차산 곳곳에 정보원을 파견했고, 그 수가 백 명이오."

위운양은 크게 고개를 끄덕였다. 그 정도면 한 번 해볼 만했다.

"내 말 잘 들으시오. 내 모든 것을 쏟아서 알아낸 정보니까."

그 말을 시작으로 흘러나온 위운양의 말은 서령주를 경악시키기에 충분했다. 또한 왜 위운양이 그토록 다급했는지, 또 자신의 모든 것을 쏟았다고 했는지 이해했다. 이것은 충분히 그 정도 가치가 있는 정보였다.

"문제는 이곳 천차산에 들어온 무림인들이오. 그들을 막아야만 하오. 그들이 먼저 무덤을 발견하면 일이 상당히 곤란해질 수 있소."

서령주는 잠시 생각에 잠겼다가 눈을 빛내며 입을 열었다.

"일단 금황봉에만 못 오르게 하면 되는 것 아니오?"

"당장은 그렇소. 하지만 시간이 지나면 결국 의심을 받게 될 거요. 우리 사해방이 개입했다는 증거 자체를 없애야만 하오."

서령주는 눈살을 찌푸리며 계획을 세웠다. 현재 천차산에 들어온 무인의 수는 상당했지만 상대하지 못할 정도는 아니었다. 하지만 시간이 지나면 지날수록 그 수가 점점 늘어날 것이다.

"서두르는 것 외에는 답이 없겠군."

서령주는 무사 한 명에게 금황봉 아래에 대기한 무사들을 움직이도록 지시를 내렸다. 더 이상 금황봉에 사람이 오르지 못하도록 막아야만 했다. 그러기 위해서는 정보에 혼란을 주는 것이 가장 간단한 방법이었다.

잠시 후, 금황봉에서 조금 떨어진 곳에 있는 봉우리에서 심 봤다는 외침이 들려오기 시작했다. 그들은 거기에서 그치지 않고 산삼 밭이라느니 하수오 밭이라느니 하는 말을 섞었다. 자연스럽게 무인들이 그쪽으로 향했다.

그리고 위운양과 서령주가 금황봉 중턱을 샅샅이 뒤지기 시작했다. 예순 명으로 불어난 인원은 큰 힘이 되었다. 이 초조한 보물찾기도 이제 끝으로 달려가고 있었다.

제10장
혈룡귀갑대의 무덤

黃金公子

"슬슬 시작해야지?"

금철휘의 말에 모두의 안색이 밝아졌다. 계획대로 일이 흘러가니 너무나 재미있었다. 그리고 짜릿했다.

"사해방이 영약에 관심이 많다는 소문이 정말 정확했네요. 영약 밭이라는 얘기를 듣자마자 그렇게 몰려가다니."

"증거를 들이미는데 안 움직이고 배겨?"

금철휘가 씨익 웃었다. 이번에 사해방을 움직이기 위해 쓴 돈도 어마어마했다. 영약 구입에 들어간 돈만 수만 냥이었다. 그걸 위장하고 사람을 쓰면서 들어간 돈도 엄청났다. 하지만 충분히 돈값을 했다. 사해방을 움직였으니 말이다. 사해방뿐

아니라 절강에 있는 내로라는 문파들도 다 꿈틀거리고 있었
다.

"일석이조라는 거지."

다들 기분 좋은 표정을 짓고 있는데 한서연은 그렇지 못했
다. 그녀는 걱정스러운 표정으로 말했다.

"한데 사해방과 그들이 부딪치면 어쩌죠? 아무래도 피해가
심해질 텐데……."

영약이 아닌 혈룡귀갑대의 무덤을 두고 싸울 수도 있다. 그
싸움이 과격해지리라는 건 당연한 일이었다.

"그렇지 않아요. 사해방은 보통이 아니니까요."

"그게 무슨 말이죠?"

화예지는 눈을 동그랗게 뜨고 묻는 한서연이 참으로 귀엽
다고 생각하며 설명을 이었다.

"정보를 최대한 차단하는 방식으로 일을 진행할 거라는 뜻
이에요."

"정보를 차단한다고요?"

"생각해보면 방법은 많아요. 영약 때문에 그곳에 사람들이
모여들었으니 영약을 이용할 수도 있고, 또 작은 소란을 만
들 수도 있고요."

화예지는 진지한 표정으로 자신의 말을 경청하는 한서연을
향해 빙긋 웃어 주었다.

"무엇보다 거기서 싸움이 벌어지면 가장 큰 손해를 보는

것이 바로 사해방이니, 그들이 그런 식으로 일을 벌일 리가 없죠. 아마 조만간 사해방에서 막대한 인원이 천차산으로 몰려갈 거예요. 사해방의 정보망은 생각보다 대단하답니다."

사실상 사해방은 무리수를 두는 것이었다. 이제 천차산을 중심으로 상당한 정보원을 파견해 산을 뒤지는 한편 정보의 은폐를 시도해야만 하니까 말이다.

그 와중에 영약에 대한 정보가 일파만파 퍼져 나가면 필연적으로 무인들과의 충돌이 일어날 수밖에 없다. 사해방은 그 충돌을 최소화하는 방향으로 움직일 것이다.

"어쨌든 금황봉에만 접근시키지 않으면 된다는 생각을 하고 있으니 그들도 간단하게 여길 거예요."

화예지는 그렇게 말하며 빙긋 웃고는 갑자기 뭔가가 떠올랐다는 듯 금철휘를 바라봤다.

"한데 공자님. 대체 제게 주신 그 비석은 뭔가요? 딱히 이름이 쓰여 있는 것도 아니던데……."

금철휘가 씨익 웃었다.

"중요한 거."

"중요한 거요?"

"그놈들이 거기가 혈룡귀갑대의 무덤이라고 믿게 만들 물건이지."

금철휘의 말에 다들 혀를 내둘렀다. 그리고 새삼스러운 눈으로 바라봤다. 볼 때마다 달라지는 느낌이다. 예전의 그 똥

뚱한 모습만 봤다면 이렇게 치밀한 사람이리라고 누가 생각했겠는가.

"그나저나 무덤은 몇 개나 만들었지?"

화예지가 의미심장하게 웃으며 대답했다.

"일곱 개요. 아마 속 좀 탈 걸요?"

금철휘와 화예지가 서로를 바라보며 씨익 웃었다. 둘의 미소는 어딘가 닮아 있었다. 그 모습을 지켜보던 모든 사람들이 고개를 저었다. 그들은 음모의 한가운데 있었다. 물론 금룡장으로 향했던 음모를 되돌린 것에 불과하지만 말이다.

"자, 그럼 우리도 움직여야지. 이제부터가 진짜 시작 아닌가?"

금철휘가 좌중을 둘러보자, 다들 흥분 반, 긴장 반 뒤섞인 표정으로 고개를 끄덕였다. 사해방이 천차산에 집중하고 있을 지금이 적기였다. 백검화가 받은 열 개의 정보의뢰를 쓸 최고의 시기 말이다.

*　　　*　　　*

"찾았습니다!"

무사의 외침에 모두의 시선이 일제히 돌아갔다. 무사가 손가락으로 가리키는 곳에 낮고 넓은 돌무더기가 보였다. 위운양은 반색하며 그쪽으로 달려갔다.

그들은 돌무더기 주위를 살폈다. 그리고 커다란 비석 하나를 발견했다. 위운양과 서령주는 천천히 비석으로 다가가 그것을 조심스럽게 살폈다. 두 사람의 눈이 번득였다.

"제대로 찾았군."

"설마 정말일 줄이야……!"

두 사람은 확신했다. 이곳이 바로 혈룡귀갑대의 무덤이라고 말이다. 비석에는 이름이 쓰여 있지 않았다. 하지만 뚜렷한 흔적이 남아 있었다. 혈룡귀갑대주가 아니라면 결코 남길 수 없는 흔적이 말이다.

"여기서 이걸 보게 될 줄은 몰랐군."

비석에는 혈룡귀갑대주만 썼던 귀갑륜의 흔적이 남아 있었다. 귀갑륜은 이름 그대로 거북이 등껍질 문양의 강기공인데 귀갑을 이어붙인 모양으로 둥그렇게 륜을 이뤄 퍼져 나가는 강력한 무공이었다. 당시 귀갑륜 때문에 단번에 수백 명이 몰살당한 적도 있었으니 얼마나 가공할 위력이었는지 짐작이 가능하다.

"이 문양을 보면 확실하군. 예전에 볼 기회가 몇 번 있었는데, 정확히 똑같아."

이건 인위적으로 만들 수 없었다. 만일 인위적인 조작이 가해졌다면 위운양이나 서령주가 대번에 알아차렸을 것이다. 이 비석에 남은 귀갑륜의 흔적은 혈룡귀갑대주가 직접 새긴 것이 분명했다. 흔적을 자세히 살펴보면 귀갑륜을 얼마나 능숙하게 펼쳤는지 알 수 있다.

"전성기의 귀갑륜이야. 의심할 여지가 없군."

"혈룡귀갑대주가 전인을 남기지 않았다면."

"전인을 남겼어도 불가능하오. 고작 칠 년 사이에 이 정도로 완숙한 경지에 이를 수는 없으니까."

"그나저나 이 귀갑륜의 흔적을 알아볼 만한 사람이 무림에 얼마나 있을지 궁금하군. 벌써 다들 잊었으려나?"

"우리 사해방이나 기억하지 누가 기억하겠소? 아마 웬만한 정보조직에서 봐도 모를 거요. 분명히."

"그래도 좀 오래된 조직에서는 그나마 아는 사람이 몇 남지 않았겠소? 뭐, 지금에 와서는 의미가 없지만."

두 사람은 그렇게 대화를 마무리하고 고개를 끄덕였다. 무사들이 우르르 몰려와서 조심스럽게 돌무더기를 하나씩 치우기 시작했다. 살짝 건드린 흔적이 있었는데, 그것은 백검화가 남긴 것이 분명했다. 그 흔적을 중심으로 조금 더 파고들어 가니 책자 하나가 나왔다.

"오호, 벌써 책자가 나오다니. 성과가 좋군."

서령주가 냉큼 그것을 집어 들었다. 위운양은 눈살을 찌푸렸다. 힘은 자기가 다 들이고 공은 서령주가 날름 삼키는 것 같아 기분이 더러웠다. 하지만 지금은 어쩔 수가 없었다. 그의 도움 없이는 지금 벌어진 일을 수습하기 어려울 테니까 말이다.

"호오. 이것은 귀갑공 아닌가. 역시 진짜였군."

서령주의 말에 위운양의 표정이 묘해졌다. 귀갑공은 자신도 받았다. 백검화로부터. 한데 또 나타난 비급이 귀갑공이라니, 이건 좀 이상하지 않은가.

'하긴. 귀갑공은 혈룡귀갑대라면 누구나 익히고 있던 무공이니 또 나온다고 아주 이상할 건 없지.'

위운양은 일단 그렇게 납득하고는 무덤이 파헤쳐지는 광경을 지켜봤다. 돌덩이가 하나하나 치워졌고, 무덤의 내부가 서서히 드러났다.

돌을 깎아 만든 단지들이 하나둘 나왔다. 위운양과 서령주는 단지를 세심히 살피며 눈을 빛냈다. 그냥 단지가 아니었다. 강기로 바위를 깎아 만든 단지였다. 안에 무엇이 들어 있을지는 확인하지 않아도 뻔했다.

"화장을 했군."

"그럴 수밖에 없었을 거요. 그때 그들은 천하를 상대로 싸우고 있었으니까."

그 와중에 시체를 챙겨서 계속 들고 다닐 수는 없다. 시간이 날 때마다 아마 시체를 태워 골분으로 만들어서 들고 다녔을 거라 예상한 사람들이 많았다. 당시 위운양도 그렇게 예상했던 사람 중 하나였다. 물론 그때는 동령주라는 거창한 지위가 아니라 일개 지부의 점조직을 관리하는 하급정보원 신세이긴 했지만 말이다.

"한데…… 단지의 수가 예상했던 것보다 좀 적은 것 같지 않소?"

서령주의 말에 위운양은 퍼뜩 정신을 차리고 단지의 수를 확인했다. 아직 무덤을 완전히 파헤친 게 아니라 정확하지는 않았지만 그래도 대충 수를 가늠할 수 있었다. 하지만 그 수가 너무나 모자랐다.

"혈룡귀갑대는 백 명으로 알고 있는데 이상하군."

서령주가 고개를 갸웃거리자, 위운양의 얼굴이 굳었다.

"열다섯 개……."

위운양은 직접 나서서 무덤을 파헤쳤다. 하지만 단지는 더 이상 나오지 않았다. 그리고 안에 함께 있던 부장품은 대부분 귀갑공이었다.

"귀갑공이 아닌 것은 이 비급 두 개와 저 무기들뿐인가?"

무기의 수는 모두 서른 개나 되었다. 이곳에 묻힌 이들이 생전에 쓰던 무기와 동료들의 무기까지 섞여 있는 듯했다.

"이거…… 아무래도 무덤을 철저하게 만든 게 아니라 몇 군데로 대충 나눠서 만든 것 같소."

서령주의 말에 위운양이 허탈한 표정으로 고개를 끄덕였다. 어찌 이럴 수가 있단 말인가. 완벽하게 당했다. 아니, 당했다기보다는 운이 없었다. 아무리 백검화라도 무덤을 나눴으리라고는 생각하지 못했을 테니까.

위운양이 허탈함에 빠져 있을 때, 정작 서령주는 눈을 빛내며 비급과 무기를 살피고 무덤을 다시 차근차근 확인했다. 위운양은 그런 서령주의 모습이 짜증 났지만 그냥 고개를 돌려버렸다. 지금은 싸울 기운도 없었다.

"호오. 비급은 꽤 쓸 만할 것 같소. 적운검법과 공령권이오."

검을 펼칠 때 구름을 닮은 붉은 검기가 뭉클거리며 나온다는 적운검법은 다수와의 싸움에서 압도적인 힘을 발휘한다. 물론 아무리 그래도 귀갑륜에 비할 바는 아니었지만 말이다. 공령권 역시 만만치 않은 무공으로 둘 다 혈룡귀갑대 내에서도 꽤 유명한 것들이었다.

그런 점으로 미루어 볼 때, 이곳이 그들의 무덤임에는 더 이상 의심의 여지가 없었다.

"한데 왜 이렇게 귀갑공이 많을까……."

서령주는 턱을 쓰다듬으며 중얼거렸다. 그는 아무리 생각해도 이 상황이 이해가 안 갔다. 위운양이야 허탈할지 몰라도 그는 허탈하지 않았다. 여기서 적운검법과 공령권을 얻은 것만으로도 만족했다. 여기에 가진 모든 걸 던진 사람은 위운양이지 자신이 아니었으니까.

"무기들도 서른 개나 되고…… 한데 뼈단지는 열다섯 개밖에 없고……."

이 모든 것이 또 다른 무덤이 있다는 사실을 반증한다. 하지만 대체 어디에 있단 말인가. 서령주는 흥미진진한 눈으로 다시 무덤을 살폈다. 그리고 비석을 확인했다.

"호오. 이거 혈룡귀갑대주는 참으로 재미난 구석이 있는 인물이로군."

위운양의 시선이 서령주에게로 향했다.

"그게 무슨 말이오?"

서령주는 예의 그 능글능글한 미소를 지으며 비석의 한 부분을 손가락으로 가리켰다.

"이 부분을 보시오."

위운양이 비석을 확인했다. 그리고 묘한 표정을 지었다. 귀갑륜의 흔적이 아니었다. 그 부분만큼은 나중에 다시 손을 댄 흔적이 역력했다.

"여기에 누군가 손을 댔군."

"그 누군가가 아마 혈룡귀갑대주일 테고 말이오."

위운양이 고개를 끄덕였다. 그 말대로였다. 분명히 그럴 것이다. 흔적을 남긴 방식이 귀갑륜을 남긴 방식과 비슷하니 말이다.

"모양이 좀 익숙하지 않소?"

"서(西)……!"

기괴하게 일그러져 있긴 하지만 그것은 분명히 서(西)자와 비슷했다. 위운양은 단숨에 서쪽을 향해 달려갔다. 젖 먹던 힘까지 몽땅 끌어내 경공을 펼쳤고, 그 결과 봉우리를 한 바퀴 빙글 돌아 원래 자리로 돌아왔다.

"쯧쯧, 설마 서쪽으로 똑바로 가면 찾을 수 있다고 생각한 거요? 차근차근 찾아봅시다."

"시간이 없단 말이오!"

위운양의 다급한 외침에 서령주가 한숨을 푹 내쉬었다.

"이보시오, 동령주. 이 무덤에 단지가 몇 개 있었소?"

위운양은 대답하지 않았다. 대신 얼굴에 짜증을 드러냈다. 급해 죽겠는데 이 무슨 한가한 짓이란 말인가. 하지만 서령주는 특유의 미소를 지으며 말을 이었다. 일부러 더 느긋하게 행동했다. 동령주의 속이 바짝바짝 말라 가는 게 눈에 확연히 보이니 이런 즐거운 기회를 금방 날려버리기 싫었다.

"여기에 단지가 열다섯 개. 하면 다음 무덤에는 단지가 몇 개 있을 것 같소? 나머지 여든다섯 개의 단지가 몽땅 있을 것 같소?"

위운양의 표정이 더욱 심각하게 굳었다. 대충 계산하면 무덤은 일곱 개가 된다. 그 중 하나에는 열 개의 단지가 들어 있을 테고 말이다.

"아마 더 이상 무덤은 쉽게 발견되지 않을 거요. 교묘하게 숨겨 뒀을 가능성이 높소. 진법이 가미되었을 수도 있겠지."

"혈룡귀갑대주는 그렇게 치밀한 사람이 아니오. 게다가 진법이라니. 그는 그딴 거 모르는 사람이오. 알 필요도 없고."

"그건 세상 사람들에게 알려진 모습일 뿐 아니겠소? 진실로 어떤 사람인지는 누구도 모르지."

서령주는 그렇게 말하고는 손가락으로 비석을 가리켰다.

"저 비석에 남긴 표식처럼 말이오."

위운양의 안색이 어두워졌다. 더 이상 시간이 없었다. 알려지지 않았다면 모를까, 이미 서령주가 사실을 알게 된 이상, 고작 이 정도 성과로는 자리를 보전할 수 없다. 어쩌면 목숨을 잃을지도 모른다.

"그런 표정 지을 것 없소. 이제 가닥을 잡았는데 나도 여기서 포기할 생각은 없으니까. 우리 한번 힘을 모아 봅시다."

서령주의 말에 위운양은 의외라는 듯 그를 바라봤다. 둘은 앙숙 중의 앙숙이었다. 기회가 되면 서로의 등에 망설임 없이 칼을 꽂을 수 있는 사이인 것이다. 위운양의 눈길을 받은 서령주가 씨익 웃었다.

"내 유일한 경쟁자이자, 지기를 고작 이런 일로 잃을 수는 없지 않겠소? 당신 역시 내 입장이라면 같은 선택을 했을 거요."

서령주는 그렇게 말하고는 무사 몇 명을 불렀다. 이제 진짜 본격적으로 혈룡귀갑대의 무덤을 파헤칠 시간이 되었다. 아마 사해방 최고의 사업이 될 것이다. 또한 사업이 마무리되었을 때, 사해방은 더 이상 고작 정보조직으로 남아 있지 않을 것이다.

"천하제일의 무림방파가 되어 그곳을 무대로 경쟁해 보는 것도 나쁘지 않지. 안 그렇소?"

자신을 향해 이를 드러내며 웃는 서령주의 모습이 오늘따라 거슬리지 않았다. 평소와 똑같은 능글능글한 미소였는데도 말이다. 위운양은 나직이 한숨을 내쉬며 자신의 무사들에게 몇 가지 지시를 내렸다.

그렇게 사해방이 혈룡귀갑대의 무덤을 파헤치기 위한 준비를 시작했다.

*   *   *

"사해방이 본격적으로 움직이고 있어요. 상상을 초월하네요, 그들의 힘이."

"천하제일의 정보조직이야. 그 정도 힘이 없다면 말이 안 되지."

화예지는 고개를 끄덕였다. 사실 대충 예상은 했다. 그들의 정보 장악력에 대해서는. 하지만 지금 보니 자신의 예상을 훌쩍 뛰어넘는다. 멋모르고 부딪쳤다간 단숨에 흔적도 없이 날아가 버렸으리라.

"일단 열 개의 의뢰를 이용해 사해방의 정보망을 확인하고 있어요. 의뢰 세 개를 썼고, 일부 정보망의 파악이 끝났어요. 확실히 동령주의 힘이 대단하긴 대단하네요. 평소라면 절대 받아들이지 않았을 의뢰들을 척척 해결해내고 있어요."

"열 개면 대충 얼마나 가능할 거 같아?"

"절강을 장악할 수 있어요. 그리고 이번 계획이 제대로 진행되면 절강을 넘어 이 근방을 다 장악할 수 있을 것 같아요. 다만……."

"다만 뭐?"

"너무 급격히 일을 진행시키다 보니까 자금이 지나치게 많이 들어가요."

화예지의 조심스러운 말에 금철휘가 대수롭지 않다는 듯 품에서 주머니 하나를 꺼내 툭 던졌다. 화예지는 얼빠진 표정으로 그것을 받아 확인했다. 예전에 줬던 것과 비슷한 액수의 돈이었다.

"이, 이렇게까지 많이는 필요 없어요!"

"싹 써. 돈보다 시간이 우선이야."

화예지는 멍하니 금철휘를 바라봤다. 이 사람을 보고 있으면 과연 돈에 대한 개념이 제대로 서 있는지 의심스러울 때가 많다. 지금처럼 말이다.

'이렇게 써대다가 금룡장이 망하는 거 아냐?'

화예지가 무슨 생각을 하는지 다 안다는 듯 금철휘가 피식 웃었다.

"금룡장이 한 달에 정보에 쏟아 넣는 돈이 얼마인 줄 알아?"

"예?"

"한 달에 금으로 칠천 냥이 넘어."

화예지의 눈이 화등잔만 해졌다. 한 달에 칠천 냥이면 일 년에 무려 팔만 사천 냥이다. 거의 십만 냥에 육박하는 거금인 것이다.

"많지? 차라리 정보조직을 하나 운영하는 게 훨씬 싸게 먹혀. 한데 그렇게 하지 않고 돈을 쓰고 있지. 왜 그런지 알아?"

"사해방때문이군요."

"정답."

금철휘가 씨익 웃으며 손가락 하나를 들어 올렸다.

"자, 생각해 보자. 내가 금향각에 금 백만 냥을 투자했다고 쳐. 과연 손해일까?"

화예지는 대답할 수 없었다. 손해인지 아닌지조차 판단하기가 어려웠다. 물론 심정적으로는 이득이라고 외치고 싶었지만 액수가 너무 컸다. 은도 아니고 금으로 백만 냥이라니 말이다.

"그건 숙제로 남겨 두고, 슬슬 다음 일도 준비를 해야지?"

"예? 다음 일이요?"

"토룡들."

"준비했어요."

화예지는 세심히 작성한 보고서를 내밀었다. 이제 날아가는 용의 등에 올라탔다. 앞으로는 죽으나 사나 금철휘와 함께 가는 수밖에 없었다. 사실 따지고 보면 금철휘는 금향각의 주인이자 향화루의 주인이다. 원래 주인 아래로 들어가는 것이니 부끄러울 것도 없었다.

'아니, 의리를 지키는 거라고 해도 과언이 아니지.'

화예지는 자신에게 유리한 대로 해석을 했다. 처음 금철휘를 만나 내기를 했던 기억은 일단 싹 지워 버렸다. 지금 금철휘는 그녀에게 있어서 구명줄이자, 금향각을 훨씬 높은 곳으로 데려갈 귀인이었다.

보고서를 대충 확인한 금철휘는 씨익 웃었다.

"좋아. 이건 좀 괜찮군."

"신경을 좀 썼어요. 금향각의 새로운 주인에게 잘 보이고 싶어서요."

화예지가 그렇게 말하며 생긋 웃었다. 그녀의 눈가에 맺힌 미소가 더없이 매력적이었다. 금철휘는 그 미소를 보며 마주 웃어 주었다.

"자꾸 잊는 모양인데, 넌 아직 시비야. 난 시비를 아주 거칠게 다룬다고 했지? 벗어나고 싶으면 더 열심히, 몸이 부서져라 일해야 할 거야."

금철휘의 말에 화예지의 안색이 창백해졌다. 금철휘는 그것을 보며 다시 한 번 씨익 웃어 주고는 밖으로 훌쩍 나가 버렸다. 서류로 부채질을 하면서 말이다.

"공자님, 슬슬 한 달이 다 되어가지 않습니까?"

일곱 가문을 어떻게 손봐줄까 궁리하는 금철휘에게 아칠이 조심스럽게 말했다. 금철휘는 그게 무슨 말이냐는 듯 아칠을 쳐다봤다.

"한 달? 뭐가?"

"그…… 부인들……".

아칠은 난감한 표정으로 말했다. 사실 금철휘의 부인이니 부인이라고 부르기도 애매했다. 따지자면 주모나 마님이라고 해야 정상이다. 한데 금철휘와 그녀들의 관계를 생각하면 그런 호칭을 쓸 수가 없었다. 잘못해서 치도곤을 받으면 자기만 손해 아닌가.

"아하, 벌써 그렇게 됐나? 네가 줘라."

"예? 제, 제가요?"

"그래. 무슨 문제라도 있나? 네가 갖다 줘. 돈이야 곧 총관이 가져다줄 테니까."

"어, 얼마씩 드리면 됩니까?"

금철휘가 세 부인들에게 주기 위해 받는 돈이 총 금 육천 냥이었다. 그야말로 어마어마한 돈이었다. 지난달에는 첫째와 둘째 부인에게 이천이백 냥씩 주었고, 셋째 부인에게는 천 냥을 주었다. 그리고 남은 돈 중 삼백 냥을 자신에게 주었다.

아칠은 침을 꿀꺽 삼키며 금철휘를 바라봤다. 자신은 그저 시키는 대로 하면 되지만 그래도 긴장되는 건 어쩔 수 없었다.

"맘대로 해."

"예?"

금철휘는 더 말하지 않고 인상을 한 번 팍 써준 뒤 다시 생각에 골몰했다.

아칠은 멍하니 금철휘를 바라보다가 그제야 그 말의 의미를 깨닫고 화들짝 놀랐다.

"으에에엑! 제, 제 마음대로 금액을 정하라고요?"

금철휘가 시끄럽다는 듯 다시 노려봤다. 아칠은 헙 소리가 날 정도로 입을 닫은 뒤, 혼자 히죽히죽 웃었다.

무려 육천 냥이었다. 그걸 자기 마음대로 금철휘의 부인들에게 나눠줄 수 있게 되었다. 마치 칼을 쥔 기분이었다.

'이걸 어떻게 나눠 줄까나……'

혼자서 열심히 웃던 아칠은 문득 자신이 이래도 되나 하는 생각이 들었다. 그래서 금철휘에게 물으려다가 뭔가에 골몰한 금철휘의 모습을 보고는 고개를 돌렸다.

'맘대로 하라고 했으니까 맘대로 하지 뭐.'

아칠은 히죽거리며 자리를 떴다. 그런 아칠의 뒷모습을 금철휘가 힐끗 쳐다보고는 피식 웃었다. 마음대로 하고 싶지만 아마 그렇게 되지 않을 것이다. 그 두 여자가 잠자코 아칠의 선택을 받아들일 리 없으니 말이다.

'아마 지난달과 똑같은 액수가 가겠지. 당분간은 그렇게 풍요롭게 살라고. 나중에 아주 재미있을 테니까."

금철휘는 씨익 웃은 뒤, 다시 일곱 가문의 처리에 대해 골몰했다. 가장 쉬운 방법은 힘으로 부숴 버리는 것이다. 하지만 그건 재미가 없다. 또 힘으로 하는 건 항상 뒤탈이 너무 크다.

"그런데 이놈들이 먼저 달려들었다, 이거지."

일곱 가문의 동태가 심상치 않았다. 아직 본격적으로 일을 벌이진 않았지만 금룡장을 목표로 지저분한 짓을 준비하는 것이 확연히 보였다. 확실히 항주에서 금향각의 능력은 최고였다.

방법은 세 가지다. 지저분한 짓을 할 때 슬쩍 피하는 것과, 우회해서 박살 내는 것, 그리고 정면으로 붙어서 정공법으로 눌러 버리는 방법이 있었다.

보통은 우회해서 공격하는 것을 택하겠지만 금철휘나 금룡장은 보통과는 거리가 멀다.

"힘의 차이를 확실히 보여주지 않으면 언제든 같은 짓을 하겠지. 뭐, 한 번 눌리고 나면 다시 일어서는 것조차 쉽지 않겠지만 말이야."

결정을 내린 금철휘는 자리에서 일어났다. 일단 하려고 마음먹었으면 바로 처리해 버리는 것이 금철휘의 방식이었다.

"그나저나 슬슬 그 녀석이 알을 깰 때가 된 거 같은데……. 지나가는 길에 한 번 들러볼까?"

금철휘는 씨익 웃으며 걸음을 옮겼다. 한동안 금룡각에 오지 않았기에 연무장 쪽은 아예 쳐다보지도 못했다. 아마 지금 가면 거의 한 달 만에 보는 것이리라.

연무장에 들어서니 열심히 검을 휘두르는 곽한의 모습이 보였다. 그것을 본 금철휘의 눈이 번쩍 빛을 발했다.

'호오. 이거 생각했던 것보다 훨씬 대단하잖아?'

곽한의 검에서는 언뜻 검기가 비치곤 했다. 누구에게든 무공을 시작한 지 고작 한 달 만에 검기를 쓸 수 있다고 말하면 아마 미친놈이라 할 것이다. 검기발현은 단련에 단련을 거듭해야 간신히 쓸 수 있을 정도로 어렵다.

한데 아직 완전하지는 않다고 하지만 검기를 쓰고 있으니 금철휘가 놀랄 만도 했다. 물론 금철휘가 전해준 칠성검법이 대단했기에 가능한 일이었지만 말이다.

'아칠이 검기를 쓸 수 있던가?'

당연히 아니다. 금철휘는 일이 참으로 재미있게 되어간다는 생각이 들었다. 그러면서 아칠에게 전해줄 무공을 떠올려 봤다.

아칠은 나이가 많다. 그러니 익힐 수 있는 무공에 제한이 크다. 나이를 먹고 시작하면서 효과를 볼 수 있는 무공은 대부분 외공 쪽이다. 하지만 반드시 그런 건 아니었다.

'그러고 보니 우리 애들 중에서도 그런 녀석이 한 명 있었지.'

혈룡귀갑대는 본래 아흔아홉 명이었다. 한데 한 명이 나중에 들어왔다. 그가 바로 서른이 넘은 나이에 무공을 시작해 경지에 오른 인물이었다. 그가 익혔던 무공이라면 아마 아칠도 훌륭하게 소화해낼 수 있으리라.

금철휘는 한동안 연무장에 서서 곽한의 수련을 지켜봤다. 곽한은 너무나 정확하게 칠성검법의 검로를 이어갔다. 한 치의 오차도 없었다. 그리고 그렇게 휘두르는 검 끝에 기운이 휘감기며 스며들었다.

검로뿐 아니라 호흡을 비롯해 손가락 끝의 움직임 하나까지 완벽하게 제어했다. 실제 칠성검법의 비급에 나온 내용 그대로 수련을 하는 것이다.

금철휘가 준 칠성검법은 제대로 익히기만 하면 웬만한 내공심법보다 훨씬 빨리 내력을 쌓을 수 있다. 지금 곽한이 그러했다. 너무나 정확히 검법을 펼치기에 내력이 쌓이는 속도가 엄청났다. 정작 본인은 모르고 있지만 말이다.

금철휘는 거기까지 확인하고는 고개를 끄덕였다. 그리고 연무장에서 나갔다. 더 이상 볼 필요가 없었다. 이대로 조금만 더 시간이 흐르면 아마 금철휘가 굳이 나서지 않아도 곽한은 위로 튀어 오를 것이다. 주변에 있는 사람들이 알아서 발견할 테니까 말이다.

연무장에서 느껴지는 거친 기운은 곽한의 열정이었다. 금철휘는 정말로 기분 좋게 연무장을 나섰다.

*　　　*　　　*

사해방이 본격적으로 움직였다. 천차산 주변의 정보를 장악하고, 소문을 관리했다. 영약 때문에 퍼진 소문과 정보를 정리했으며, 수많은 인력을 투입해 천차산 자체를 손아귀에 완전히 넣어 버렸다.

사실 사해방에서 제대로 힘을 투입한 곳은 동령과 서령이었고, 북령이나 남령은 상당히 소극적이었다. 그리고 사해방주는 그 모든 것을 한 발 떨어져서 지켜봤다. 위운양은 그것이 불만이었다.

"대체 이래서 언제 끝날지……."

만일 사해방주가 나서기만 한다면 벌써 무덤을 몽땅 찾아 파헤쳤을 수도 있다. 하지만 무덤을 찾는 일은 점점 어려워졌다. 이제 고작 세 개의 무덤을 발견했다. 그런데도 얻은 거라고는 귀갑공의 비급이 대부분이었다.

"남은 무덤들이 보물일 것 같은데, 정말 쉽지 않군."

위운양은 고개를 절레절레 저었다. 처음에는 일이 이 정도로 커질 줄 몰랐다. 하지만 일단 일이 여기까지 진행된 이상, 반드시 성과를 얻어야만 한다.

서령주가 위운양에게 다가갔다.

"서령의 힘을 대부분 이쪽으로 집중하는 바람에 사천과 감숙, 운남, 귀주 방면의 정보에 계속 구멍이 뚫리고 있소."

서령주의 말에 위운양의 표정이 더욱 일그러졌다. 서령은 그나마 나은 편이다. 동령의 경우 일영까지 사라지는 바람에 상황이 더 심각했다. 동령의 영역은 절강과 안휘를 중심으로 하는 동쪽 부분이었다.

"한데 요즘 묘한 정보가 하나둘 들어오고 있소."

"묘한 정보?"

"새로운 정보조직이 은밀히 활동 중이라는데 혹시 들어본 적 있소?"

"이름도 모르고 말이오?"

"아직 아무것도 알 수 없소. 서령의 힘을 대부분 이쪽에 집중하고 있기에 정보를 모으는 데 한계가 있소."

"그건 나 역시 마찬가지요."

두 사람의 뇌리에 남령주와 북령주의 모습이 떠올랐다. 그들이 조금만 도와준다면 훨씬 수월하게 일이 진행될 텐데 아쉽고 서운했다.

'그래도 같은 조직에 있는 동료인데, 쯧.'

두 사람은 계속 남령주와 북령주를 속으로 욕했다. 하지만 그들이 모르는 사실이 있었으니, 남령주와 북령주도 사실 그리 편한 상황은 아니라는 점이었다.

남령주와 북령주뿐 아니라 사해방주조차 새로 등장한 정체불명의 정보조직 때문에 골머리를 앓고 있었다. 더구나 그 조직이 노리는 것이 바로 동령과 서령이 천차산에 집중하느라 숭숭 뚫린 구멍이었다.

북령과 남령의 힘을 집중해 그것을 막아보려 하지만, 어찌나 대단한지 그렇게 해서 생긴 북령과 남령의 빈틈까지 파고 들 정도였다.

그런 힘겨운 싸움을 하고 있기에 천차산의 일에 도움을 못 주고 있지만 이곳에 있는 두 사람은 까맣게 그것을 모르고 있었다. 북령주와 남령주, 그리고 사해방주까지 천차산에 기대를 걸고 있기 때문이다.

다른 것도 아닌 혈룡귀갑대의 무덤이다. 이걸 제대로 털면 향후 사해방의 위상이 달라질 텐데 당장의 어려움 때문에 일을 그르치면 평생 땅을 치고 후회할 것이다.

"아무튼 분위기가 이상하니까, 최대한 서두르는 게 좋을 것 같소."

위운양은 고개를 끄덕이고는 자리에서 일어났다. 그리고 한숨을 내쉬었다. 처음에는 정말로 금방 끝날 거라 예상했다. 하지만 막상 뚜껑을 열어 보니 만만치 않았다. 무덤은 금황봉에만 있는 것이 아니라, 천차산 전체에 흩어져 있었다. 범위가 넓어지니 찾기 어려워지는 것이 당연했다.

'하긴 혈룡귀갑대의 보물을 그리 쉽게 얻을 수 있다는 것 자체가 말이 안 되지.'

위운양은 속으로 그렇게 중얼거리며 바닥에 흩어져 있는 비급들을 슬쩍 쳐다봤다. 보기만 해도 인상이 찌푸려진다. 그것은 귀갑공의 비급이었다. 그놈의 귀갑공은 왜 이리 많이 나오는지 볼 때마다 짜증이 났다.

"후우. 가자."

위운양은 뒤에 늘어선 호위무사 몇 명과 함께 몸을 날렸다. 오늘 조사해야 할 곳은 꽤 험한 곳이기에 제법 피곤할 것이다. 빠르게 앞으로 나아가는 위운양의 등이 아래로 축 처졌다.

*　　　*　　　*

오랜만에 금철휘의 사람들이 향화루에 모였다. 다들 상기된 표정이었다. 일이 제대로 풀려 얻어낸 성과가 어마어마하니 당연했다.

"어때? 좀 괜찮아?"

금철휘의 물음에 화예지를 비롯한 그녀의 다섯 호위가 일제히 고개를 끄덕였다. 어찌나 열심히 끄덕이는지 저러다가 목이 부러지는 게 아닐까 걱정이 될 정도였다.

"절강은 완벽하게 장악했어요. 원래 우리의 정보망이 강하던 곳이라 수월한 편이었어요. 안휘나 강서를 비롯한 주변도 대부분 정리가 되고 있어요. 아마 향후 사해방은 더 이상 이곳에서 힘을 쓰기 어려울 거예요."

화예지는 흥분을 감추지 못했다. 계략 한 방에 이렇게 상황이 변할 줄은 몰랐다. 물론 계략만 가지고는 불가능했을 것이다. 그렇게 정보망을 장악하는 데 들어간 돈이 어마어마하다. 예전 금철휘가 농담 삼아 금 백만 냥을 얘기했는데, 이러다가 정말로 그 정도 돈을 쓰는 게 아닐까 두려울 정도였다.

"좋아. 다른 곳은 어때?"

"조금씩 정보망을 확충 중이에요. 이쪽과는 상황이 많이 다르니까요. 향후에도 그 정보망을 이용하는 게 쉽지만은 않을 것 같아요."

금철휘는 고개를 끄덕였다. 그 정도면 훌륭하다. 짧은 시간에 이룬 성과치고는 정말로 대단했다. 세상에 그 누가 고작 몇 달 사이에 이렇게 거대한 정보망을 구축할 수 있겠는가.

"만혈괴의는 어쩌고 있지?"

금철휘가 백검화를 쳐다보며 물었다. 백검화는 차분하게 말을 꺼냈다.

"평소와 똑같아요. 근방에 남은 사해방의 정보망을 이용해 수시로 천차산의 일을 알아보고 있어요."

금철휘가 씨익 웃었다.

"천차산 쪽은 어때?"

"워낙 어렵게 숨겨서 아마 쉽지 않을 거예요. 얼마 전 네 번째 무덤을 찾았어요."

"아직도 세 개나 남았군. 한데 그때까지 계속 버텨줄까?"

"오래 버티면 오래 버틸수록 좋죠. 아마 동령주는 지금 자신이 맡긴 돈조차 잊고 있을 거예요."

위운양이 조건이랍시고 맡긴 돈은 이미 금향각의 정보망을 구축하는데 써버렸다. 상당한 액수이긴 했지만 금철휘가 투입한 돈에 비하면 아무것도 아니었다. 하지만 충분한 도움이 되었다.

"그들이 돌아올 때쯤이면 사해방은 절반으로 쪼그라들었을 테니 아마 좀 황당할 거야."

조금 너무한 감도 있다. 하지만 금철휘는 결코 그렇게 생각하지 않았다. 그들이 하려던 짓은 이보다 더 심했다. 금룡장을 완전히 집어삼키려 하지 않았던가.

"난 그래도 절반은 남겨 줬으니 착한 거야. 그렇지?"

금철휘의 그 황당한 말에 다들 멍한 표정을 지었다. 단 한 사람, 백검화를 제외하고는 말이다.

백검화는 금철휘의 말을 듣자마자 옛 기억 하나가 불쑥 떠올랐다. 금철휘를 볼 때마다 떠오르는 그 사람, 혈룡귀갑대주의 기억이었다.

그녀가 혈룡귀갑대와 함께 한 시간은 짧았다. 하지만 그 짧은 시간 동안 많은 것을 얻었고, 많은 경험을 쌓았다. 그리고 추억을 만들었다.

'저놈들은 우리를 몰살시키려 했어. 그런데 난 세 놈이나 살려서 돌려보냈으니 상대적으로 착한 거 아닌가?'

그렇게 말하며 웃던 혈룡귀갑대주의 얼굴이 떠올랐다. 계속 이렇게 비슷한 말을 들으니 금철휘를 볼 때마다 그 얼굴이 떠오르고 그 추억이 떠올랐다.

백검화가 추억에 잠긴 사이 논의가 모두 끝났다. 사실 논의라기보다는 상황에 대해 금철휘에게 보고하는 자리였다. 적어도 한 달에 한 번씩은 해야만 하는 일이었다.

논의가 끝나자, 다들 자리에서 일어났다. 향화루의 최상층은 금철휘의 방이나 다름없기에 금철휘는 그대로 앉아 알아서 술판을 벌였다. 수십 병의 금향주가 탁자 위에 깔렸고, 향화루 최고의 요리들이 자리를 차지했다.

모두가 떠났지만 백검화는 그대로 남았다. 심지어 아칠조차 오늘은 할 일이 있다며 나갔는데 백검화만 남은 것이다. 백검화가 남으니 자연스럽게 한서연도 함께 남았다.

"응? 너희들은 왜? 술 마시고 싶어?"

금철휘는 씨익 웃으며 백검화와 한서연의 잔에 술을 채웠다. 그리고 자신의 잔도 채운 뒤 술잔을 들어 올렸다.

"자, 마시자. 일도 잘 풀리는데 술은 좀 마셔 줘야지."

세 사람은 단번에 술잔을 비웠다. 한서연은 왠지 백검화의 분위기가 심상치 않아서 슬그머니 자리에서 일어났다. 자신이 있으면 백검화가 제대로 하고 싶은 말을 못 할 것 같은 느낌이 들었다.

"전 어제 익힌 초식이나 수련할게요."

한서연까지 일어나 나가자, 한동안 방안에 침묵이 감돌았다. 금철휘는 의아한 눈으로 백검화를 쳐다봤다.

"왜 그래? 오늘따라 분위기가 좀 이상한데?"

"궁금한 게 있어요."

"물어봐."

금철휘는 대수롭지 않게 말했다. 뭐든 말해줄 분위기였다. 하지만 백검화는 한참이나 망설였다.

"저……."

"말하라니까. 뭐든 다 얘기해주지."

뭐든 다 얘기해준다는 말에 백검화가 용기를 냈다.

"대체 혈룡귀갑대주와 금 공자님은 어떤 관계인가요?"

금철휘는 전혀 예상치 못한 질문에 눈이 휘둥그레졌다.

"혈룡귀갑대주와 보통 인연이 아니라면 결코 알 수 없는 것들을 알고 계시잖아요. 돈으로 알아낸 거라 하지 마세요. 돈으로 얻은 정보인지 아닌지 쯤은 저도 알 수 있으니까요."

금철휘는 말없이 술잔을 비웠다. 그리고 다시 술을 따랐다. 쫄쫄 소리와 함께 술잔이 천천히 차올랐다.

"혈룡귀갑대주의 이름이 뭔지 혹시 알아?"

"이름이요?"

백검화는 눈을 동그랗게 뜨고 금철휘를 바라봤다. 난데없이 왜 이름을 묻는단 말인가. 하지만 생각해 보니 이름을 알 수 없었다. 혈룡귀갑대주뿐 아니라, 혈룡귀갑대 전원의 이름 자체가 알려져 있지 않다. 그들의 이름은 세상에서 아예 지워진 것이다. 결국 그녀는 고개를 저었다.

금철휘는 술잔을 단숨에 비운 뒤, 말했다.

"금철휘야."

"예에?"

금철휘가 씨익 웃었다.

"나랑 이름이 똑같지?"

백검화의 머릿속이 복잡해졌다. 이름이 같다? 그게 대체 무슨 의미란 말인가. 혹시 혈룡귀갑대주의 전인이 아닐까 하는 생각까지 들었다. 물론 혈룡귀갑대주에게 그럴 시간이 있었을 리 없지만 말이다.

그렇게 한동안 혼란에 휩싸였던 백검화가 차츰 머릿속을 정리했다. 그녀는 다시 금철휘를 똑바로 바라봤다. 그 순간 금철휘가 한 마디를 툭 던졌다.

"내가 바로 혈룡귀갑대주야."

백검화의 머릿속이 다시 헝클어졌다. 그녀는 한동안 정신을 차릴 수가 없었다. 금철휘는 그런 백검화의 모습을 보며 씨익 웃었다. 그리고 술을 입에 털어 넣었다.

〈다음 권에 계속〉

『흑사자』, 『적포용왕』의 작가!
김운영 판타지 장편소설

김운영 판타지 장편소설
FANTASYSTORY & ADVENTURE

TALES OF DRAGOON

용기사전

이제 세상에는 4명의 용기사가 존재한다.
새롭게 탄생한 용기사는 레이어스 왕국의 레빈!!

dream★
books
드림북스

정령왕

엘퀴네스

개정판

이환 판타지 장편소설

『숲의 종족 클로네』, 『은빛마계왕』의 작가,
이환 대표작 『정령왕 엘퀴네스』 완전 개정판!

어설픈 정령왕의 좌충우돌 모험기를 다시 만난다

컬러 일러스트 · 네 칸 만화 · 캐릭터 프로필 & QnA
매권 미공개 외전 수록!

dream
books
드림북스